O SÓSIA

POEMA PETERSBURGUENSE

O SÓSIA

POEMA PETERSBURGUENSE

FIÓDOR DOSTOIÉVSKI

TRADUÇÃO DO RUSSO E NOTAS POR
OLEG ALMEIDA

MARTIN CLARET

SUMÁRIO

PREFÁCIO

DOSTOIÉVSKI E GÓGOL: AS DUAS FACES DA MESMA MEDALHA

Todos nós conhecemos Fiódor Dostoiévski em sua "época de ouro" que começou no ano de 1859, regressando ele do seu exílio siberiano e retomando, uma vez em São Petersburgo, as atividades criativas suspensas durante toda uma década passada nos presídios e campos militares.[1] Autor de cinco romances aclamados (*Crime e castigo*, *O idiota*, *Os demônios*, *O adolescente* e *Os irmãos Karamázov*), a par de muitas obras menores (*Humilhados e ofendidos*, *Diário do subsolo*, *O jogador*, *O eterno marido*, *A dócil*, entre outras), ele entrou na história como o fundador da vertente psicológica nas letras russas e, de maneira geral, como um dos escritores mais notáveis que a Rússia tem engendrado. No entanto, são relativamente poucos os que sabem onde sua carreira brilhante teve origem, se sua ascensão foi precoce e rápida ou, pelo contrário, tardia e lenta, mas quem vir uma árvore já crescida, madura, que se destaca no meio de uma floresta, sempre quer imaginá-la em seus princípios, lançando raízes, cobrindo-se de primeiras folhas, ganhando corpo, tornando-se cada vez mais alta e sombrosa.

Ao estrear em janeiro de 1846, com o romance sentimental *Gente pobre* elogiado por Belínski[2] em pessoa e lido, com igual enternecimento, nas mansões dos aristocratas e nos casebres dos assalariados, Dostoiévski não demorou a granjear uma fama descomunal, se não inacreditável, para um calouro de 25 anos de idade. A reputação do mais novo astro literário consolidou-se num prazo recorde: quando a revista *Diário*

---

[1] O ensaio *Fiódor Dostoiévski e sua saga siberiana* (Fiódor Dostoiévski. *Memórias da Casa dos mortos*. Martin Claret: São Paulo, 2016; pp. 9-14), de Oleg Almeida, conta sobre esse difícil período de sua vida.

[2] Vissarion Grigórievitch Belínski (1811-1848): filósofo e jornalista russo, considerado um dos maiores críticos literários do século XIX, que ajudou Dostoiévski a promover-se no âmbito editorial e depois foi amaldiçoado por ele em razão de suas simpatias ocidentalistas e socialistas.

pátrio ofereceu aos seus assinantes, em fevereiro de 1846, a novela *O sósia*,[3] subtitulada "As aventuras do senhor Goliádkin", o interesse provocado por ela resultou tão amplo quanto o que acompanhara a publicação de *Gente pobre*. O que mais atiçou a curiosidade do público leitor foram o tema de "sósias perfeitos", visto pelo jovem literato sob um ângulo bastante peculiar, e aqueles numerosos paralelos com a escrita de Nikolai Gógol que constavam indubitavelmente do seu texto.

Existem debaixo do céu, conforme diz a ciência, diversas criaturas bem parecidas entre si, gêmeos, cuja semelhança se explica pela sua afinidade genética, e sósias que aparentam não ter nada em comum, mas se parecem, ainda assim, como duas gotas d'água. Observado na vida real, esse fenômeno está presente também na literatura, sem Dostoiévski ter sido o primeiro nem o último a evocá-lo. Tais sósias que não apenas se espelham uns nos outros, mas amiúde se opõem uns aos outros, competem uns com os outros ou, na pior das hipóteses, representam o irreconciliável conflito interior da mesma e única personalidade, equivalendo, neste caso, às duas faces de uma medalha que se enfrentem numa disputa quimérica, atuam em várias obras ficcionais, a começar pela comédia lírica *Os Menecmos*, de Plauto, datada do século II a. C. (citemos, em particular, *A história maravilhosa de Peter Schlemihl*, de Adelbert von Chamisso, *Os elixires do diabo*, de Ernst Theodor Amadeus Hoffmann, *William Wilson*, de Edgar Allan Poe, e *A mulher de branco*, de Wilkie Collins, antecedentes ao célebre *Estranho caso de Dr. Jekyll e Mr. Hyde* [*O médico e o monstro*], de Robert Louis Stevenson, e ao recente *Clube da luta*, de Chuck Palahniuk), e a proximidade deles todos com Yákov Petróvitch Goliádkin, o bizarro protagonista dostoievskiano, apresenta-se evidente. No que concerne à influência de Gógol, inegável a ponto de alguns estudiosos tomarem Dostoiévski por um simples imitador, percebe-se no conteúdo da novela, a qual poderia formar uma sequência lógica com *O nariz* e *O capote*,[4] suas fontes de inspiração, e no seu estilo, máxime naquele jargão dos

---

[3] No Brasil, ela é conhecida sob o título *O duplo*, equivocado pelo fato de os vocábulos russos Двойник (O sósia) e Двойной (Duplo) não serem permutáveis e de o adjetivo "duplo" jamais se empregar, em russo, como substantivo.

[4] Novelas de Gógol, editadas em 1836 e 1842 respectivamente, que patenteiam, apesar de seu caráter nitidamente fantástico, um vínculo indissolúvel com a problemática social e moral daquele momento histórico.

humildes funcionários petersburguenses que se reproduz nela de modo um tanto exagerado.[5] A questão crucial que essas constatações trazem consigo é a seguinte: quem, afinal de contas, escreveu *O sósia*, um inovador ou um epígono, um discípulo antes laborioso que talentoso de um professor genial ou um artista independente que trilhou, desde o início, seu próprio caminho inconfundível? Procuremos uma resposta plausível nas páginas que vamos ler...

Propondo-se, antes de tudo, a contar sobre um homem fraco e tímido, indefeso em face do mundo hostil que não lhe dá nenhuma oportunidade de desenvolver seu potencial humano, de obter o mínimo sucesso profissional ou pessoal, Dostoiévski retrata um tipicíssimo personagem gogoliano. A seguir, sem se contentar com isso, mistura o abstrato e o concreto, o sério e o divertido, o ilusório e o verossímil, com o propósito de construir uma narrativa híbrida, meio romântica, meio realista, específica de seu precursor. Por fim, volta a descrever o ambiente idealizado n'*O capote*, faz menção a Sua Excelência, chefe daquela repartição pública na qual outrora teria servido Akáki Akákievitch e agora serve o senhor Goliádkin, e à tal de Carolina Ivânovna, "alemã desavergonhada" por quem Sua Excelência "nutria sentimentos bem amigáveis", aproveita-se dos recursos léxicos e estilísticos de Gógol e, aparentemente, chega a merecer as censuras de Konstantin Aksákov[6] por "ter cruzado a divisa entre a imitação e a adoção", além de "não possuir talento poético". Assim, só um passo separa o novato Dostoiévski de uma nefasta acusação de plágio, e nossa tarefa consiste em livrá-lo dessa acusação e provar que não copiou nem arremedou seu mentor espiritual, mas apenas levou adiante certas ideias dele, fazendo-o, aliás, com plena autonomia e total responsabilidade.

Não há dúvida de que Dostoiévski se assemelha a Gógol como qualquer bom aprendiz se assemelharia ao seu mestre e, muitas vezes, numa medida maior ainda, de que ambos os escritores se sensibilizam com o destino da "gente pobre" e se interessam pelo suposto papel das forças sobrenaturais a interferirem nele, têm uma fantasia exuberante

---

[5] Quando Akáki Akákievitch, que protagoniza *O capote*, fica hesitando antes de dizer algo melindroso, costuma recorrer à ambígua locução "aquilo ali"; porém, se a usa em 19 ocasiões, o senhor Goliádkin insiste em repeti-la 40 vezes.

[6] Konstantin Serguéievitch Aksákov (1817-1860): poeta, filólogo e crítico literário de orientação conservadora e nacionalista.

e não se cansam de exercitá-la para nunca deixar seus leitores entediados. Todavia, ao assimilar o básico das lições gogolianas, Dostoiévski modifica e aprimora as receitas prontas que elas encerram, distancia-se, pouco a pouco, do romantismo, cuja linha gótica transparece em quase todos os livros de Gógol, e abraça o realismo nascente em busca de um lugar à parte na literatura russa. Lendo *O retrato* e *Uma noite de maio, ou A afogada*, *Vyi* e *A terrível vingança*, nem sequer tentamos racionalizar seus enredos misteriosos, sabendo que "a história é inteiramente verídica", pois o autor "a inventou de cabo a rabo",[7] e apreciando-a por esse exato motivo. A impressão que surge com a leitura d'*O sósia* e de similares escritos dostoievskianos é diametralmente oposta: sejam quais forem os elementos fantásticos que encontramos neles, sempre nos fica claro onde termina a realidade objetiva e começa a ficção autoral, de sorte que cada evento incomum, cada situação ou ação insólita acaba tendo uma robusta justificativa de ordem física ou biológica. Segundo o médico Stepan Yanóvski, que atendia Dostoiévski nos anos de 1846-49, ele se dedicava então ao estudo de tratados acadêmicos "sobre as moléstias do cérebro e do sistema nervoso, sobre as doenças mentais e o desenvolvimento do crânio...", e esse pendor erudito se refletiu na trama emaranhada e, sobretudo, no desfecho inesperado d'*O sósia*. Em suma, podemos tirar dessas premissas uma conclusão dupla: por um lado, se não houvesse Gógol, tampouco haveria Dostoiévski, seu aluno e sucessor; por outro lado, se Gógol se mostrou, ao longo de toda a sua vida, afeito ao fabuloso, antevendo, ou melhor, antecipando o realismo mágico[8] dos nossos dias, Dostoiévski deu um largo passo em direção à moderna prosa realista de cunho psicológico, que ainda estava aberta a toda espécie de manifestações extraordinárias, porém já excluía a visão folclórica, mitológica ou supersticiosa destas para explicá-las com base no conhecimento positivo dos processos naturais. Digamos que, mesmo sem serem sósias perfeitos, Gógol e Dostoiévski equivaliam às duas faces da mesma medalha, completando-se e harmonizando-se na perfeição sinérgica de sua arte.

---

[7] Antológica frase de Boris Vian (*A espuma dos dias*, nota introdutória).

[8] Corrente literária que se caracteriza pela introdução de elementos transcendentais, míticos ou fantásticos, na existência humana, como se lhe fossem naturalmente intrínsecos, cujos principais expoentes são Gabriel García Márquez (Colômbia), Jorge Luis Borges e Julio Cortázar (Argentina), Carlos Fuentes (México), Alejo Carpentier (Cuba), Miguel Ángel Asturias (Guatemala) e Jorge Amado (Brasil).

Incompreendida, portanto, subestimada pelos contemporâneos (o crítico Stepan Chevyriov, por exemplo, rotulou-a de "um pesadelo maçante após um jantar copioso"), a novela *O sósia* desagradou, inclusive, ao seu criador. "Decididamente, essa novela minha não vingou, posto que sua ideia fosse bastante clara e que eu nunca tivesse empreendido, na literatura, nada mais sério do que ela", comentou Dostoiévski ao reavaliá-la na década de 1870. "Contudo, a forma dessa novela minha não deu certo em absoluto (...) se retomasse essa ideia agora, se a reelaborasse, adotaria uma forma bem diferente..." Relançou sua obra, de fato, com o subtítulo "Poema petersburguense", alusivo ao de *Almas mortas* de Gógol, sem que a visse, entretanto, alçada ao estrelato. O sucesso veio apenas em meados do século XX, mas, em compensação, foi tão grande que até Vladímir Nabókov, desafeto ferrenho de Dostoiévski, reconheceu-a como "a melhor coisa que ele jamais escreveu."[9] E quando se fala, hoje em dia, das letras clássicas russas, costuma-se referir *O sósia* e *O capote* juntos, como se Dostoiévski e Gógol, o discípulo e o professor iguais em sua grandeza, permanecessem inseparáveis "também na sua morte."[10] Coincidência ou não, mas é assim mesmo...

Oleg Almeida

[9] The best thing he ever wrote...: Nabokov, Vladimir Vladimirovich. *Fyodor Dostoevsky*. In: *Lectures on Russian Literature*. New York, 1981; p. 100.

[10] 2 Samuel, 1:23.

O SÓSIA

POEMA PETERSBURGUENSE

CAPÍTULO I

Pouco faltava para as oito horas da manhã quando o servidor de nona classe[1] Yákov Petróvitch Goliádkin acordou de um sono prolongado, bocejou, espreguiçou-se e acabou abrindo completamente os olhos. De resto, passou uns dois minutos deitado, imóvel, em sua cama, como quem não tivesse ainda plena certeza de já ter acordado ou de continuar dormindo, de tudo quanto ocorresse agora ao seu redor ser efetivamente real ou apenas uma continuação de suas emaranhadas visões oníricas. Logo, porém, os sentidos do senhor Goliádkin começaram a formar, com clareza e nitidez cada vez maiores, suas habituais impressões cotidianas. Olhavam para ele, de modo familiar, as paredes de seu quartinho, fuliginosas e empoeiradas, cuja cor esverdeada parecia um tanto suja, sua cômoda de mogno, suas cadeiras de certa madeira a imitar o mogno, sua mesa pintada de tinta vermelha, seu sofá turco, revestido de oleado avermelhado com florezinhas verdinhas, e, finalmente, suas roupas tiradas às pressas, na véspera, todas amassadas e largadas sobre o sofá. Por fim, o dia outonal, cinzento, turvo e sujo como era, olhava para dentro de seu quarto, através de uma janela embaçada, tão sombrio e com um esgar tão azedo que o senhor Goliádkin não podia mais, de jeito nenhum, duvidar de que não estava num reino de berliques e berloques qualquer e, sim, na cidade de Petersburgo, na capital, na rua Chestilávotchnaia,[2] no terceiro andar de um prédio de alvenaria, bastante grande, em seu próprio apartamento. Ao fazer tal descoberta importante, o senhor Goliádkin fechou espasmodicamente os olhos, como se estivesse lamentando seu sono recente e querendo reavê-lo por um minutinho. Contudo, um minuto depois, saltou, com um salto só,

---

[1] Os servidores civis e militares do Império Russo dividiam-se em 14 classes consecutivas, sendo a 1ª (chanceler, marechal de exército ou almirante) a mais alta.

[2] Rua das seis lojas (em russo: veja *Humilhados e ofendidos,* Parte II, Capítulo VII).

para fora da cama, acabando provavelmente de encontrar aquela ideia em cuja volta haviam rodopiado, até então, seus pensamentos dispersos, não colocados ainda numa ordem apropriada. Saltando para fora da cama, logo foi correndo até um espelhinho redondinho que estava em cima da cômoda. Muito embora a fisionomia que se refletiu no espelho, modorrenta como estava, de olhos míopes e calvície assaz crescida, fosse daquele exato tipo reles que decididamente não atraía, desde a primeira olhada, a atenção exclusiva de ninguém, seu titular se quedou aparentemente bem satisfeito com tudo o que viu no espelho. "Mas que coisa seria...", disse, a meia-voz, o senhor Goliádkin, "mas que coisa seria se eu falhasse hoje de alguma forma, se, por exemplo, algo não desse certo, se, digamos, uma espinha incomum brotasse ou qualquer outra contrariedade me sobreviesse! Aliás, por enquanto não estou nada mal; por ora, tudo vai bem." Todo contente de que tudo ia bem, o senhor Goliádkin pôs o espelho no mesmo lugar e, apesar de descalço e com aquele traje em que costumava ir para a cama, foi correndo até a janela e começou, com muito zelo, a procurar algo, com os olhos, no pátio do prédio para o qual davam as janelas de seu apartamento. Em aparência, aquilo que chegou a encontrar no pátio também o deixou bem satisfeito: seu rosto se alumiou com um sorriso presunçoso. A seguir (de resto, olhando primeiramente para trás do tabique, onde ficava o cubículo de Petruchka,[3] seu camareiro, e certificando-se de que Petruchka não estava lá), aproximou-se, nas pontas dos pés, da sua mesa, destrancou uma das gavetas, apalpou o cantinho mais fundo dessa gaveta, tirou afinal, de baixo dos velhos papéis amarelados e trastes afins, uma carteira verde, toda surrada, abriu-a cautelosamente e depois, com desvelo e regozijo, examinou o bolso mais distante e oculto dela. Decerto um maço de notinhas verdinhas, cinzentinhas, azuizinhas, vermelhinhas,[4] e de várias outras corzinhas também, olhou para o senhor Goliádkin de maneira bastante afável e aprobatória, já que sua cara ficou radiante, e, colocando a carteira aberta em sua frente, em cima da mesa, ele esfregou com força as mãos em sinal do maior deleite. Acabou por retirá-lo, aquele maço consolador de notas bancárias, e se pôs a recontá-las, posto que o fizesse,

---

[3] Forma diminutiva e pejorativa do nome russo Piotr, também usada no texto em sua forma carinhosa (Petrucha).

[4] Trata-se das notas bancárias de 3 (verde), 50 (cinza), 5 (azul) e 10 (vermelha) rublos.

aliás, pela centésima vez desde a véspera, friccionando minuciosamente cada folhinha entre o polegar e o indicador. "Setecentos e cinquenta rublos em papel-moeda!", terminou enfim, quase cochichando. "Setecentos e cinquenta rublos... uma quantia vultosa! Uma quantia agradável", continuou com uma voz trêmula, um pouco lânguida de tanto prazer, apertando o maço com as mãos e sorrindo de modo significativo; "eis uma quantia bem agradável! Agradável para qualquer um! Gostaria de ver agora alguém que achasse essa quantia ínfima! Uma quantia dessas pode levar a gente para bem longe..."

"Mas o que é isso?", pensou o senhor Goliádkin. "Mas onde está Petruchka, hein?" Ainda com o mesmo traje, voltou a olhar para trás do tabique. Petruchka não estava outra vez lá, porém se zangava e se exaltava e se enfurecia apenas um samovar[5] posto no chão, ameaçando, o tempo todo, derramar-se e taramelando, rápida e acaloradamente, em sua língua complicada, cheia de sons velarizados e ceceados, decerto para dizer ao senhor Goliádkin que "assim, gente boa, veja se me pega enfim, que já estou totalmente pronto".

"Que o diabo o carregue!", pensou o senhor Goliádkin. "Aquele animal preguiçoso é capaz, afinal, de tirar a gente do último compasso! Por onde será que anda zanzando?" Tomado de uma indignação justa, entrou na antessala composta de um corredorzinho no fim do qual se encontrava a porta do *sêni*,[6] abriu um pouquinho aquela porta e viu seu criado rodeado por uma súcia bastante considerável de toda espécie de lacaios, domésticos e transeuntes casuais. Petruchka estava contando alguma coisa, os outros o escutavam. Obviamente, nem o tema dessa conversa nem a conversa em si agradaram ao senhor Goliádkin. Chamou de imediato por Petruchka e retornou ao seu quarto bem descontente, até mesmo aflito. "Aquele animal é capaz de vender qualquer um e, mais ainda, seu patrão por um vintém", pensou no íntimo. "E já vendeu, vendeu com certeza: estou pronto a apostar que vendeu, nem por um copeque[7] sequer."

— Pois bem?

— Trouxeram a libré,[8] meu senhor.

---

[5] Espécie de chaleira aquecida por um tubo central com brasas e munida de uma torneira na parte inferior.

[6] Antessala (em russo); neste contexto, a porta de entrada do apartamento.

[7] Moeda russa, uma centésima parte do rublo.

[8] Uniforme de lacaio.

— Vista-a, pois, e venha aqui.

Envergando a libré, Petruchka entrou, com um sorriso estúpido, no quarto de seu patrão. Seu traje era esquisito em extremo. Usava uma libré de lacaio, verde e muito gasta, munida de galões, cuja douradura tinha caído, e aparentemente confeccionada para quem fosse todo um *archin*[9] mais alto do que Petruchka. Segurava um chapéu, também munido de galões e ornado de plumas verdes, e uma espada de lacaio pendia, numa bainha de couro, em seu quadril.

Afinal, para perfazer o quadro, Petruchka vinha seguindo seu hábito predileto, o de sempre se vestir de modo caseiro e negligente, e agora também estava descalço. O senhor Goliádkin examinou Petruchka de todos os lados e, pelo visto, ficou satisfeito. A tal da libré devia ter sido alugada para alguma ocasião solene. Percebia-se ainda que, durante o exame, Petruchka fitava seu patrão com certa expectativa estranha e observava, com uma curiosidade extraordinária, cada movimento dele, o que deixava o senhor Goliádkin extremamente confuso.

— Pois bem, e a carruagem?

— A carruagem também chegou.

— Para o dia todo?

— Para o dia todo. Vinte e cinco, em papel-moeda.

— E trouxeram as botas?

— E trouxeram as botas.

— Imbecil! Não pode dizer "trouxeram, sim"? Traga-as para cá.

Exprimindo sua satisfação porque as botas lhe serviam bem, o senhor Goliádkin pediu chá e seus utensílios de toalete e barbeação. Barbeou-se mui zelosamente, lavou-se de igual maneira, tomou, apressado, uns goles de chá e procedeu ao seu vestir crucial e definitivo: pôs uma calça quase novinha em folha, depois um peitilho com botõezinhos de bronze e um colete com florezinhas assaz vistosas e agradáveis de ver; atou uma gravata de seda, versicolor, no pescoço e, finalmente, envergou seu uniforme, também novinho e cuidadosamente escovado. Enquanto se vestia, lançou vários olhares amorosos para suas botas, soerguendo, a cada minuto, ora um pé, ora o outro, admirando o feitio delas e sussurrando, o tempo todo, algo consigo mesmo, ao passo que piscava, vez por outra, àquele seu pensamentozinho com uma caretinha expressiva. De

---

[9] Cerca de 70 centímetros.

resto, o senhor Goliádkin estava por demais distraído naquela manhã, portanto quase não reparou nos sorrisinhos e esgares que Petruchka lhe dirigia ao ajudá-lo a pôr suas roupas. No fim das contas, fazendo tudo o que lhe cumpria fazer e vestindo-se por completo, o senhor Goliádkin colocou sua carteira no bolso, deliciou-se em definitivo com a aparência de Petruchka, o qual calçara as botas e, dessa forma, estava também de plena prontidão, e, percebendo que tudo já tinha sido feito e não havia mais por que esperar, desceu correndo a escada, apressado e azafamado, com um tremorzinho no coração. Um carro de aluguel, azul e ataviado com diversos brasões, acercou-se, estrondeando, da entrada. Trocando piscadelas com o cocheiro e alguns basbaques ali, Petruchka acomodou seu patrão naquele carro; com uma voz insólita e mal contendo seu riso estúpido, gritou: "Vai!", saltou sobre a traseira, e eis que aquilo tudo, ruidoso e estrondoso, tilintante e estalante, foi rodando em direção à avenida Nêvski.[10] Mal a carruagem azul passou pelo portão, o senhor Goliádkin esfregou convulsivamente as mãos e soltou uma risada baixa, inaudível, como um homem de índole jovial que tivesse conseguido pregar uma peça das boas e ficasse, ele próprio, todo alegre com essa peça. De resto, logo após tal acesso de alegria, uma estranha expressão preocupada veio substituir o riso no rosto do senhor Goliádkin. Embora o tempo estivesse úmido e nublado, ele abaixou os vidros de ambas as janelas do carro e se pôs a espiar, atento, quem passava do lado direito e do lado esquerdo, tomando um ar decente e imponente tão logo percebesse que alguém o mirava. Uma vez na esquina da rua Litéinaia e da avenida Nêvski, estremeceu com uma sensação desagradabilíssima e, franzindo-se como um pobre coitado a quem tivessem ocasionalmente pisado no calo, recolheu-se, às pressas e até mesmo com temor, no cantinho mais escuro de sua carruagem. É que avistara dois colegas seus, dois jovens servidores daquela repartição pública em que ele mesmo servia. Quanto àqueles servidores, o senhor Goliádkin teve a impressão de que também estavam, da sua parte, extremamente perplexos ao encontrarem assim um colega seu, chegando um deles, inclusive, a apontar o senhor Goliádkin com o dedo. Até mesmo lhe pareceu que o outro servidor o chamara, em voz alta, pelo nome, sendo isso, bem entendido, assaz indecoroso no meio da rua.

[10] Uma das principais vias públicas da parte histórica de São Petersburgo.

Nosso protagonista se escondeu e não respondeu. "Mas que moleques!", passou a raciocinar com seus botões. "O que há de tão estranho nisso, hein? Um homem está dentro de uma carruagem; esse homem precisa estar dentro dessa carruagem, portanto ele a alugou. Uma droga, simplesmente! Eu os conheço: são apenas dois garotinhos que ainda se deveria açoitar! Só sabem brincar de cara ou coroa, quando recebem o ordenado, e bater pernas por ali; só esse é seu negócio. Diria umas coisinhas a eles todos, mas é que..." Sem terminar, o senhor Goliádkin ficou petrificado. Uma vigorosa parelha de cavalinhos de Kazan, bem familiar ao senhor Goliádkin e atrelada a um *drójki*[11] ajanotado, vinha ultrapassando rapidamente, pelo lado direito, a carruagem dele. Ao avistar por acaso o rosto do senhor Goliádkin, cuja cabeça assomara, mui imprudentemente, pela janela da carruagem, o senhor sentado naquele *drójki* também se quedou, pelo visto, extremamente espantado com tal encontro inesperado e, curvando-se o quanto pudesse, começou a olhar, com as maiores curiosidade e simpatia, para aquele canto da carruagem em que nosso protagonista se escondera às pressas. Esse senhor do *drójki* era Andrei Filíppovitch, chefe de setor naquela repartição pública em cujo quadro o senhor Goliádkin constava na qualidade de assessor do chefe de sua seção. Percebendo que Andrei Filíppovitch o reconhecera perfeitamente, que olhava com toda a atenção possível e que não havia sequer a mínima chance de se esconder, o senhor Goliádkin enrubesceu até as orelhas. "Será que o cumprimento ou não? Será que lhe respondo ou não? Será que me entrego ou não?", pensava nosso protagonista, tomado de uma angústia indescritível. "Ou então finjo que não sou eu, mas um homem qualquer, assombrosamente parecido comigo, e me comporto como se de nada se tratasse? Não sou eu, positivamente não sou eu, e ponto-final!", dizia consigo o senhor Goliádkin, tirando o chapéu diante de Andrei Filíppovitch e não despregando mais os olhos dele. "Eu... não é nada...", cochichava, contra sua vontade. "Não é nada mesmo, não sou eu, Andrei Filíppovitch; não sou eu, coisa nenhuma, não sou eu e ponto-final." Todavia, o *drójki* ultrapassou logo a carruagem, e o magnetismo daqueles olhares de seu superior cessou. Ele continuava, porém, a enrubescer, a sorrir, a murmurar algo consigo...

[11] Leve carruagem de quatro rodas.

"Fiz uma besteira quando não respondi", acabou pensando. "Devia ter agido simplesmente com ousadia e aquela sinceridade não desprovida de nobreza: assim, pois, e assado, Andrei Filíppovitch, também fui convidado para um almoço, e ponto-final!" Depois, ao lembrar de chofre que falhara, nosso protagonista se ruborizou que nem fogo, franziu o sobrolho e lançou um olhar terrível, desafiador, para o canto dianteiro da carruagem, um olhar destinado a fulminar e reduzir a cinzas todos os seus inimigos de uma vez só. Afinal, como que movido por uma inspiração repentina, puxou o cordão amarrado ao cotovelo do cocheiro, parou a carruagem e mandou retornar para a rua Litéinaia. É que o senhor Goliádkin sentiu que lhe cumpria de imediato, provavelmente para sua própria tranquilidade, contar algo interessantíssimo ao seu médico, Krestian[12] Ivânovitch. E, posto que conhecesse Krestian Ivânovitch havia bem pouco tempo, tendo-o visitado, notadamente, apenas uma vez na semana passada, em decorrência de certas necessidades, um médico é, como se diz, igual a um confessor: negar seria bobo, e conhecer o paciente era a obrigação dele. "Mas será tudo isso assim mesmo, aliás?", continuou nosso protagonista, descendo da carruagem ao portão de um prédio de cinco andares situado na rua Litéinaia, perto do qual mandara parar seu carro. "Será tudo isso assim mesmo? Será conveniente? Será oportuno? Aliás, e daí?", prosseguiu, subindo a escada, retomando fôlego e contendo as palpitações de seu coração que tinha o hábito de ficar palpitando em todas as escadas alheias. "E daí? É que se trata de mim mesmo e não há nada de condenável nisso... Negar seria bobo, sim. Desse modo, vou fingir que não é nada, que vim assim, de passagem... E ele perceberá que deve ser assim mesmo."

Em meio a tais reflexões, o senhor Goliádkin subiu ao primeiro andar e parou diante do apartamento número cinco, em cujas portas estava afixada uma bonita placa de cobre com a inscrição: *Krestian Ivânovitch Rhuttenspitz, doutor em medicina e cirurgia.*

Parando lá, nosso protagonista se apressou a dar à sua fisionomia um ar decente e desenvolto, não desprovido de certa cortesia, e se aprontou para puxar o cordão da campainha. Ao aprontar-se a puxá-lo, raciocinou, imediata e mui oportunamente, se não seria melhor voltar no

[12] O nome do médico, um alemão russificado, é derivado da palavra *крест* ("cruz" em russo).

dia seguinte e concluiu que não havia, por ora, nenhuma necessidade premente. Mas, como o senhor Goliádkin ouviu, de súbito, os passos de alguém que subia a escada, alterou imediatamente essa sua nova decisão e tão só assim, por ela vir a calhar, mas, não obstante, com o ar mais resoluto possível, tocou a campainha às portas de Krestian Ivânovitch.

CAPÍTULO II

O doutor em medicina e cirurgia Krestian Ivânovitch Rhuttenspitz, um homem assaz saudável, embora já entrado em anos, dotado de sobrancelhas e costeletas espessas, que estavam embranquecendo, de um olhar expressivo, fulgente, o qual lhe bastava, pelo visto, para afugentar todas as enfermidades, e, finalmente, condecorado com uma ordem considerável, estava sentado, naquela manhã, em seu gabinete, em suas poltronas propícias para repouso, tomava o café servido pessoalmente pela sua cara-metade, fumava um charuto e prescrevia, de vez em quando, receitas aos seus pacientes. Ao prescrever o último frasco a um velhinho, que padecia de hemorroidas, e deixar o tal velhinho sofredor sair pelas portas laterais, Krestian Ivânovitch se acomodou à espera da próxima visita. Quem entrou foi o senhor Goliádkin.

Decerto Krestian Ivânovitch nem por sombras esperava pelo senhor Goliádkin (tampouco desejava, aliás, vê-lo em sua frente), portanto se confundiu de improviso, por um instante, e uma expressão algo estranha, até se poderia dizer aborrecida, surgiu, de maneira involuntária, em seu rosto. Como, por sua parte, o senhor Goliádkin quase sempre murchava e se desconcertava, um tanto fora de propósito, naqueles momentos em que lhe ocorria abordar alguém por conta dos seus próprios negócios miúdos, agora também, sem ter preparado sua primeira frase, a qual lhe era habitualmente, em tais casos, uma verdadeira pedra no sapato, embaraçou-se muitíssimo, murmurou algo (parece, de resto, que pediu desculpas) e, sem saber o que faria depois, pegou uma cadeira e se sentou. Contudo, ao recordar que se sentara sem ser convidado, logo se apercebeu da sua indecência e se apressou a corrigir tal falta, cometida por desconhecimento do bom-tom nas relações sociais, levantando-se imediatamente daquele assento que ocupara sem convite. A seguir, recobrando-se e notando vagamente que fizera duas bobagens de uma vez só, resolveu, sem a menor demora, fazer a terceira também, quer dizer, tentou justificar a sua conduta, murmurou algo sorrindo, enrubesceu, confundiu-se, calou-se de modo expressivo e se sentou afinal em definitivo, para não se levantar mais, e apenas assim, por via das dúvidas, resguardou-se com o mesmo olhar desafiador, provido daquela força extraordinária que era capaz de fulminar mentalmente e de reduzir a cinzas todos os seus inimigos. Ademais, esse olhar traduzia plenamente a independência do senhor Goliádkin, ou seja, dizia às claras que ele não devia nada a ninguém, andava por si só, como todos andam, e que sua isbá[1] ficava, em todo caso, de lado. Krestian Ivânovitch pigarreou, grasnou, aparentemente em sinal de aprovação e de anuência àquilo tudo, e fixou seu olhar interrogativo, o de um inspetor, no senhor Goliádkin.

— Eu, Krestian Ivânovitch — começou o senhor Goliádkin, com um sorriso —, vim incomodá-lo pela segunda vez e agora, pela segunda vez, ouso pedir sua indulgência... — Obviamente, o senhor Goliádkin se complicava em escolher suas palavras.

— Hum... sim! — disse Krestian Ivânovitch, soltando um jato de fumo pela boca e colocando o charuto em cima da mesa. — Mas o senhor precisa seguir minhas prescrições; é que já lhe expliquei que seu tratamento haveria de consistir na mudança de seus hábitos... Pois bem, umas diversões aí; pois bem... deve visitar seus amigos e conhecidos, sem ser, ao mesmo tempo, inimigo da garrafa; ter, de igual modo, uma companhia animada.

O senhor Goliádkin, ainda sorridente, apressou-se a comentar que se achava igual a todos e se sentia bem à vontade, que suas diversões eram comuns... que poderia, com certeza, ir até mesmo ao teatro, porquanto também tinha, igual a todos, seus meios, que trabalhava em sua repartição de dia, que estava em casa de noite e que não devia nada a ninguém; comentou, inclusive, logo, assim de passagem, que não era, em sua opinião, nada pior do que os outros, morando em sua casa, em seu próprio apartamento, e tendo, no fim das contas, o tal de Petruchka. Então o senhor Goliádkin se interrompeu.

— Hum, não, essa ordem não presta, e não foi por isso que eu quis perguntar. É que me interessa saber, de modo geral, como o senhor é, se gosta muito de companhias animadas, se passa alegremente seu

[1] Casa de madeira (em russo): alusão ao ditado "minha isbá fica de lado", que significa "não tenho nada a ver com isso, não quero nem saber disso" ou algo similar.

tempo... Pois bem: será que agora está levando uma vida melancólica ou divertida?

— Eu, Krestian Ivânovitch...

— Hum... estou dizendo — interrompeu o doutor — que cabem ao senhor uma transformação radical de toda a sua vida e, de certa forma, uma quebra de seu caráter. (Krestian Ivânovitch acentuou fortemente a palavra "quebra" e se calou, por um minuto, com um ar bem significativo.) Não ser alheio à vida divertida, frequentar os espetáculos e o clube, e não ser, em todo caso, inimigo da garrafa. Não presta ficar em casa... não é possível, de modo algum, que o senhor fique em casa.

— Eu, Krestian Ivânovitch, gosto de silêncio — disse o senhor Goliádkin, lançando um olhar significativo para Krestian Ivânovitch e procurando, pelo visto, palavras capazes de exprimir sua ideia da forma mais acertada possível. — Moramos, em meu apartamento, apenas eu e Petruchka... quero dizer meu criado, Krestian Ivânovitch. Quero dizer, Krestian Ivânovitch, que tenho seguido meu próprio caminho, um caminho particular, Krestian Ivânovitch. Vivo por mim mesmo e, pelo que me parece, não dependo de ninguém. Eu também, Krestian Ivânovitch, saio para passear.

— Como?... Ah, sim! Pois agora não é nada agradável passear: o clima está bastante ruim.

— Pois é, Krestian Ivânovitch. Eu, Krestian Ivânovitch, sou um homem tranquilo, conforme já tive a honra, ao que parece, de lhe explicar, porém meu caminho, ainda assim, tem um rumo particular, Krestian Ivânovitch. O caminho da vida é largo... Eu quero... eu quero, Krestian Ivânovitch, dizer com isto... Veja se me desculpa, Krestian Ivânovitch, que não sou nada eloquente.

— Hum... o senhor diz...

— Digo para o senhor me desculpar, Krestian Ivânovitch, por não ser, ao que me parece, nada eloquente — disse o senhor Goliádkin, num tom meio ressentido, confundindo-se e atrapalhando-se um pouco. — Nesse sentido, Krestian Ivânovitch, não sou como os outros — acrescentou, com um sorriso algo singular — e não sei falar muito nem aprendi a embelezar este meu estilo. Em compensação, Krestian Ivânovitch, estou agindo; estou agindo, em compensação, Krestian Ivânovitch!

— Hum... Mas como é que o senhor... está agindo? — replicou Krestian Ivânovitch. Depois se seguiu um minutinho de silêncio. O doutor olhou para o senhor Goliádkin de certo modo estranho e desconfiado. O senhor Goliádkin também, por sua vez, mirou o doutor de soslaio, com bastante desconfiança.

— Eu, Krestian Ivânovitch... — foi prosseguindo o senhor Goliádkin, no mesmo tom, um tanto irritado e perplexo com aquela extrema teimosia de Krestian Ivânovitch — eu, Krestian Ivânovitch, não gosto de celeuma mundana e, sim, de tranquilidade. Lá com eles, estou dizendo na alta sociedade, Krestian Ivânovitch, é preciso saber lustrar os parquetes[2] com botas... (então o senhor Goliádkin arrastou um pouco o pezinho pelo chão), lá isso se requer, e um trocadilho também se requer... e se tem de saber compor aquele cumprimento todo perfumado... eis o que se requer por lá. Só que eu cá não aprendi nada disso, Krestian Ivânovitch, nenhuma dessas artimanhas todas, por não ter tempo. Sou um homem simples, simplório, e não há brilho externo em mim. Pois é nisso, Krestian Ivânovitch, que largo minha arma, que abro mão dela, falando nesse sentido. — Entenda-se bem que o senhor Goliádkin disse tudo isso com um ar a deixar claro que nosso protagonista não lamentava nem um pouco abrir mão, nesse sentido, da sua arma ou não ter aprendido nenhuma das artimanhas, mas até mesmo pelo contrário. Ouvindo-o, Krestian Ivânovitch olhava para baixo, com uma careta muito desagradável, e como que já pressentia alguma coisa. Foi um silêncio assaz prolongado e significativo que sucedeu à tirada do senhor Goliádkin.

— Parece que o senhor se afastou um pouco do tema — disse, finalmente, Krestian Ivânovitch a meia-voz —: confesso-lhe que não consegui entendê-lo em absoluto.

— Não sou nada eloquente, Krestian Ivânovitch; já tive a honra de participar ao senhor, Krestian Ivânovitch, que não era nada eloquente — disse o senhor Goliádkin, dessa vez num tom brusco e resoluto.

— Hum...

— Krestian Ivânovitch! — tornou a falar o senhor Goliádkin, com uma voz baixa, mas bem significativa, em parte de modo solene e delongando-se em cada ponto de seu discurso. — Krestian Ivânovitch!

---

[2] Assoalho feito de tacos de madeira que formam desenhos ou figuras (Dicionário Caldas Aulete).

Entrando aqui, comecei pedindo desculpas. Agora repito o dito e volto a pedir sua indulgência por um tempo. Não tenho, Krestian Ivânovitch, nada a esconder do senhor. Sou um homem ínfimo, o senhor mesmo sabe disso, mas, por sorte, não estou lamentando ser este homem ínfimo. Até mesmo pelo contrário, Krestian Ivânovitch, e, para dizer tudo, até mesmo me orgulho de não ser um grande homem e, sim, um homem ínfimo. Não sou intrigante e me orgulho disso também. Não ajo às esconsas e, sim, às escâncaras, sem fraudes, embora possa prejudicar, por minha vez, e prejudicar muito, e saiba, inclusive, quem e como poderia prejudicar ali, Krestian Ivânovitch, porém não quero manchar-me e, nesse sentido, lavo as minhas mãos. Digo que as lavo nesse sentido, Krestian Ivânovitch! — Por um instante, o senhor Goliádkin se calou expressivamente: vinha falando com uma suave inspiração.

— Tenho seguido, Krestian Ivânovitch — foi prosseguindo nosso protagonista —, um caminho reto, aberto e sem rodeios, porque os desprezo e deixo aquilo aos outros. Não procuro humilhar a quem talvez seja melhor do que a gente... ou seja, quero dizer eu com ele, Krestian Ivânovitch, não quero dizer o senhor comigo. Não gosto de meios-termos; não aprecio aquelas duplicidades pífias; enojo-me com calúnias e fofocas. Ponho uma máscara tão somente por ocasião de uma mascarada em vez de andar com ela, na frente das pessoas, todos os dias. Apenas lhe pergunto, Krestian Ivânovitch, como o senhor se vingaria de um inimigo seu, do seu inimigo mais ferrenho, daquele que considerasse como tal? — concluiu o senhor Goliádkin, lançando seu olhar desafiador para Krestian Ivânovitch.

Conquanto tivesse dito aquilo tudo com a maior nitidez possível, clara e firmemente, ponderando suas palavras e contando com o efeito mais certo, agora olhava para Krestian Ivânovitch, nada obstante, com inquietude, uma grande inquietude, uma inquietude extrema. Agora era todo olhos, esperando pela resposta de Krestian Ivânovitch com timidez e uma impaciência irritante e angustiante. No entanto, para surpresa e absoluta derrota do senhor Goliádkin, Krestian Ivânovitch murmurou algo consigo mesmo, depois achegou sua poltrona à mesa e, de maneira bastante seca, mas, de resto, amável, declarou-lhe algo como valorizar seu tempo e não entender, de certa forma, direito, estando pronto, aliás, a servi-lo como pudesse, na medida das suas forças, e deixando tudo quanto viesse depois e não lhe dissesse respeito para lá. Então pegou uma pena, puxou seus papéis, destacou uma folhinha de formato medicinal e anunciou que logo lhe prescreveria o que se devia prescrever.

— Pois não se deve, não, Krestian Ivânovitch! Não se deve de jeito nenhum! — retorquiu o senhor Goliádkin, soerguendo-se em seu assento e agarrando a mão direita de Krestian Ivânovitch. — Pois isso aí, Krestian Ivânovitch, não tem necessidade alguma...

Nesse ínterim, enquanto ele dizia tudo isso, operou-se no senhor Goliádkin uma mudança estranha. Seus olhos cinza fulgiram de certo modo esquisito, seus lábios passaram a tremer, todos os músculos de seu rosto se agitaram, todas as suas feições se moveram. E ele ficou todo trêmulo. Obedecendo ao seu primeiro impulso e detendo a mão de Krestian Ivânovitch, o senhor Goliádkin se mantinha agora imóvel, como se não confiasse em si mesmo e esperasse por uma inspiração para continuar agindo.

Então ocorreu uma cena bastante estranha. Um tanto perplexo, Krestian Ivânovitch como que se grudara instantaneamente em sua poltrona e, desconcertado, olhava, arregalando os olhos, para o senhor Goliádkin, o qual o encarava da mesma maneira. Afinal, Krestian Ivânovitch se levantou, segurando-se de leve à lapela do uniforme do senhor Goliádkin. Passaram ambos alguns segundos assim, imóveis e sem despregarem os olhos um do outro. E foi então (aliás, de um modo estranhíssimo) que se consumou o segundo impulso do senhor Goliádkin. Seus lábios ficaram tremendo, seu queixo ficou saltitando, e, mui inesperadamente, nosso protagonista rompeu a chorar. Soluçando, sacudindo a cabeça, batendo-se no peito com a mão direita e segurando-se também, com a esquerda, à lapela do traje caseiro de Krestian Ivânovitch, queria ainda falar e explicar algo de imediato, porém não conseguia articular uma só palavra. Por fim, Krestian Ivânovitch se recuperou do seu pasmo.

— Basta: acalme-se e sente-se! — disse enfim, esforçando-se para sentar o senhor Goliádkin numa poltrona.

— Tenho inimigos, Krestian Ivânovitch, tenho inimigos; tenho inimigos encarniçados que juraram acabar comigo... — respondeu o senhor Goliádkin, cochichando com timidez.

— Basta, basta: o que são os inimigos? Não tem de se lembrar dos inimigos, isso é totalmente desnecessário! Sente-se, pois, sente-se — continuava Krestian Ivânovitch, acomodando o senhor Goliádkin definitivamente naquela poltrona.

O senhor Goliádkin se sentou afinal, sem despregar os olhos de Krestian Ivânovitch. Com ares de extremo descontentamento, Krestian Ivânovitch se pôs a andar de um canto do seu gabinete para o outro. Seguiu-se um longo silêncio.

— Fico-lhe grato, Krestian Ivânovitch, muito grato e bem consciente de tudo quanto o senhor acaba de fazer por mim. Não me esquecerei desse seu carinho até o caixão, Krestian Ivânovitch — acabou dizendo o senhor Goliádkin, levantando-se com um ar ressentido.

— Basta, basta! Digo-lhe: basta! — respondeu Krestian Ivânovitch, assaz rigoroso, àquele rasgo do senhor Goliádkin, tornando a acomodá-lo no mesmo lugar. — Pois bem, o que está havendo? Conte-me do que tem agora de desagradável — continuou — e de que inimigos anda falando. O que é que tem aí?

— Não, Krestian Ivânovitch, é melhor que agora deixemos para lá — respondeu o senhor Goliádkin, fixando os olhos no chão —, é melhor que ponhamos tudo isso de lado, até um momento... um outro momento, Krestian Ivânovitch, até um momento mais oportuno em que tudo se revelará, e a máscara de certas pessoas cairá, e algo ficará à mostra. E agora, por enquanto, depois do que se deu conosco, bem entendido... concorde o senhor mesmo, Krestian Ivânovitch... Permita que lhe deseje uma boa manhã,[3] Krestian Ivânovitch — disse o senhor Goliádkin, levantando-se do seu assento, dessa vez resoluto e sério, e pegando seu chapéu.

— Ah, bem... como quiser... hum... (Houve um minuto de silêncio.) O senhor sabe que eu, por minha parte, posso... e desejo sinceramente o seu bem.

— Compreendo o senhor, Krestian Ivânovitch, compreendo; agora o compreendo completamente... Em todo caso, veja se me desculpa por tê-lo incomodado, Krestian Ivânovitch.

— Hum... Mas não era disso que eu queria falar. De resto, como lhe aprouver. Continue tomando os medicamentos...

— Vou continuar tomando os medicamentos, conforme o senhor diz, Krestian Ivânovitch, vou continuar, sim, e vou comprá-los na mesma botica... Até ser um boticário, Krestian Ivânovitch, é um negócio importante, hoje em dia...

---

[3] A saudação "boa-manhã" é comum no meio russófono.

— Como? Em que sentido é que quer dizer isso?

— Num sentido bem ordinário, Krestian Ivânovitch. Quero dizer que o mundo está, hoje em dia, tal...

— Hum...

— Que qualquer moleque, e não apenas aquele da botica, já vem torcendo o nariz ante um homem decente.

— Hum... Mas como é que o percebe?

— Estou falando, Krestian Ivânovitch, de um homem conhecido... de alguém que nós dois conhecemos, Krestian Ivânovitch, por exemplo, digamos assim, de Vladímir Semiônovitch...

— Hã?

— Sim, Krestian Ivânovitch, e conheço certas pessoas, Krestian Ivânovitch, que não se atêm demasiado à opinião geral para dizerem, vez por outra, umas verdades.

— Hã? Mas como assim?

— Pois assim mesmo; aliás, é um assunto à parte, mas sabem, por vezes, servir cuco com suco.[4]

— O quê? Servir o quê?

— Cuco com suco, Krestian Ivânovitch: é um ditado russo. Sabem, por vezes, parabenizar alguém oportunamente, por exemplo; há tais pessoas, Krestian Ivânovitch.

— Parabenizar?

— Sim, parabenizar, Krestian Ivânovitch, como fez, um dia destes, alguém que conheço de perto...

— Alguém que conhece de perto, hein?... Mas como assim? — disse Krestian Ivânovitch, mirando o senhor Goliádkin com atenção.

— Sim, uma pessoa que conheço de perto parabenizou pela titulação, por ter obtido a oitava classe, outra pessoa que também conheço de perto e, além do mais, um companheiro, como se diz, um amigo dulcíssimo. Foi por mera coincidência. "Estou derretido, digamos assim, de tanta alegria com o ensejo de lhe expressar, Vladímir Semiônovitch, meus parabéns, meus *sinceros* parabéns, por tê-la obtido. E tanto mais me alegro que hoje em dia, como o mundo inteiro está sabendo, não há mais velhotas que leiam a sorte". — Então o senhor Goliádkin inclinou

[4] Gíria arcaica russa que designava uma surpresa (nem sempre agradável).

a cabeça, maroto, e olhou para Krestian Ivânovitch entrefechando os olhos.

— Hum... Falou daquela maneira...

— Pois falou, Krestian Ivânovitch, falou e logo olhou para Andrei Filíppovitch, quer dizer, para o tio de nosso tesourinho Vladímir Semiônovitch. E eu com isso, Krestian Ivânovitch, se ele obteve a oitava classe? O que tenho a ver com isso? Pois ele quer casar-se, posto que o leite não tenha secado ainda, se me for permitida tal expressão, nos lábios dele. E foi isso mesmo que eu disse, pois. Falou, está falado, Vladímir Semiônovitch, e ponto-final! Agora que disse tudo, permita que me retire.

— Hum...

— Sim, Krestian Ivânovitch, permita agora, digo eu, que me retire. E de quebra, para matar dois pardais com uma pedrada só, já que atingi o tal valentão em cheio com aquelas velhotas, dirijo-me a Klara Olsúfievna (é que foi anteontem, na casa de Olsúfi Ivânovitch), e ela acaba de cantar uma romança lacrimosa, e digo que assim, pois, "a senhorita se dignou agorinha a cantar uma romança lacrimosa, só que não a ouvem, digamos, de coração puro". E assim aludo, veja se o senhor me entende, Krestian Ivânovitch, aludo claramente que não se interessam agora por ela, mas por alguém de alçada maior...

— Hã? E ele?...

— Comeu um limão, Krestian Ivânovitch, como se diz conforme aquele ditado.

— Hum...

— Sim, Krestian Ivânovitch. E digo o mesmo ao velho em pessoa: assim, pois, Olsúfi Ivânovitch, digo eu, estou sabendo o que devo ao senhor, aprecio plenamente os favores de que o senhor me tem cumulado, quase desde a minha infância. Mas veja aí se abre os olhos, Olsúfi Ivânovitch, digo eu. Olhe só! É que estou falando, eu mesmo, com lisura e retidão, Olsúfi Ivânovitch.

— Ah é?

— Sim, Krestian Ivânovitch. É isso aí...

— E ele?

— Mas o que tem ele, Krestian Ivânovitch? Ficou gaguejando: assim, pois, e assado, conheço você, e Sua Excelência é um homem benevolente... e foi falando e se desmanchou todo... Bem, e daí? Como se diz, abalou-se bastante de tão velho.

— Ah, mas agora é assim?

— É, Krestian Ivânovitch. Pois é assim com todos nós, não é mesmo? Um velhote, já olha para o caixão, respira para o incenso, como se diz, só que, mal se entrança alguma lorota de mulherzinha ali, já vem dando ouvidos, como se não se pudesse sem ele...

— O senhor diz "uma lorota"?

— Sim, Krestian Ivânovitch, entrançaram uma. Pois nosso urso e o sobrinho dele, aquele tesourinho nosso, também meteu a mão nisso: acertaram com umas velhotas, bem entendido, e tramaram toda uma história. E o que o senhor acha? O que acha que inventaram para matar o homem?...

— Para matar o homem?

— Sim, Krestian Ivânovitch, para matar o homem, para matá-lo moralmente. Espalharam... ainda estou falando de alguém que conheço de perto...

Krestian Ivânovitch inclinou a cabeça.

— Espalharam um boato a respeito dele... Confesso-lhe que fico até com vergonha de contar, Krestian Ivânovitch...

— Hum...

— Espalharam o boato de ele já ter assinado a promessa de se casar, de já ser noivo por outro lado... E se casar com quem, Krestian Ivânovitch, o que acha?

— Juro que...

— Com uma cozinheira, uma alemã indecente que lhe fornece os almoços, a ele... e dizem que, em vez de saldar suas dívidas, ele a pede em casamento.

— São eles que dizem?

— Será que acredita, Krestian Ivânovitch? Uma alemã, uma alemã vil, abjeta, desavergonhada — Carolina Ivânovna, se é que o senhor a conhece...

— Confesso que, por minha parte...

— Compreendo o senhor, Krestian Ivânovitch, compreendo e sinto isso, por minha parte...

— Diga-me, por favor, onde está vivendo agora.

— Onde estou vivendo agora, Krestian Ivânovitch?

— Sim... eu quero... parece que antes o senhor vivia...

— Vivia, Krestian Ivânovitch, vivia, antes também vivia. Como é que não teria vivido? — respondeu o senhor Goliádkin, acompanhando suas palavras com uma risadinha e deixando Krestian Ivânovitch um tanto confuso com sua resposta.

— Não, o senhor não me entendeu direito: eu queria, por minha parte...

— Eu também queria, Krestian Ivânovitch; por minha parte, eu também queria — prosseguiu o senhor Goliádkin, rindo. — Todavia, Krestian Ivânovitch, já me demorei bastante em sua casa. Espero que agora o senhor me permita... desejar-lhe uma boa manhã...

— Hum...

— Sim, Krestian Ivânovitch, compreendo o senhor; agora o compreendo completamente — disse nosso protagonista, posando um pouco perante Krestian Ivânovitch. — Pois então me permita desejar-lhe uma boa manhã...

Então nosso protagonista arrastou o pezinho e saiu do gabinete, deixando Krestian Ivânovitch extremamente pasmado. Descendo a escada do médico, sorria e esfregava jovialmente as mãos. Uma vez à saída, respirando o ar fresco e sentindo-se em liberdade, ficou até mesmo realmente disposto a reconhecer-se o mais feliz dos mortais e a rumar em seguida, diretamente, para seu departamento, porém, de chofre, sua carruagem estrondeou ao portão, e ele olhou e se recordou de tudo. Petruchka já estava abrindo as portinholas. E foi uma sensação estranha e desagradabilíssima que se apossou do senhor Goliádkin. Como que enrubesceu por um instante. Algo o pungiu. Já erguia o pé a fim de pisar no estribo da carruagem, mas se virou, de repente, e olhou para as janelas de Krestian Ivânovitch. Isso mesmo! Postado rente à janela, Krestian Ivânovitch alisava, com a mão direita, suas costeletas e fitava, assaz curioso, nosso protagonista.

"Aquele médico é tolo", pensou o senhor Goliádkin, recolhendo-se dentro da carruagem, "extremamente tolo. Talvez esteja tratando bem de seus pacientes, mas, ainda assim... é tolo que nem um madeiro." O senhor Goliádkin acomodou-se, Petruchka gritou: "Vai!", e a carruagem foi rodando de novo em direção à avenida Nêvski.

CAPÍTULO III

O senhor Goliádkin passou toda aquela manhã extremamente atarefado. Ao alcançar a avenida Nêvski, nosso protagonista mandou parar junto do Pátio Gostínny.[1] Saltando fora da sua carruagem, correu embaixo de uma arcada, acompanhado por Petruchka, e foi direto a uma loja de artigos de prata e de ouro. Logo se percebia, tão só pela aparência do senhor Goliádkin, que não tinha mãos a medir, pois tinha um monte de quefazeres. Barganhando os aparelhos completos de almoço e de chá por mil e quinhentos rublos e tanto em papel-moeda, conseguindo, com certo desconto, uma charuteira de feitio requintado e um aparelho completo de barbear, feito de prata, pela mesma quantia e perguntando, afinal, pelo preço de mais algumas coisinhas úteis e agradáveis, cada qual à sua maneira, o senhor Goliádkin acabou prometendo que voltaria sem falta, logo no dia seguinte, ou então mandaria alguém buscar a compra no mesmo dia, anotou o número da loja e, ao escutar com atenção o comerciante que insistia em cobrar-lhe um sinalzinho, prometeu que daria, na hora certa, um sinalzinho também. Feito isso, despediu-se apressado daquele comerciante, que se quedara atônito, e foi adiante pela galeria, seguido por toda uma súcia de mendigos, virando-se a cada minuto, olhando para Petruchka e empenhando-se em procurar mais uma loja qualquer. De passagem, deu um pulinho numa casinha de câmbio, onde trocou todas as suas notas graúdas pelas miúdas e, muito embora tivesse prejuízo por conta da cotação, trocou-as ainda assim, e sua carteira ficou consideravelmente mais grossa, o que lhe trouxe, pelo visto, uma satisfação enorme. Deteve-se, por fim, numa loja que vendia diversos artigos femininos. Barganhando outra vez, por uma soma notável, o senhor Goliádkin prometeu àquele comerciante também que voltaria sem falta, anotou o número da loja e, questionado acerca

[1] Imenso conjunto de lojas e armazéns situado no centro histórico de São Petersburgo.

do sinalzinho, repetiu que haveria, sim, um sinalzinho na hora certa. Depois visitou mais algumas lojas: barganhava em todas, perguntava pelo preço de várias coisinhas, ficava, às vezes, discutindo por muito tempo com os comerciantes, saía da tal loja e retornava umas três vezes — numa palavra, mostrava-se particularmente enérgico. Indo embora do Pátio Gostínny, nosso protagonista rumou para uma loja de móveis bem conhecida, onde barganhou a mobília para seis cômodos, ficou admirando uma penteadeira feminina, assaz requintada e conforme a última moda, e, assegurando ao comerciante que mandaria sem falta buscar aquilo tudo, saiu da loja ao prometer, como de costume, um sinalzinho; depois passou por outro lugar e barganhou outras coisas. Numa palavra, seus afazeres eram, pelo visto, infindáveis. Afinal, tudo isso começou, aparentemente, a deixar o próprio senhor Goliádkin muito aborrecido. Sabia lá Deus por que motivo, mas até mesmo alguns remorsos se puseram, sem causa aparente, a torturá-lo. Agora não consentiria, por nada neste mundo, em topar, por exemplo, com Andrei Filíppovitch nem sequer com Krestian Ivânovitch. Finalmente, o relógio urbano badalou três horas da tarde. Quando o senhor Goliádkin se acomodou definitivamente em sua carruagem, possuía de fato, dentre todas as aquisições que fizera naquela manhã, apenas um par de luvas e um frasco de perfume cujo preço era de um rublo e meio em papel-moeda. Como era ainda, na visão do senhor Goliádkin, bastante cedo, mandou seu cocheiro parar ao lado de um restaurante conhecido na avenida Nêvski, do qual até então só ouvira falar, desceu da carruagem e foi correndo lanchar, descansar e aguardar por algum tempo.

Lanchando como alguém que tivesse em perspectiva um rico almoço de gala, isto é, beliscando qualquer coisa para matar o bicho, como se diz, e tomando um calicezinho de vodca, o senhor Goliádkin se instalou numa poltrona, olhou modestamente ao seu redor e se dispôs, todo pacífico, a ler um fino jornaleco nacional. Ao ler umas duas linhas, levantou-se, mirou-se num espelho, ajeitou e alisou suas roupas; depois se achegou à janela para ver se sua carruagem ainda estava lá... depois se sentou de novo e pegou o jornal. Percebia-se que nosso protagonista estava por demais inquieto. Consultando o relógio e vendo que eram apenas três horas e um quarto, tendo, por conseguinte, de passar ainda bastante tempo no aguardo e raciocinando, por outro lado, que seria indecente ficar sentado assim, o senhor Goliádkin mandou servirem chocolate quente, posto que não sentisse, aliás, muita vontade de tomá-lo nessa ocasião. Tomando o tal chocolate e percebendo que o tempo avançara um pouco, foi pagar a conta. De súbito, alguém lhe deu um tapinha no ombro.

Ele se virou e viu, em sua frente, dois colegas e companheiros seus, aqueles mesmos com quem se deparara pela manhã na rua Litéinaia, dois moços ainda bastante novos tanto pela idade quanto pela titulação. Nosso protagonista não os tratava nem bem nem mal: não havia amizade nem hostilidade declarada entre eles. É claro que as conveniências eram observadas de ambos os lados, porém eles não se aproximavam mais do que isso, nem pretendiam aproximar-se, um do outro. Encontrá-los no momento presente foi algo desagradabilíssimo para o senhor Goliádkin. Franziu-se de leve e, por um minutinho, ficou confuso.

— Yákov Petróvitch, Yákov Petróvitch! — gorjearam os dois servidores. — O senhor está aí? Mas com que...

— Ah, são os senhores! — apressou-se a interrompê-los o senhor Goliádkin, um tanto confuso e escandalizado com o espanto desses servidores de décima quarta classe e, ao mesmo tempo, com a familiaridade de seu tratamento, mas se fingindo, aliás, de desenvolto e valentão sem querer. — Desertaram, meus senhores, he-he-he?... — Então, para não se rebaixar, mas condescender àquela moçada do escritório, com a qual sempre se mantivera dentro dos limites estabelecidos, até mesmo tentou dar um tapinha no ombro de um dos moços, porém não conseguiu, nesse caso, ser popular, fazendo, em vez de um gesto familiar e apropriado, algo diametralmente oposto. — Pois bem, e nosso urso está lá?...

— Mas quem é, Yákov Petróvitch?

— O urso, pois; como se não soubessem quem é chamado de urso... — O senhor Goliádkin deu uma risada e se voltou para um funcionário a fim de receber seu troco. — Estou falando de Andrei Filíppovitch, meus senhores — prosseguiu, terminando seu negócio com o funcionário e dirigindo-se dessa vez aos servidores com um ar bastante sério. Ambos os servidores trocaram piscadelas significativas.

— Está, sim, e ainda perguntou pelo senhor, Yákov Petróvitch — respondeu um deles.

— Está, hein? Nesse caso, meus senhores, que fique lá mesmo. E perguntou por mim, hein?

— Perguntou, Yákov Petróvitch. Mas o que é que o senhor tem, tão perfumado, engomado e ajanotado assim?...

— Nada, meus senhores, não é nada! Basta... — respondeu o senhor Goliádkin, olhando para o lado e sorrindo com esforço. Ao verem-no sorrir, os servidores romperam a gargalhar. O senhor Goliádkin se melindrou um pouco.

— Digo-lhes, meus senhores, de modo amigável — disse nosso protagonista, após uma breve pausa, como se resolvesse (tudo bem) segredar algo aos servidores. — Os senhores me conhecem todos, mas até agora me têm conhecido por um lado só. Não há quem seja culpado disso, e confesso que eu mesmo fui culpado em parte.

O senhor Goliádkin cerrou os lábios e fitou os servidores com imponência. Tornaram ambos a trocar piscadelas.

— Não me conheciam, meus senhores, até este momento. Explicar-me agora e aqui não seria muito conveniente. Apenas lhes direi algo assim, de passagem. Há pessoas, meus senhores, que não gostam de rodeios e se mascaram tão somente por ocasião de uma mascarada. Há pessoas que não enxergam a destinação direta do homem em ser habilmente capaz de lustrar o parquete com botas. Há também pessoas, meus senhores, que não vão dizer que são felizes, e que sua vida é plena, quando, por exemplo, uma calça lhes cai bem. Há, finalmente, pessoas que não gostam de saltitar nem de se requebrar à toa, de flertar nem de bajular e, o principal, meus senhores, de meter seu nariz onde não se pede que o metam... Disse quase tudo, meus senhores; agora me permitam, pois, que me retire...

O senhor Goliádkin se calou. Como os senhores servidores estavam agora plenamente satisfeitos, caíram ambos, de supetão, numa gargalhada extremamente descortês. O senhor Goliádkin enrubesceu.

— Riam, meus senhores, riam por enquanto! Quem viver verá — disse, com uma sensação de dignidade ofendida, pegou seu chapéu e recuou rumo às portas.

— Só que direi mais, meus senhores — acrescentou, dirigindo-se, pela última vez, aos senhores servidores de décima quarta classe —, direi mais, sim: estão ambos a sós comigo aqui. Minhas regras são estas, meus senhores: se não conseguir, resisto; se conseguir, persisto e, em todo caso, não fico minando ninguém. Não sou intrigante e me orgulho disso. Não serviria para ser diplomata. Ainda se diz, meus senhores, que a ave voa por si mesma em direção ao caçador. É verdade, e estou pronto a concordar, mas quem seria o caçador aqui e quem seria a ave? É uma questão à parte, meus senhores!

O senhor Goliádkin se calou eloquentemente, com a fisionomia mais significativa possível, isto é, de sobrancelhas erguidas e lábios cerrados até não se poder mais cerrá-los, saudou os senhores servidores com uma mesura e saiu, deixando-os extremamente perplexos.

— Aonde manda que vamos? — perguntou, assaz severamente, Petruchka que já estava farto, sem dúvida, de tanto perambular com um frio daqueles. — Aonde manda que vamos? — perguntou ao senhor Goliádkin, captando aquele terrível olhar capaz de fulminar tudo, com o qual nosso protagonista já se resguardara duas vezes naquela manhã e ao qual recorrera agorinha, descendo a escada, pela terceira vez.

— À ponte Ismáilovski.

— À ponte Ismáilovski! Vai!

"O almoço deles vai começar depois das quatro ou até mesmo às cinco horas, não antes", pensava o senhor Goliádkin. "Não seria cedo agora? De resto, posso chegar mais cedo; além disso, é um almoço de gala. Posso chegar assim, *sans-façon*,[2] como se diz no meio das pessoas decentes. Por que não poderia ser *sans-façon*? Pois nosso urso também disse que seria tudo *sans-façon*, portanto, eu também..." Assim pensava o senhor Goliádkin; enquanto isso, sua inquietude não cessava de aumentar. Era óbvio que ele se preparava para algo bem melindroso, se não disséssemos mais ainda, cochichando consigo mesmo, gesticulando com a mão direita, olhando, volta e meia, pelas janelas da carruagem, de sorte que certamente ninguém diria, vendo agora o senhor Goliádkin, que ia almoçar com apetite e desenvoltura e, ainda por cima, num círculo familiar, *sans-façon*, como se diz no meio das pessoas decentes. Afinal, perto da ponte Ismáilovski como tal, o senhor Goliádkin apontou para um prédio; a carruagem passou, estrondeando, pelo portão e parou à entrada da ala direita. Avistando um vulto feminino na janela do primeiro andar, o senhor Goliádkin lhe mandou um beijo pelos ares. Aliás, não sabia, ele próprio, o que fazia, pois estava decididamente mais morto que vivo naquele momento. Desceu da carruagem, pálido e desconcertado; subiu a escadinha de entrada, tirou o chapéu, ajeitou-se

[2] Sem-cerimônia (em francês).

maquinalmente e, sentindo, de resto, um leve tremor nos joelhos, enveredou pela escadaria.

— Olsúfi Ivânovitch está? — indagou ao criado que lhe abrira a porta.

— Está, sim, quer dizer, não está, não.

— Como assim? O que é isso, meu caro? Eu... eu vim almoçar, maninho. É que você me conhece, não é?

— Como não conheceria o senhor? Disseram para não o receber.

— Você... você, maninho... decerto está enganado, maninho. Sou eu. Fui convidado, maninho; vim almoçar — balbuciou o senhor Goliádkin, tirando o capote e demonstrando uma intenção evidente de entrar nos aposentos.

— Licença: o senhor não pode. Disseram para não receber o senhor, para mandá-lo embora. É isso aí!

O senhor Goliádkin empalideceu. Nesse exato momento, a porta dos cômodos interiores abriu-se, e quem apareceu foi Guerássimytch, o velho mordomo de Olsúfi Ivânovitch.

— Esse senhor quer entrar, Yemelian Guerássimovitch, mas eu...

— Você é bobão, Alexéitch. Vá aos aposentos e mande o cafajeste do Semiônytch para cá. Não pode — disse, dirigindo-se ao senhor Goliádkin num tom polido, mas resoluto. — De jeito nenhum. Pedem que os desculpe, mas não podem recebê-lo.

— Disseram assim mesmo, que não podiam receber? — perguntou o senhor Goliádkin, hesitante. — Veja se me desculpa, Guerássimytch, mas por que de jeito nenhum?

— De jeito nenhum. Eu anunciei, e eles disseram: peça desculpas. Não podem, digamos, recebê-lo.

— Mas por quê? Mas como assim? Como...

— Licença, licença!...

— Mas como é que isso pode ser? Não pode ser assim! Anuncie... Mas como é que pode ser mesmo? Vim almoçar...

— Licença, licença!...

— Aliás, se pedem mesmo desculpas, é outra coisa, porém, veja se me entende, Guerássimytch: como assim, Guerássimytch?

— Licença, licença! — retrucou Guerássimytch, afastando o senhor Goliádkin com a mão, mui firmemente, e abrindo um largo caminho a dois senhores que estavam entrando, naquele mesmo instante, na antessala. Esses senhores que entravam eram Andrei Filíppovitch e seu sobrinho Vladímir Semiônovitch. Ambos olharam para o senhor Goliádkin com pasmo. Andrei Filíppovitch queria puxar conversa, mas o senhor Goliádkin já havia tomado a sua decisão: estava saindo da antessala de Olsúfi Ivânovitch, de olhos baixos, corando e sorrindo, com uma expressão completamente perdida.

— Voltarei mais tarde, Guerássimytch, e me explicarei: espero que tudo isso não demore a ser esclarecido na hora certa — murmurou à soleira e, parcialmente, já na escada.

— Yákov Petróvitch, Yákov Petróvitch!... — ouviu-se a voz de Andrei Filíppovitch, que vinha atrás do senhor Goliádkin.

Este já estava então no primeiro patamar da escadaria. Virou-se depressa para Andrei Filíppovitch.

— O que deseja, Andrei Filíppovitch? — inquiriu, num tom assaz resoluto.

— O que tem aí, Yákov Petróvitch, hein? De que maneira?...

— Nada, Andrei Filíppovitch. Estou aqui por mim mesmo. É minha vida pessoal, Andrei Filíppovitch.

— Mas o que é?

— Estou dizendo, Andrei Filíppovitch, que é minha vida pessoal e que não se pode, pelo que me parece, encontrar aqui nada de condenável no tocante às minhas relações oficiais.

— Como? No tocante às oficiais... Mas o que é que o senhor tem?

— Nada, Andrei Filíppovitch, absolutamente nada: uma garota afoita, nada mais...

— O quê?... O quê?! — Andrei Filíppovitch ficou perdido de tão pasmado. O senhor Goliádkin, que até então, falando com Andrei Filíppovitch de baixo da escada, parecia prestes a atirar-se bem aos olhos dele, viu que o chefe de seu setor se confundira um pouco e deu, quase sem reparar nisso, um passo para a frente. Andrei Filíppovitch recuou. O senhor Goliádkin subiu mais um degrau e mais um. Angustiado, Andrei Filíppovitch olhou à sua volta. De chofre, o senhor Goliádkin foi subindo rapidamente. Ainda mais rapidamente, Andrei Filíppovitch saltou para dentro da antessala e bateu a porta atrás de si. O senhor Goliádkin ficou só. Sua vista se obscureceu. Ele se embaraçara por completo e agora estava lá, imerso numa perplexidade estúpida, como se rememorasse uma circunstância, também muito estúpida, que acabava de sobrevir. "Eh, eh!", sussurrou, forçando-se a sorrir. Enquanto isso, ouviram-se embaixo, na escadaria, vozes e passos, provavelmente dos demais convidados de Olsúfi Ivânovitch. O senhor Goliádkin se recobrou em parte, apressou-se a erguer, o mais que pudesse, a sua gola de guaxinim, cobriu-se com ela na medida do possível e foi descendo, cambaleante, saltitante, apressado e trôpego, escada abaixo. Sentia-se como que enfraquecido e entorpecido por dentro. Estava confuso a ponto de nem sequer esperar, ao sair do prédio, pela sua carruagem, indo, ele mesmo, direto através do pátio imundo até ela. Aproximando-se da sua carruagem e preparando-se para se acomodar nela, o senhor Goliádkin descobriu mentalmente a vontade de afundar no solo ou de se esconder, pelo menos, numa frestinha de rato com essa carruagem sua. Parecia-lhe que tudo quanto houvesse na casa de Olsúfi Ivânovitch olhava agora para ele de todas as janelas. Sabia que morreria sem falta, no mesmo lugar, se porventura se virasse para trás.

— Por que está rindo, imbecil? — disse, rapidamente, a Petruchka que já se aprontara a ajudá-lo a subir à carruagem.

— Por que estaria rindo, hein? Não é nada... Aonde vamos agora?

— Para casa: vá indo...

— Vai para casa! — gritou Petruchka, empoleirando-se na traseira.

"Que goela de gralha!", pensou o senhor Goliádkin. Nesse meio-tempo, a carruagem já se afastara bastante da ponte Ismáilovski. De súbito, nosso protagonista puxou o cordão, com todas as forças, e gritou ao cocheiro que desse imediatamente para trás. O cocheiro virou os cavalos e, dois minutos depois, entrou novamente no pátio de Olsúfi Ivânovitch. "Não precisa, seu besta, não precisa! Para trás!", bradou o senhor Goliádkin, e o cocheiro, como se já esperasse por uma ordem dessas, deu uma volta ao pátio, sem objetar de modo algum nem parar à entrada, e foi outra vez rodando pela rua. O senhor Goliádkin não voltou para casa, mas, passando pela ponte Semiônovski, mandou virar para uma viela e parar perto de uma taberna de aparência meio humilde. Descendo da carruagem, nosso protagonista pagou ao cocheiro e, dessa maneira, livrou-se enfim do seu carro de aluguel; mandou Petruchka ir para casa e esperar pelo seu retorno, entrou, ele mesmo, naquela taberna, ocupou um cômodo privativo e mandou servirem o almoço. Sentia-se bastante mal, e sua mente parecia toda transtornada e caótica. Emocionado, passou muito tempo andando pelo cômodo; sentou-se, afinal, numa cadeira, apoiou a testa nas mãos e ficou tentando, com todas as forças, ponderar e resolver algo relacionado com sua situação atual...

CAPÍTULO IV

Aquele dia, o dia solene do aniversário de Klara Olsúfievna, filha única do servidor de quinta classe Berendéiev que era, àquela altura, benfeitor do senhor Goliádkin — aquele dia marcado por um brilhante e magnificente almoço de gala, um almoço tal que havia tempos não fora visto no âmbito dos apartamentos de servidores públicos, lá perto da ponte Ismáilovski e nas redondezas, um almoço que mais se parecia com um banquete de Belsazar[1] do que com um almoço qualquer, que cheirava a algo babilônico quanto ao brilho, ao luxo e à decência, com champanhe Clicquot, ostras e frutos das lojas de Yelisséiev e de Miliútin, com vários bezerros cevados[2] e a tabela da titulação funcional — aquele dia solene, marcado por um almoço tão solene assim, finalizou-se com um baile esplendoroso, um baile caseiro, pequeno e parental, mas, não obstante, esplendoroso quanto ao gosto, à educação e à decência. Decerto concordo plenamente, eu mesmo: tais bailes ocorrem, mas raras vezes. Tais bailes, mais semelhantes a diversões familiares do que a bailes propriamente ditos, podem ser oferecidos apenas em tais casas como, por exemplo, a do servidor de quinta classe Berendéiev. E direi mais: chego mesmo a duvidar que todos os servidores de quinta classe possam oferecer tais bailes. Oh, se eu fosse um poeta (um poeta igual, pelo menos, a Homero[3] e Púchkin,[4] bem entendido, já que não dá para a gente se meter ali com um talento menor!), haveria de pintar para vocês, ó leitores, todo aquele dia soleníssimo com tintas vistosas e pinceladas largas! Aliás, não: começaria este meu poema com aquele

[1] Veja: Daniel, V.

[2] Alusão ao texto bíblico: Lucas, 15:23.

[3] Homero (sec. IX a.C.): um dos maiores poetas da humanidade, autor das epopeias *Ilíada* e *Odisseia.*

[4] Alexandr Serguéievitch Púchkin (1799-1837): o maior poeta russo de todos os tempos, apelidado pelos contemporâneos de "o sol da poesia russa", e um dos autores preferidos de Dostoiévski.

almoço, ressaltaria sobremaneira aquele momento pasmoso e, ao mesmo tempo, solene em que a primeira taça se ergueu para se brindar à saúde da homenageada, da rainha daquela festa. Pintaria para vocês, em primeiro lugar, aqueles convidados imersos num silêncio venerador e numa expectativa tal que mais se parecia com a eloquência de Demóstenes[5] do que com um silêncio. Depois pintaria para vocês Andrei Filíppovitch, o mais velho dos convidados e até mesmo possuidor de certo direito à primazia, adornado com cãs e ordens adequadas a essas cãs, o qual se levantou do seu assento e ergueu, acima de sua cabeça, uma taça de vinho cintilante, daquele vinho trazido adrede de um reino distante para regar tais momentos com ele, daquele vinho mais semelhante ao néctar divino do que a um vinho. Pintaria para vocês os convivas e os felizes pais da rainha da festa, que ergueram também suas taças, seguindo o exemplo de Andrei Filíppovitch e fixando nele seus olhos tão expectantes. Pintaria para vocês esse Andrei Filíppovitch, tão frequentemente mencionado, que começou deixando uma lágrima cair em sua taça e depois, proferindo sua felicitação e seu voto, brindou e bebeu à saúde... Confesso, porém, confesso plenamente que não saberia pintar toda a solenidade daquele momento em que a própria rainha da festa, Klara Olsúfievna, enrubescendo, qual uma rosa primaveril, com um rubor de beatitude e pejo, caiu, transbordante de emoções, nos braços de sua terna mãe, em que a terna mãe em pessoa chegou a lacrimejar um pouco, em que se quedou soluçando, diante disso, seu pai em pessoa, ancião respeitável e servidor de quinta classe Olsúfi Ivânovitch, que perdera o uso das pernas em seu extenso serviço, mas fora recompensado pelo destino, em atenção a tamanho zelo, com um cabedalzinho, uma casinha, umas aldeiazinhas lá e uma linda filha, em que ele se quedou soluçando como uma criança e proferiu, em meio aos prantos, que Sua Excelência era um homem benfazejo. Eu não saberia, não, justamente não saberia pintar para vocês aquela empolgação geral dos corações que sucedeu infalivelmente ao tal momento, a empolgação que se expressou claramente até na conduta de um jovem servidor de décima quarta classe (o qual mais se assemelhava, naquele momento, a um servidor de quinta classe), que também lacrimejou um

[5] Demóstenes (384-322 a.C.): grande estadista e orador ateniense, um dos símbolos da eloquência política e forense na história universal.

pouco a escutar Andrei Filíppovitch. Por sua parte, Andrei Filíppovitch não se assemelhava naquele momento solene, de modo algum, a um servidor de sexta classe e chefe de setor num departamento — não, ele aparentava ser algo diferente... apenas não sei o que seria precisamente, mas não seria um servidor de sexta classe. Ele estava acima disso! Por fim... oh, mas por que não possuo eu o mistério do estilo forte e sublime, do estilo solene, para pintar todos aqueles momentos belos e edificantes da vida humana, os quais parecem criados com o propósito de demonstrar como, de vez em quando, a virtude triunfa sobre as más intenções, o livre-pensamento, o vício e a inveja? Não direi nada, porém, calado como estou, o que será melhor do que qualquer eloquência viria a ser, apontarei a vocês aquele moço feliz a entrar em sua décima sexta primavera, Vladímir Semiônovitch, o sobrinho de Andrei Filíppovitch, que se levantou, por sua vez, do seu assento, propondo, por sua vez, um brinde, em quem se fixavam os olhos lacrimejantes dos pais da rainha da festa, os olhos orgulhosos de Andrei Filíppovitch, os olhos pudicos da própria rainha da festa, os olhos extáticos dos convivas e até mesmo os olhos apropriadamente invejosos de certos jovens colegas do tal moço brilhante. Não direi nada, embora não possa desperceber que tudo naquele moço, mais semelhante a um ancião do que a um moço, falando-se nisso de forma que lhe seja favorável, tudo mesmo, a começar pelas suas bochechas floridas e terminando pela sua titulação de oitava classe, tudo estava prestes, naquele momento solene, a declarar que assim, pois, a um nível tão alto é que um homem podia ser levado pela sua boa índole! Não vou descrever, afinal, como Anton Antônovitch Sêtotchkin,[6] chefe de seção num dos departamentos, colega de Andrei Filíppovitch e, outrora, de Olsúfi Ivânovitch, além de amigo de longa data dessa família e padrinho de Klara Olsúfievna, um velhinho de cabelos brancos que nem luar, soltou um cacarejo ao propor, por sua vez, um brinde e declamou uns versos engraçados, como fez todos os presentes rirem até chorar com esse decente olvido da decência, se me for permitida tal expressão, e como Klara Olsúfievna em pessoa acabou por beijá-lo, a mando de seus pais, por ser tão jovial e amável assim. Direi apenas que, por fim, os convivas, que naturalmente deviam sentir-se,

[6] Confira: *Diário do subsolo*, Parte II, em que o senhor Sêtotchkin é mencionado como chefe imediato do "homem do subsolo".

após um almoço daqueles, parentes e irmãos uns dos outros, levantaram-se da mesa; depois, gastando um tempinho em conversarem amigavelmente e até mesmo em trocarem algumas confidências (assaz gentis e decentes, bem entendido), os velhinhos e homens imponentes passaram cerimoniosamente para outro cômodo e, sem mais perder seu tempo de ouro, dividiram-se em grupos e, cheios de dignidade, sentaram-se às mesas cobertas de pano verde; as damas, que se acomodaram na sala de estar, tornaram-se, de repente, todas amáveis em extremo e se puseram a conversar sobre diversas matérias; afinal, o próprio anfitrião respeitabilíssimo, o qual perdera o uso das pernas enquanto se dedicava, de corpo e alma, ao seu serviço, mas fora recompensado por isso com tudo quanto havia sido mencionado acima, começou a andar, com suas muletas, por entre os convidados, arrimado por Vladímir Semiônovitch e Klara Olsúfievna, e, ao tornar-se também, repentinamente, por demais amável, resolveu improvisar um bailezinho modesto, fossem quais fossem as respectivas despesas; um rapaz expedito (aquele mesmo que mais se assemelhava, na hora do almoço, a um ancião do que a um moço) foi enviado, com tal objetivo, buscar os músicos; chegou, em seguida, um conjunto de onze músicos, sem mais nem menos, e finalmente, às oito e meia em ponto, ouviram-se os sons convidativos de uma quadrilha francesa e de várias outras danças... Nem se precisa dizer que minha pena é fraca, mole e obtusa para descrever, de modo apropriado, aquele baile improvisado pela extraordinária amabilidade do anfitrião grisalho. E como, vou perguntar, como posso eu, este humilde narrador das aventuras do senhor Goliádkin (muito interessantes, aliás, em certo sentido), como é que posso descrever aquela mistura extraordinária e conveniente da beleza, do brilho, da decência, da alegria, da imponência amável e da amabilidade imponente, da vivacidade, da felicidade, todas aquelas brincadeiras e risadas de todas aquelas esposas de servidores públicos, mais semelhantes a fadas do que a damas, falando-se nisso de forma que lhes seja favorável, com seus ombros das cores lírio e rosa, com suas carinhas, com seus troncos airosos, com suas perninhas vivazmente travessas e, recorrendo-se ao estilo sublime, homeopáticas? Como, no fim das contas, vou pintar para vocês aqueles brilhantes cavalheiros, servidores públicos, animados e imponentes, jovens e já entrados em anos, risonhos e convenientemente sisudos, que fumavam, nos intervalos das danças, seus cachimbos num distante quartinho verde ou não fumavam cachimbo algum nesses intervalos, aqueles cavalheiros a portarem todos, desde o primeiro até o último, uma titulação e um sobrenome decentes, aqueles cavalheiros profundamente compenetrados de percepção da beleza e de sua própria dignidade, aqueles cavalheiros cuja maioria falava francês com as damas e, quando falava russo, lançava mão de expressões do estilo mais sublime, de cumprimentos e frases profundas, aqueles cavalheiros que só no fumadouro tomavam a liberdade de se afastar um pouco (aliás, gentilmente) do tal estilo sublime, empregando certas frases a denotarem uma cortês familiaridade, como, por exemplo: "Pois então, Pêtka,[7] seu assim e assado, dançaste uma baita polca, hein?" ou "Pois então, Vássia,[8] seu assim e assado, pegaste a tua daminha aí de jeito!". Para tudo isso, como já tive a honra de explicar-lhes acima, ó leitores, esta minha pena não basta, portanto fico calado. É melhor retornarmos ao senhor Goliádkin, o único protagonista verdadeiro de nossa narrativa assaz verídica.

O fato é que está agora numa situação bastante estranha, para não dizer mais ainda. Ele também está aqui, meus senhores, ou seja, não está neste baile, mas quase neste baile, e não deve nada a ninguém, meus senhores, mas, posto que não deva nada a ninguém, fica, neste exato momento, num caminho não muito reto; fica agora — é estranho até falar nisso —, fica agora postado no *sêni*, na escada dos fundos do apartamento de Olsúfi Ivânovitch. Aliás, não faz mal se ele fica postado lá, já que não deve nada a ninguém. Está postado num cantinho qualquer, meus senhores, recolhendo-se num lugarzinho nem tão quente quanto escuro, tapando-se parcialmente com um armário enorme e alguns velhos biombos, além de vários badulaques, trastes e cacarecos afins, escondendo-se até o momento certo e apenas observando, por ora, o decurso geral dos eventos na qualidade de espectador alheio. Apenas está observando agora, meus senhores; ele também pode, meus senhores, entrar ali... por que é que não entraria? É só dar um passo, e ele entrará, entrará com muita destreza. Foi só agorinha (passando, aliás, já a terceira hora naquele frio, entre o armário e os biombos, em meio a badulaques, trastes e cacarecos afins) que citou, para justificar sua própria conduta, uma frase de Villèle, ministro francês de saudosa memória: "Vem tudo

---

[7] Forma diminutiva e pejorativa do nome russo Piotr (Pedro).

[8] Forma diminutiva e carinhosa do nome russo Vassíli (Basílio).

na hora certa a quem sabe esperar".[9] Tendo lido essa frase outrora, num livrinho, de resto, totalmente alheio ao assunto, o senhor Goliádkin chegou a evocá-la agorinha em sua memória de forma assaz oportuna. Em primeiro lugar, essa frase convinha muito bem à sua situação atual, e, em segundo lugar, o que não viria à mente de um homem a esperar pelo desfecho feliz de suas circunstâncias havia quase três horas a fio, postado num *sêni*, na escuridão e com frio? Ao citar de forma assaz oportuna, como já foi dito, uma frase de Villèle, antigo ministro francês, o senhor Goliádkin se lembrou logo, sem saber por quê, do antigo vizir turco Martsimíris, assim como da bela marquesa Luísa, cuja história também lera outrora num livrinho.[10] Depois lhe veio à memória que os jesuítas até mesmo tinham determinado a regra de considerarem todos os meios apropriados contanto que a meta pudesse ser alcançada.[11] Revigorando-se um pouco com tal fato histórico, o senhor Goliádkin disse a si próprio: o que seriam, pois, aqueles jesuítas lá? Aqueles jesuítas eram todos, até o último, os maiores imbecis, e ele mesmo os botaria todos no chinelo e, tão logo se esvaziasse, apenas por um minutinho, a copa (o cômodo cuja porta dava diretamente para o *sêni* e a escada dos fundos, onde o senhor Goliádkin se encontrava agora), ele mesmo, fossem quais fossem aqueles jesuítas lá, iria direto, iria, sim, primeiro da copa ao cômodo onde se tomava chá, depois àquele cômodo onde se jogava agora baralho e, finalmente, direto à sala onde se dançava agora polca. Iria, pois, iria sem falta, iria sem se importar com nada, esgueirando-se por ali, e ponto-final, e ninguém repararia nele, e depois ele mesmo saberia o que tinha a fazer. É nesse estado, meus senhores, que encontramos agora o protagonista de nossa história absolutamente verídica, se bem que seja difícil, aliás, explicar o que notadamente se dá com ele no momento presente. É que ele soube, sim, chegar àquela escada e àquele *sêni*, pela própria razão de que, se qualquer um chegasse lá, então por que ele não teria chegado, porém não ousou ir adiante, não

---

[9] *Tout vient à point à qui peut attendre* (em francês): lema de Joseph de Villèle (1773-1854), primeiro-ministro da França de 1822 a 1828.

[10] Trata-se do romance *História das aventuras do milorde inglês George e da marquesa Frederica Luísa de Brandemburgo*, de Matvéi Komarov (cerca de 1730-1812), espécie de "novela das seis", muito popular na Rússia em fins do século XVIII e ainda lembrado na época de Dostoiévski.

[11] *La fin justifie les moyens*: tese originalmente encontrada nas obras do filósofo Nicolas Oresme (séc. XIV) e do político Philippe de Commynes (séc. XV), que se atribui também a Maquiavel (1469-1527) e ao fundador da Companhia de Jesus Inácio de Loyola (1491-1556).

ousou evidentemente fazer isso... não por não ousar mesmo fazer algo, mas assim, porque não quisera, ele próprio, fazê-lo, por lhe ser mais proveitoso agir às escondidinhas. Ei-lo agora, meus senhores, esperando às escondidinhas, esperando há exatamente duas horas e meia. Por que não esperaria, pois? Até mesmo Villèle em pessoa esperava. "Mas o que tem Villèle?", pensava o senhor Goliádkin. "Que Villèle seria aquele? Mas como é que eu faria agora para... aquilo ali... para penetrar, hein?... Eh, que figura tu és!", disse o senhor Goliádkin, beliscando, com sua mão congelada, sua bochecha congelada. "Como tu és bobinho, Goliadka, já que este é teu sobrenome!..." De resto, esse carinho em relação à sua própria pessoa não tinha, naquele momento, nada de especial, sendo algo passageiro, sem nenhum objetivo patente. Ei-lo tentando e avançando um pouco: o momento chegou; a copa se esvaziou, não há mais ninguém nela; o senhor Goliádkin viu tudo isso pela janela, ficou, dando dois passos, junto à porta e já se dispôs a abri-la. "Vou lá ou não vou? Vou lá, pois, ou não? Vou, sim... por que não iria? Quem for corajoso abre caminhos por toda parte!" Revigorando-se dessa maneira, nosso protagonista se recolheu, repentina e mui inesperadamente, atrás dos biombos. "Não", estava pensando, "e se alguém entrar por acaso? É isso mesmo: entraram... Por que fiquei bocejando cá, enquanto não havia ninguém lá dentro, hein? Iria assim e penetraria!... Não, o que significa 'penetraria', se o caráter do cara é assim? Eta, que tendência vil! Assustei-me que nem uma galinha. Sim, assustar-nos é bem conosco, é nosso negócio mesmo! Emporcalhar é sempre conosco: nem se precisa perguntar-nos por isso. Agora fica aí plantado, feito um cepo, e nada mais! Se estivesses em casa, tomarias, ao menos, uma chavenazinha de chá... Eta, como seria agradável tomar uma chavenazinha mesmo! Se eu voltar mais tarde, Petruchka ficará, talvez, resmungando, hein? Será que vou para casa? Que os diabos levem aquilo tudo! Vou lá, e ponto-final!" Ao solucionar, dessa maneira, a sua situação, o senhor Goliádkin avançou depressa, como se alguém tivesse tocado numa mola em seu âmago; dando dois passos, entrou na copa, tirou o capote, bem como o chapéu, apressou-se a colocar tudo isso num canto, ajeitou e alisou suas roupas; depois... depois se dirigiu ao cômodo onde se tomava chá; esgueirou-se até outro cômodo, passando, quase despercebido, por entre os jogadores empolgados com seu jogo; depois... depois... então o senhor

Goliádkin se esqueceu de tudo quanto se fazia ao seu redor e foi direto, caindo como a neve na cabeça,[12] à sala onde se dançava.

Como que de propósito, não se dançava naquele momento. As damas passeavam pela sala em grupos pitorescos. Os homens se reuniam, grupinho por grupinho, ou então se esgueiravam pelo cômodo, engajando as damas. O senhor Goliádkin não reparava em nada disso. Via apenas Klara Olsúfievna e, ao lado dela, Andrei Filíppovitch, depois Vladímir Semiônovitch e ainda mais dois ou três oficiais, e ainda mais dois ou três jovens, também bastante interessantes, os quais só vinham nutrindo ou já haviam realizado, conforme se podia julgar com a primeira olhada, certas esperanças... Via mais alguém, ou melhor, já não via mais ninguém, não olhava para ninguém... mas, movido pela mesma mola por meio da qual se insinuara, sem ter sido convidado, num baile de outrem, seguiu adiante, depois mais e mais adiante, esbarrou, de passagem, num servidor de sexta classe e pisou no pé dele; pisou, de quebra, no vestido de uma velhinha respeitável e rasgou-o um pouco, empurrou um criado com a bandeja nas mãos, empurrou mais alguém e, sem reparar em nada disso ou, melhor dito, ao ter reparado assim, de relance, continuou avançando, sem olhar para ninguém, indo cada vez mais adiante, e se postou, de súbito, bem defronte a Klara Olsúfievna. Sem sombra de dúvida, sem piscar um olhinho só, teria afundado naquele momento, e com o maior dos prazeres, no chão, mas... não dá para reverter o que já foi feito, não dá de modo algum. O que tinha, pois, a fazer? "Se não conseguires, resiste; se conseguires, persiste." É claro que o senhor Goliádkin não era nenhum intrigante nem se esmerava em lustrar o parquete com botas... Mas foi isso que aconteceu. E, ainda por cima, foram alguns jesuítas lá que se meteram no meio... Aliás, o senhor Goliádkin não ligava a mínima para eles! Tudo quanto andava, rumorejava, falava, ria ficou de repente, como que por encanto, calado e veio reunir-se, pouco a pouco, ao redor do senhor Goliádkin. De resto, o senhor Goliádkin como que não ouvia nem via mais nada: não podia sequer olhar... não poderia, por nada neste mundo, olhar à sua volta; cravara os olhos no chão e se quedara assim, dando por sinal, de passagem, uma palavra de honra a si mesmo de que acharia um jeito de se matar a tiro naquela mesma noite. Dando a si mesmo uma palavra

[12] Ditado russo, alusivo a uma ação tão rápida quanto imprevista.

de honra dessas, o senhor Goliádkin disse mentalmente: "Ocorra o que ocorrer!" e, para sua própria surpresa descomunal, rompeu, repentina e mui inesperadamente, a falar.

Foi pelas felicitações e pelos votos convenientes que o senhor Goliádkin começou. As felicitações transcorreram bem; quanto aos votos, nosso protagonista tropeçou neles. Já vinha sentindo que, se ele tropeçasse, iria tudo logo para o diabo. Foi o que ocorreu: ele tropeçou e se atolou... atolou-se e enrubesceu; enrubesceu e se perdeu; perdeu-se e ergueu os olhos; ergueu os olhos e olhou à sua volta; olhou à sua volta e... e se quedou semimorto... Tudo estava ali, calado, e aguardava; havia quem cochichasse, um tanto mais longe, e quem se pusesse a gargalhar, um tanto mais perto. O senhor Goliádkin lançou um olhar submisso e desconcertado para Andrei Filíppovitch. Andrei Filíppovitch respondeu ao senhor Goliádkin com um olhar tal que, se nosso protagonista não estivesse já abatido total e completamente, haveria de ficar abatido outra vez, se tanto fosse apenas possível. O silêncio perdurava.

— Isso mais diz respeito às circunstâncias caseiras e à minha vida pessoal, Andrei Filíppovitch — disse o senhor Goliádkin, semimorto como estava, com uma voz que mal se ouvia. — Não é uma aventura oficial, Andrei Filíppovitch...

— Que vergonha, prezado senhor, que vergonha! — disse Andrei Filíppovitch, quase cochichando, com ares inexprimíveis de indignação. Dito isso, segurou a mão de Klara Olsúfievna e deu as costas ao senhor Goliádkin.

— Não tenho por que me envergonhar, Andrei Filíppovitch — respondeu o senhor Goliádkin, também quase cochichando, lançando olhares míseros ao redor, perdendo-se e tentando, por esse motivo, encontrar uma média que correspondesse, no meio daquela multidão atônita, à sua condição social.

— Não é nada, pois, não é nada, meus senhores! O que há, pois? É o que pode ocorrer a qualquer um — cochichava o senhor Goliádkin, deslocando-se aos poucos e buscando sair da multidão que o rodeava. Deixaram-no passar. E nosso protagonista passou, bem ou mal, por entre as duas fileiras de observadores curiosos e perplexos. Era o fado que o guiava. O senhor Goliádkin sentia, ele próprio, que era um fado, sim, a guiá-lo. Decerto pagaria caro pela possibilidade de estar agora, sem infringir as conveniências, em seu esconderijo recente, lá no *sêni*, ao lado da escada dos fundos; porém, como isso era decididamente impossível, foi tentando escapar de alguma forma, ir até um cantinho qualquer e ficar escondido nele, modesto, decente, sozinho, sem bulir com ninguém nem atrair nenhuma atenção excepcional, mas tendo merecido, ao mesmo tempo, um tratamento benévolo por parte dos convidados e anfitriões. De resto, o senhor Goliádkin estava sentindo algo que parecia miná-lo, como se ele oscilasse e fosse cair. Chegou, afinal, a um cantinho qualquer e se postou lá como um observador alheio, bastante indiferente, apoiando-se com as mãos nos espaldares das cadeiras, mantendo-as, desse modo, em sua plena posse e procurando, na medida do possível, encarar com animação os convidados de Olsúfi Ivânovitch que se agrupavam ao seu redor. Quem mais se aproximava dele era um oficial, um rapaz alto e bonito, perante o qual o senhor Goliádkin se sentia um verdadeiro besouro.

— Estas duas cadeiras, tenente, destinam-se: uma a Klara Olsúfievna, e a outra, à princesa Tchevtchekhánova que também está dançando por aí; agora as guardo para elas, tenente — disse o senhor Goliádkin, sufocando-se e fixando um olhar suplicante naquele senhor tenente. Calado, o tenente lhe deu as costas com um sorriso mortífero. Tropeçando num lugar, nosso protagonista foi tentar a sorte em outro qualquer e se dirigiu, logo de cara, a um importante servidor de quinta classe, com uma cruz significativa no pescoço. Contudo, esse servidor mediu-o com um olhar tão gelado que o senhor Goliádkin sentiu claramente um balde inteiro d'água fria sendo jogado, de supetão, sobre ele. Aquietou-se. Decidiu que seria melhor permanecer calado, não puxar mais conversas, mostrar que não devia nada a ninguém, que era como todo mundo e que sua condição, pelo menos segundo lhe parecia a ele, era decente também. Com tal propósito, aferrou seu olhar às lapelas de seu uniforme, depois reergueu os olhos e fixou-os num senhor de aparência assaz respeitável. "Aquele senhor usa uma peruca", pensou o senhor Goliádkin, "mas, se tirar aquela peruca, sua cabeça ficará nua, exatamente tão nua como o é a palma de minha mão." Ao fazer essa descoberta importante, o senhor Goliádkin se recordou também daqueles emires árabes que ficariam por sua vez, se porventura se tirassem das suas cabeças aqueles turbantes verdes, usados em sinal de seu parentesco com o profeta Maomé, também com a cabeça toda nua e desprovida de cabelos. Depois e, provavelmente, devido a certa colisão singular das ideias relativas aos turcos em sua mente, o senhor Goliádkin chegou a lembrar-se dos sapatos turcos e se lembrou, logo de quebra, que Andrei Filíppovitch calçava botas que mais se assemelhavam a sapatos do que a botas. Dava para perceber que o senhor Goliádkin já se acostumara em parte à sua situação. "Pois se aquele lustre...", surgiu, de relance, na cabeça do senhor Goliádkin, "pois se aquele lustre se desprendesse agora mesmo e caísse sobre a sociedade toda, eu correria logo para salvar Klara Olsúfievna. Uma vez salva, diria a ela: 'Que a senhorita não se preocupe: não é nada, mas quem a salvou fui eu'. E depois..." Então o senhor Goliádkin virou os olhos para o lado, procurando por Klara Olsúfievna, e avistou Guerássimytch, o velho mordomo de Olsúfi Ivânovitch. Com o ar mais zeloso e mais oficialmente solene, Guerássimytch vinha, aos empurrões, direto ao seu encontro. O senhor Goliádkin estremeceu e se franziu com uma sensação inconsciente e, ao mesmo tempo, desagradabilíssima. Olhou, maquinalmente, ao seu redor e teve a ideia de fugir assim, de algum modo sorrateiro, de ladinho e às escondidinhas, do possível pecado, de se retirar assim, à sorrelfa, ou seja, fazer de conta que ele não devia nada mesmo a ninguém e que nem por sombras se tratava dele. No entanto, antes que nosso protagonista tomasse qualquer decisão que fosse, Guerássimytch já estava em sua frente.

— Está vendo, Guerássimytch — disse nosso protagonista, dirigindo-se ao mordomo com um sorrisinho —: que tal você ir e mandar... pois há uma velinha naquele candelabro, Guerássimytch (está vendo?), e já, já vai cair... mande, pois, ajeitá-la, que vai cair mesmo, já, já, Guerássimytch, sabe?...

— A velinha? Não, a velinha está bem a prumo, mas há alguém lá que pergunta pelo senhor.

— Mas quem é que pergunta por mim lá, Guerássimytch?

— Juro que não sei quem é precisamente. Um homem qualquer. Yákov Petróvitch Goliádkin, digamos assim, está lá? Então veja se o chama, diz, por um assunto bem necessário e urgente... é isso aí.

— Não, Guerássimytch, está enganado; nisso, Guerássimytch, você está enganado mesmo.

— Dá para duvidar...

— Não dá para duvidar, Guerássimytch, não; não há nada, Guerássimytch, de duvidoso nisso. Ninguém pergunta por mim. Não há quem pergunte por mim, Guerássimytch, e estou aqui em casa, quer dizer, no meu devido lugar, Guerássimytch.

O senhor Goliádkin retomou fôlego e olhou ao redor. Era isso mesmo! Tudo quanto houvesse na sala cravava, numa espécie de expectativa solene, seu olhar e seu ouvido nele. Os homens se espremiam um tanto mais perto, escutando com atenção. As damas cochichavam, inquietas, um tanto mais longe. O anfitrião em pessoa apareceu a uma distância bastante curta do senhor Goliádkin, e, muito embora não se pudesse perceber, pela sua aparência, que ele também, por sua vez, participava, de modo direto e imediato, das circunstâncias do senhor Goliádkin, porquanto aquilo tudo se fazia com delicadeza, tudo aquilo acabou levando, ainda assim, o protagonista de nossa narrativa a sentir claramente que chegara um momento decisivo para ele. Viu às claras que chegara a hora de desferir um golpe ousado, a hora de cobrir seus desafetos de opróbrio. O senhor Goliádkin ficou emocionado. O senhor Goliádkin sentiu uma espécie de inspiração e, com uma voz trêmula e solene, tornou a falar, dirigindo-se a Guerássimytch que estava esperando:

— Não, meu amigo, ninguém chama por mim. Você está enganado. E digo mais: estava enganado pela manhã também, quando me asseverava... quando tinha aquela audácia de me asseverar, digo eu (o senhor Goliádkin elevou a voz), que Olsúfi Ivânovitch, meu benfeitor desde os tempos imemoráveis, que tinha substituído, em certo sentido, meu pai, trancava sua porta para mim no momento dessa alegria familiar e soleníssima de seu coração paterno. (Cheio de presunção, mas com um sentimento profundo, o senhor Goliádkin olhou ao seu redor. Havia lágrimas em seus cílios.) Repito, meu amigo — concluiu nosso protagonista —: você estava enganado, cruel e imperdoavelmente enganado...

Era um momento solene. O senhor Goliádkin sentia ter produzido um efeito certíssimo. Permanecia ali, abaixando humildemente os olhos e esperando pelos abraços de Olsúfi Ivânovitch. Percebiam-se inquietude e perplexidade no meio dos convidados; até mesmo aquele inabalável e terrível Guerássimytch ficou gaguejando com sua frase "dá para duvidar"... quando, de súbito, a orquestra inexorável rompeu, sem mais nem menos, a tocar uma polca. Tudo se perdeu, foi tudo por água abaixo. O senhor Goliádkin se sobressaltou, Guerássimytch recuou, tudo quanto houvesse na sala agitou-se que nem um mar, e eis que Vladímir Semiônovitch já cabriolava formando a primeira dupla com Klara Olsúfievna, enquanto o bonito tenente dançava com a princesa Tchevtchekhánova. Curiosos e extáticos, os espectadores se espremiam para ver quem dançava polca, uma dança interessante, moderna, em voga, que girava todas as cabeças. O senhor Goliádkin ficou esquecido por algum tempo. De chofre, tudo se agitou e se mesclou e se azafamou; a música se interrompeu... houve um incidente estranho. Exausta de tanto dançar, Klara Olsúfievna, mal respirando de tamanho cansaço, com faces em brasa e peito a arfar profundamente, acabou desabando, ao esgotar suas forças, sobre uma poltrona. Todos os corações se voltaram para aquela beldade encantadora, todos se apressaram a cumprimentá-la à porfia, a agradecer-lhe o prazer concedido, mas eis que o senhor Goliádkin surgiu, de improviso, na frente dela. Estava pálido e extremamente desconcertado; parecia exausto, ele também, já que mal se movia. Sorria por alguma razão, estendia, suplicante, a mão. Atônita, Klara Olsúfievna não teve tempo para retirar sua própria mão e maquinalmente se levantou em resposta ao convite do senhor Goliádkin. Ele oscilou para a frente, uma vez só, depois outra vez, depois ergueu um pezinho, depois o arrastou, de certo modo, pelo chão, depois, de certo modo, deu uma patadinha, depois tropeçou... ele também queria dançar com Klara Olsúfievna. A moça deu um grito; todos se arrojaram para livrar a mão dela da do senhor Goliádkin, e nosso protagonista se viu, de súbito, empurrado pela multidão por quase dez passos de distância. Toda uma turminha se agrupou ao seu redor. Ouviram-se guinchos e berros de duas velhinhas que o senhor Goliádkin por pouco não derrubara em sua retirada. A confusão era horripilante: tudo perguntava, tudo gritava, tudo deliberava. A orquestra parou de tocar. Nosso protagonista se revolvia no meio daquela turminha e maquinalmente, em parte sorrindo, murmurava algo consigo mesmo, dizendo que "por que não, pois, que a tal da polca era, ao menos pelo que lhe parecia, uma dança moderna e bem interessante, criada para divertir as damas... porém, se o negócio fosse aquele mesmo, tudo bem, ele estava disposto, talvez, a concordar, sim". Todavia, ninguém aparentava sequer perguntar se o senhor Goliádkin concordava ou não. Nosso protagonista sentiu uma mão pousar, de repente, em seu braço, outra mão se apoiar de leve em seu dorso, e ele próprio ser, com certo desvelo especial, direcionado para um lado qualquer. Percebeu, afinal, que ia em direção às portas. Quis dizer algo, fazer algo... mas não: já não queria mais nada. Apenas respondia com risadinhas mecânicas. Sentiu, finalmente, alguém lhe pôr o capote, enterrar-lhe o chapéu até os olhos, e se sentiu, afinal de contas, no *sêni*, na escuridão e com frio, e acabou enveredando pela escada. Por fim, tropeçou; pareceu-lhe que estava caindo num precipício; já queria soltar um grito e, de repente, viu-se no pátio. Sentiu uma lufada de ar fresco, deteve-se por um minutinho; chegaram aos seus ouvidos, naquele exato momento, os sons da orquestra que tornara a tocar. E, de improviso, o senhor Goliádkin se lembrou de tudo, como se reouvesse de vez todas as suas forças já esgotadas. Saiu correndo daquele lugar em que até então se mantivera, como que aferrado ao solo, e partiu, em disparada, não importava mais para onde: rumo aos quatro ventos, à liberdade, para onde seus olhos estavam olhando...

CAPÍTULO V

Era meia-noite em ponto que soava em todas as torres petersburguenses a indicarem e tocarem as horas, quando o senhor Goliádkin, fora de si como estava, chegou correndo à marginal do Fontanka,[1] bem perto da ponte Ismáilovski, fugindo dos inimigos, das perseguições, da saraivada de piparotes destinados a ele, do grito das velhinhas alarmadas, dos ais femininos e dos olhares mortíferos de Andrei Filíppovitch. O senhor Goliádkin estava morto, plenamente morto em plena acepção da palavra, e, se conservava sua capacidade de correr no momento presente, era unicamente por algum milagre, algum milagre no qual ele mesmo se recusava, no fim das contas, a acreditar. Era uma tétrica noite de novembro, úmida, neblinosa, chuvosa, nevosa, prenhe de abscessos, de corizas, de febres, de congestões e inflamações de todos os gêneros e tipos possíveis — numa palavra, de todos os mimos de um novembro petersburguense. O vento uivava nas ruas desertas, erguendo a água negra do Fontanka acima das argolas de seu parapeito e mexendo, desafiador, nos lampiões caquéticos da marginal, os quais respondiam aos uivos dele, por sua vez, com um rangido agudinho, estridente, o que acabava formando aquele infinito concerto de pipilos e retintins que cada habitante de Petersburgo conhece bastante bem. Chovia e nevava ao mesmo tempo. Rasgados, aqui e acolá, pelo vento, os jatos de água pluvial esguichavam quase horizontalmente, como se jorrassem de uma mangueira dos bombeiros, picando e vergastando o rosto do coitado do senhor Goliádkin tais e quais milhares de alfinetes e grampos. Em meio àquele silêncio noturno, interrompido apenas pelo ruído distante das carruagens, pelo uivo do vento e pelo rangido dos lampiões, ouviam-se, entristecidos, o borbulhar e o rumorejar da água a cair de todos os telhados, de todas as marquises, calhas e cornijas, sobre

[1] Um dos numerosos rios e riachos que atravessam a cidade de São Petersburgo.

o calçadão de granito. Não havia alma viva ali, nem perto nem longe, e parecia, aliás, que nem sequer poderia haver, numa hora dessas e com um tempo desses. Destarte, era apenas o senhor Goliádkin, sozinho com seu desespero, que trotava então pela marginal do Fontanka, com aquele seu passinho ordinário, curto e amiudado, apressando-se a chegar, o mais depressa possível, à sua rua Chestilávotchnaia, ao seu terceiro andar, ao seu apartamento.

Embora a neve, a chuva e tudo o que nem nome possui, quando uma tempestade e uma chuvarada esbravejam sob o céu petersburguense de novembro, atacassem juntos, de supetão, o senhor Goliádkin, já destruído pelas suas desgraças, sem lhe dar o menor quartel nem descanso, perpassando-o até os ossos, tapando-lhe os olhos, soprando-o de todos os lados, tirando-o do caminho certo e do derradeiro compasso; embora tudo isso tivesse desabado sobre o senhor Goliádkin de uma vez só, como que se comunicando com todos os seus desafetos e combinando proporcionar-lhe um diazinho, uma tardezinha e uma noitinha dos bons — apesar disso tudo, o senhor Goliádkin permanecia quase insensível àquela última prova da perseguição do destino, tão perturbado e transtornado é que o deixara tudo quanto se dera com ele, havia alguns minutos, na casa do senhor servidor de quinta classe Berendéiev! Se acaso um observador qualquer, alheio e desinteressado, mirasse agora assim, de lado, aquele trotar melancólico do senhor Goliádkin, até mesmo ele se compenetraria logo de todo o tremendo horror de suas calamidades e diria sem falta que ora o senhor Goliádkin parecia alguém que quisesse esconder-se algures de si mesmo, escapar, de alguma maneira, de si próprio. Pois sim, era isso de fato! E digamos mais: o senhor Goliádkin desejava não apenas escapar agora de si próprio, mas até mesmo se aniquilar por completo, não existir mais, reduzir-se a cinzas. No momento presente, não atentava em nada à sua volta, não entendia nada daquilo que se fazia ao seu redor e tinha uma aparência tal como se nem os contratempos daquela noite tempestuosa, nem seu longo caminho, nem a chuva, nem a neve, nem o vento, nem a intempérie toda fossem reais para ele. A galocha que se desprendera da sua bota direita ficara lá, em meio a lama e neve, na marginal do Fontanka, mas o senhor Goliádkin nem pensou em retornar para apanhá-la, nem mesmo reparou no sumiço dela. Estava tão aturdido que várias vezes, apesar de tudo quanto o rodeasse, plenamente compenetrado dessa ideia de sua horrível queda recente, parou, de chofre, no meio do calçadão, imóvel como um poste; estava morrendo, desaparecia em tais momentos, depois arrancava subitamente, que nem um possesso, e corria, corria sem olhar para trás, como quem fugisse de alguma perseguição, de alguma calamidade mais terrível ainda... E, realmente, sua situação era terrível!... Por fim, esgotadas as forças, o senhor Goliádkin se deteve e se apoiou no parapeito da marginal, tomando a postura de quem começasse, repentina e mui inesperadamente, a sangrar pelo nariz, e passou a olhar, atento, para a água turva e negra do Fontanka. Não se sabe quanto tempo dedicou, precisamente, a essa ocupação. Sabe-se apenas que naquele momento o senhor Goliádkin ficou tão desesperado, tão atribulado, extenuado e consternado, privado das últimas sobras de seu ânimo, já bem debilitado desde antes, que se esqueceu de tudo: da ponte Ismáilovski e da rua Chestilávotchnaia e do seu presente... O que mais faria, de fato? Não se importava mais com nada mesmo: o trabalho fora feito e concluído, a decisão, carimbada e assinada... o que mais teria a fazer? De súbito... de súbito, ele estremeceu com o corpo todo e recuou sem querer, dando uns dois pulos para o lado. Tomado de uma inquietude inexplicável, passou a olhar ao redor, conquanto não houvesse ninguém lá nem tivesse acontecido nada de especial... todavia... pareceu-lhe, todavia, que alguém ficara agorinha, nesse exato momento, postado bem ali, perto dele, ao lado dele, acotovelando-se também no parapeito da marginal, e — coisa bizarra! — até mesmo lhe dissera algo, dissera rapidamente, de modo entrecortado e não muito inteligível, porém dissera, sim, algo que lhe era bem próximo, algo que lhe dizia respeito. "Pois então foi isso que me pareceu, não foi?", disse o senhor Goliádkin, olhando, mais uma vez, ao seu redor. "Mas onde é que estou eu mesmo?... Eh, eh!", arrematou, balançando a cabeça, e começou, entretanto, a fitar com uma sensação de inquietude, de angústia, se não de medo, aquela imensidão turva e úmida, apurando, com todas as forças, a vista e, com todas as forças, tentando fazer seu olhar míope atravessar o espaço aquoso que se estendia em sua frente. Não havia, porém, nada de novo; nada de especial saltou aos olhos do senhor Goliádkin. Parecia que estava tudo em ordem, como devia estar, ou seja, a neve caía cada vez mais copiosa, graúda e espessa, não dava para enxergar patavina a vinte passos de distância, o rangido dos lampiões era ainda mais estridente do que antes, e o vento aparentava entoar, mais choroso e lamentoso ainda, a sua canção tristonha, igual a um mendicante importuno que implora por um vintém de cobre para matar a fome. "Eh, eh! Mas o que é que se dá comigo?", repetiu o senhor Goliádkin, voltando a caminhar e olhando ainda, bem de relance, ao seu redor.

Enquanto isso, uma sensação nova vinha repercutindo em todo o âmago do senhor Goliádkin: um tanto de angústia, um tanto de medo... e eis que um tremor febril lhe percorreu as veias. Foi um momento insuportavelmente desagradável! "Não é nada, pois", disse ele, para se animar; "não é nada: talvez não seja nada mesmo nem chegue a macular a honra de ninguém. Talvez tenha sido necessário", continuou sem entender, ele próprio, o que estava dizendo, "talvez tudo isso venha a arranjar-se, a mudar para melhor no momento certo, e não haverá mais de que reclamar, e ficarão todos com a razão." Falando dessa maneira e aliviando-se com tais palavras, o senhor Goliádkin se sacudiu um pouco, tirando os flocos de neve que se amontoavam, como uma crosta maciça, sobre seu chapéu, sua gola, seu capote, sua gravata, suas botas e todo o resto, porém não conseguiu ainda repelir aquela sensação esquisita, aquela sua estranha angústia obscura, nem sacudi-la de si. Um tiro de canhão ouviu-se algures, ao longe. "Ih, que tempinho!", pensou nosso protagonista. "Seria uma inundação, hein? A água deve ter subido demais." Mal o senhor Goliádkin disse ou pensou isso, avistou em sua frente um transeunte que vinha ao seu encontro, provavelmente atrasado, como ele mesmo, por algum motivo. O caso parecia fútil, fortuito, mas, sem saber por quê, o senhor Goliádkin se confundiu e até mesmo se intimidou, ficou um tanto perdido. Não que tivesse medo de algum malfeitor, mas assim, quem sabe... "E quem sabe mesmo que atrasado é esse?", surgiu, de relance, na mente do senhor Goliádkin. "Talvez seja aquilo ali, talvez seja ele a peça-chave, talvez não esteja passando à toa, mas com um objetivo é que cruza meu caminho e vem bulir comigo." Talvez o senhor Goliádkin não tivesse pensado, de resto, exatamente isso, mas assim, tão somente sentiu, por um instante, algo parecido e meio desagradável. Aliás, nem sequer teve tempo para pensar e sentir, pois o transeunte estava já a dois passos dele. Logo, por seu hábito de sempre, o senhor Goliádkin se apressou a assumir um ar totalmente particular, um ar a deixar bem claro que ele, Goliádkin, não devia nada a ninguém e andava por si só, que o caminho era largo o suficiente para todos, e que ele próprio, Goliádkin, não estava para bulir com quem quer que fosse. De chofre, parou como que pregado ao solo, como que atingido por um raio, e rapidamente se virou para trás, fitando o transeunte, que acabava de passar ao seu lado, pelas costas: virou-se como quem tivesse sido puxado por trás, como um cata-vento que o vento girara. O transeunte sumia depressa naquela tempestade de neve. Também caminhava apressado, também estava, igual ao senhor Goliádkin, vestido e agasalhado da cabeça aos pés e também trotava e saltitava, igual a ele, pelo calçadão do Fontanka com aquele passinho curto e amiudado, dando, às vezes, uma corridinha. "O que é isso, o quê?", cochichou o senhor Goliádkin, com um sorriso desconfiado, porém estremeceu com o corpo todo. Um frio lhe percorreu o dorso. Nesse ínterim, o transeunte havia sumido completamente, de sorte que não se ouviam mais nem os passos dele, mas o senhor Goliádkin permanecia ainda plantado lá, seguindo-o com os olhos. Afinal, pouco a pouco, recobrou-se. "Mas o que é isso, enfim?", pensou, com desgosto. "Será que enlouqueci realmente?", e se virou, retomando seu caminho, acelerando os passos, cada vez mais amiudados, e procurando não pensar mais em nada, o que seria melhor. Até mesmo acabou fechando os olhos com tal propósito. De repente, através dos uivos do vento e do barulho da intempérie, chegou novamente aos seus ouvidos o som dos passos, assaz próximos, de alguém. Ele estremeceu e abriu os olhos. Havia de novo um homenzinho que negrejava em sua frente, a uns vinte passos dele, e se aproximava depressa. Tal homenzinho estava apressado e vinha trotando; a distância se encurtava rapidamente. O senhor Goliádkin já conseguia enxergar bem aquele seu novo companheiro atrasado: enxergou-o bem e deu um grito de espanto e de pavor, e suas pernas fraquejaram. Era o mesmo pedestre que ele já conhecia, o que deixara, havia uns dez minutos, passar ao seu lado, o qual agora, repentina e mui inesperadamente, reaparecia em sua frente. Contudo, não foi apenas esse milagre que deixou o senhor Goliádkin estupefato (e ele se quedou tão estupefato que parou, deu um grito e quis dizer alguma coisa, depois foi correndo atrás do desconhecido e até mesmo lhe gritou algo, desejando, provavelmente, detê-lo o mais depressa possível). O desconhecido se deteve de fato, postando-se a uns dez passos do senhor Goliádkin, de maneira que a luz de um lampião próximo iluminasse em cheio todo o seu vulto; parou, voltou-se para o senhor Goliádkin e ficou esperando, com um ar impaciente e sisudo, pelo que ele diria. "Desculpe: bem pode ser que me tenha enganado", disse nosso protagonista, com uma voz trêmula. Calado e desgostoso, o desconhecido se virou de novo e seguiu rapidamente seu caminho, como se ansiasse por reaver aqueles dois segundos que desperdiçara com o senhor Goliádkin. Quanto a este último, tremeram-lhe todas as fibrazinhas, dobraram-se, fraquejando, os seus joelhos, e ele se sentou, com um gemido, num frade de pedra. Aliás, realmente, teve por que ficar tão confuso assim. É que o desconhecido lhe parecera agorinha, de certa forma, bem conhecido. Mas isso não faria ainda mal. Já tinha visto aquele homem diversas vezes, outrora e mesmo recentemente, mas... Onde o vira? Teria sido na véspera? De resto, nem isso era o principal, nem o fato de o senhor Goliádkin tê-lo visto diversas vezes, e não havia, aliás, quase nada de especial naquele homem, que decididamente não atraía, à primeira vista, a atenção peculiar de ninguém. Era um homem como qualquer outro, decente, bem entendido, como todos os homens decentes, e tinha, quiçá, alguns méritos também e, quiçá, bastante consideráveis — numa palavra, era um homem que andava por si só. O senhor Goliádkin não nutria nenhum ódio, nem hostilidade, nem a mais leve aversão por aquele homem, mas até mesmo, ao que parece, pelo contrário; entretanto (e era bem nessa circunstância que consistia a força principal), não gostaria, entretanto, de encontrá-lo nem por todos os tesouros do mundo, e de encontrá-lo, sobretudo, assim, por exemplo, como o encontrara agorinha. Digamos mais: o senhor Goliádkin conhecia perfeitamente aquele homem, sabia mesmo como ele se chamava, qual era o sobrenome daquele homem, porém não gostaria de nomeá-lo em troca de nada, nem sequer, outra vez, por todos os tesouros do mundo, de consentir em reconhecer que o prenome dele era, digamos, tal, que o patronímico[2] e o sobrenome dele eram tais. Se a estupefação do senhor Goliádkin foi longa ou breve, por quanto tempo, notadamente, permaneceu sentado naquele frade de pedra, não sei dizer isto, mas afinal, recompondo-se um pouquinho, ele partiu, de repente, correndo em disparada, com todas as suas forças, tão rápido que sua respiração se interrompia; tropeçou duas vezes, por pouco não caiu, e foi nessas circunstâncias que ficou órfã a outra bota do senhor Goliádkin, também abandonada pela sua galocha. Por fim, o senhor

[2] Parte integrante do nome russo, derivada do nome do pai.

Goliádkin desacelerou um pouquinho o passo, querendo retomar fôlego, olhou apressadamente ao seu redor e viu que já fizera correndo, sem ter reparado nisso, todo o percurso ao longo do Fontanka, atravessara a ponte Ânitchkov, percorrera parte da Nêvski e estava agora à esquina da Litéinaia. O senhor Goliádkin dobrou a esquina. Seu estado se assemelhava, naquele momento, ao estado de quem esteja à beira de um terrível despenhadeiro, quando a terra já se rompeu embaixo dele, já oscilou toda, já se moveu, e fica tremendo pela última vez, e cai a puxá-lo para o abismo, enquanto aquele infeliz não tem força nem firmeza de espírito para recuar com um pulo, para tirar os olhos do precipício voraz, e eis que o precipício o puxa assim, e ele acaba por saltar lá, antecipando, ele mesmo, o momento de sua própria perdição. O senhor Goliádkin sabia disso, sentia isso e tinha plena certeza de que algo mais de ruim lhe sobreviria sem falta pelo caminho, que mais algum contratempo o atingiria, que ele se depararia outra vez, por exemplo, com o tal desconhecido, mas, coisa estranha, até mesmo anelava por esse encontro, considerava-o inevitável e pedia apenas que tudo isso acabasse o mais depressa possível, que sua situação se resolvesse, pelo menos, de alguma forma, contanto que fosse resolvida logo. Corria, enquanto isso, corria como que impelido por uma força estranha, já que sentia, de certo modo, uma espécie de enfraquecimento e de entorpecimento em todo o seu ser; não conseguia, outrossim, pensar em nada, embora suas ideias se prendessem em tudo que nem abrunheiro. Um cachorrinho perdido, todo molhado e trêmulo, estava seguindo o senhor Goliádkin, correndo perto dele assim, de ladinho, apressado, encolhendo o rabo e as orelhas, fixando nele, vez por outra, um olhar tímido e inteligente. Era uma ideia remota, esquecida havia tempos, lembrança de uma circunstância ocorrida antanho, que acabava de vir à cabeça do senhor Goliádkin e batia agora, qual um martelinho, em sua mente, importunava-o e não o deixava em paz. "Arre, que cachorrinho nojento!", cochichava ele, sem entender a si próprio. Acabou avistando o mesmo desconhecido à esquina da rua Italiana. Só que agora o desconhecido não vinha mais ao seu encontro, mas seguia na mesma direção que ele próprio, também correndo alguns passos à sua frente. Enveredaram ambos, por fim, pela rua Chestilávotchnaia. E o senhor Goliádkin sentiu falta de ar. O desconhecido parou bem defronte àquele prédio em que morava o senhor Goliádkin. Ouviu-se o toque da campainha e, quase ao mesmo tempo, o ranger de uma tranca de ferro. A portinhola se abriu; o desconhecido se curvou, passou e sumiu. Foi quase no mesmo instante que o senhor Goliádkin chegou correndo e voou, feito uma flecha, através do portão. Sem escutar o zelador que se pusera a resmungar, irrompeu, arfante, no pátio e logo viu seu companheiro interessante, momentaneamente desorientado. O desconhecido surgiu à entrada daquela escadaria que levava ao apartamento do senhor Goliádkin. E o senhor Goliádkin se arrojou no encalço dele. A escadaria era escura, úmida e suja. Uma profusão de trastes deixados pelos moradores amontoava-se em todos os patamares, de sorte que uma pessoa inexperiente, vinda de fora, que ficasse naquela escadaria numa hora escura ver-se-ia obrigada a gastar cerca de meia hora viajando por ela, correndo o risco de quebrar as pernas e amaldiçoando, a par da escadaria, aqueles seus conhecidos cuja morada era tão desconfortável assim. Contudo, o companheiro do senhor Goliádkin parecia acostumado, como se também morasse ali, subindo a correr, sem dificuldades e com pleno conhecimento de área. O senhor Goliádkin quase o alcançava, tanto assim que a aba do capote daquele desconhecido chegou a roçar, umas duas ou três vezes, em seu nariz. Seu coração estava desfalecendo. O homem misterioso parou bem defronte às portas do apartamento do senhor Goliádkin, bateu, e eis que Petruchka (o que teria deixado, aliás, o senhor Goliádkin pasmado em outra ocasião) abriu logo a porta, como se estivesse à sua espera sem ter ido dormir, e seguiu o homem que entrara com uma vela nas mãos. Fora de si como estava, o protagonista de nossa história irrompeu em sua habitação; sem tirar o capote nem o chapéu, passou por um corredorzinho e parou, como que fulminado, à soleira de seu quarto. Todos os palpites do senhor Goliádkin realizaram-se totalmente. Tudo quanto ele vinha temendo e pressentindo tornou-se agora realidade. Sua respiração se interrompeu, sua cabeça ficou girando. O desconhecido estava sentado em sua frente, também de capote e chapéu, em cima de sua própria cama, sorria de leve e, entrefechando os olhos, inclinava amigavelmente a cabeça para saudá-lo. O senhor Goliádkin quis gritar, mas não pôde; quis protestar de alguma forma, mas não teve forças para tanto. Os cabelos ficaram em pé sobre a sua cabeça, e ele se sentou onde estava, quase desmaiado de tanto pavor. Havia, de resto, com que se apavorar. O senhor Goliádkin reconheceu plenamente aquele seu companheiro noturno. Seu

companheiro noturno não era outro homem senão ele mesmo, o senhor Goliádkin em pessoa, um outro senhor Goliádkin, porém justamente igual a ele — numa palavra, o que chamaria de seu sósia em todos os sentidos..
....

CAPÍTULO VI

No dia seguinte, às oito horas em ponto, o senhor Goliádkin acordou em sua cama. E logo, de súbito, todas as coisas extraordinárias do dia anterior e toda a noite inacreditável, selvagem, com aquelas suas aventuras quase impossíveis, surgiram juntas, em toda a sua plenitude apavorante, na imaginação e na memória dele. E tanta fúria de seus inimigos, encarniçada, infernal como era, e, sobretudo, a última prova daquela fúria acabaram por congelar o coração do senhor Goliádkin. Entretanto, ao mesmo tempo, aquilo tudo era tão estranho, incompreensível, selvagem mesmo, e parecia tão impossível que seria realmente difícil acreditar em todo aquele acontecimento: o senhor Goliádkin estaria até disposto, ele próprio, a reconhecer aquilo tudo como um delírio quimérico, um distúrbio instantâneo de sua imaginação, um eclipse mental, se não soubesse por sorte, pelas experiências amargas do dia a dia, até onde a fúria podia levar, vez por outra, uma pessoa qualquer, aonde podia chegar, vez por outra, a crueldade do inimigo a vingar sua honra e suas ambições. Ademais, os membros alquebrados do senhor Goliádkin, sua cabeça tonta, seus lombos endoloridos e sua coriza maligna insistiam em testemunhar e comprovar toda a probabilidade daquele passeio noturno da véspera e, parcialmente, de todo o resto que acontecera durante aquele passeio. E, afinal de contas, o senhor Goliádkin já sabia, havia muito e muito tempo, que eles andavam preparando alguma coisa, que tinham lá outra pessoa de prontidão. Mas... o que seria? Ao refletir direitinho, o senhor Goliádkin decidiu permanecer calado e resignado, sem protestar, até um momento certo, contra aquilo lá. "Talvez tenham resolvido apenas me assustar um pouco, mas, quando virem que está tudo bem comigo, que não protesto e fico totalmente resignado, aguentando com docilidade, então desistirão eles mesmos, desistirão, sim, e serão os primeiros a desistir."

Tais ideias estavam na mente do senhor Goliádkin enquanto ele, espreguiçando-se em sua cama e esticando seus membros alquebrados, esperava, nessa ocasião, pela costumeira aparição de Petruchka em seu quarto. Já fazia cerca de um quarto de hora que estava esperando, ouvia aquele preguiçoso Petruchka mexer, detrás do tabique, com o samovar, mas não se dispunha, ainda assim, a chamar por ele. E digamos mais: agora o senhor Goliádkin chegava mesmo a temer um pouco essa acareação com Petruchka. "É que sabe lá Deus...", pensava, "sabe lá Deus como aquele velhaco considera agora a situação toda. Está caladinho ali, mas anda tramando alguma coisa." Enfim a porta rangeu, e Petruchka veio com uma bandeja nas mãos. O senhor Goliádkin mirou-o de relance, com timidez, esperando impacientemente pelo que se daria a seguir, querendo ver se ele não diria afinal algo sobre determinada circunstância. Todavia, Petruchka não dizia nada, mas, pelo contrário, estava, de certa forma, mais taciturno, severo e zangado do que de ordinário, mirando-o de esguelha; aliás, dava para perceber, de modo geral, que estava extremamente descontente com algo: não olhou nenhuma vez para seu patrão de frente, o que, diga-se de passagem, deixou o senhor Goliádkin um tanto melindrado, colocou tudo quanto trouxera em cima da mesa, virou-se e, calado, foi recolher-se detrás daquele tabique seu. "Está sabendo, malandro, está sabendo de tudo!", resmungava o senhor Goliádkin, começando a tomar chá. Contudo, nosso protagonista não interrogou seu criado sobre coisa alguma, se bem que Petruchka entrasse depois, várias vezes e por vários motivos, em seu quarto. O estado de espírito do senhor Goliádkin era o mais tenebroso possível. Temia muito, ainda por cima, ir ao seu departamento. Tinha um forte palpite de que bem lá havia, por certo, algo errado. "É que a gente vai mesmo...", pensava, "e se houver, de repente, alguma coisa? Não seria melhor ter agora um pouco de paciência? Não seria melhor aguardar um pouco agora? Que eles lá façam o que quiserem, mas eu cá aguardaria hoje em casa, juntaria as forças, descansaria, refletiria bem sobre aquele negócio todo e depois escolheria um momentinho e cairia como a neve na cabeça deles todos, e nem piscaria, eu mesmo, um olho sequer." Refletindo dessa maneira, o senhor Goliádkin fumava um cachimbo após o outro; o tempo passava voando: já eram quase nove horas e meia. "Já são nove e meia", pensava o senhor Goliádkin, "já é tarde para ir lá. Estou doente, além do mais; é claro que estou doente, doente sem dúvida: quem dirá que não estou, hein? Pouco me importa! E, se mandarem que me examinem, que venha o executor, sim: o que tenho a ver com isso? Minhas costas estão doendo, tenho tosse e coriza, e, feitas as contas, não posso sair, de jeito nenhum, com um tempo desses: posso adoecer e depois, quem sabe, morrer, pois a mortalidade é tanta, hoje em dia, que..." Foi com tais argumentos que o senhor Goliádkin acabou por apaziguar completamente sua consciência e justificar de antemão, perante si mesmo, aquela bronca que ia levar de Andrei Filíppovitch por falta de zelo em serviço. De modo geral, em quaisquer circunstâncias como aquelas, nosso protagonista gostava sobremaneira de justificar-se, com vários argumentos imbatíveis, aos seus próprios olhos e de deixar, dessa forma, sua consciência completamente apaziguada. Assim, apaziguando completamente sua consciência agora, ele pegou seu cachimbo, encheu-o e, mal começou a fumar para valer, saltou rápido do sofá, jogou o cachimbo de lado, lavou-se depressa, fez a barba, alisou suas roupas, envergou o uniforme e todo o resto, pegou certos papéis e foi voando ao departamento.

Entrou em sua seção timidamente, tremendo à espera de algo bastante ruim por vir, e aquela espera sua era tão inconsciente, obscura, quanto, ao mesmo tempo, desagradável; sentou-se, timidamente também, em seu lugar costumeiro, ao lado do chefe da seção, Anton Antônovitch Sêtotchkin. Sem olhar para coisa nenhuma nem se distrair com nada, compenetrou-se do conteúdo daqueles papéis que estavam em sua frente. Resolveu, dando uma palavra de honra a si mesmo, ficar o mais longe possível de tudo quanto fosse desafiador e pudesse comprometê-lo muito, a saber: das perguntas indiscretas, das brincadeirinhas de alguém lá e das alusões indecentes a todas as circunstâncias da noite passada; resolveu, inclusive, ficar longe das suas cortesias habituais para com os colegas, isto é, das indagações acerca de sua saúde e outras. No entanto, era óbvio que tampouco poderia ficar assim. A inquietude por ignorar algo que lhe concernia diretamente sempre o atormentava mais ainda do que aquilo que lhe concernia em si. Portanto, apesar de ter prometido a si mesmo não se meter em nada, ocorresse o que ocorresse, e manter-se distante de tudo, houvesse o que houvesse, o senhor Goliádkin soerguia de vez em quando, às esconsas e bem devagarinho, a cabeça e olhava, à sorrelfa, para os lados, para a direita e para a esquerda, espiava as fisionomias de seus colegas e tentava adivinhar, pela expressão delas, se não havia porventura algo novo e singular, algo que lhe dissesse respeito e dele se ocultasse com alguns objetivos indecorosos. Pressupunha haver sem falta uma ligação entre tudo o que se dera com ele na véspera e tudo o que o rodeava agora. Passou afinal, de tanto desgosto, a desejar que tudo se resolvesse só Deus sabia como, mas sem demora, nem que sobreviesse alguma desgraça, pois não se importava mesmo! E foi como se o destino tivesse surpreendido o senhor Goliádkin: mal formulou tal desejo, viu suas dúvidas se resolverem logo, mas, por outro lado, da maneira mais esquisita e inesperada possível.

De chofre, a porta da outra sala rangeu baixinho, timidamente, como se atestasse que entrava uma pessoa bem insignificante, e foi um vulto, aliás, bastante familiar ao senhor Goliádkin, que apareceu, acanhado, em face daquela mesma mesa à qual nosso protagonista estava sentado. Ele não ergueu a cabeça, esse protagonista nosso, mas avistou o tal vulto tão só de passagem, com a menor das olhadas, e logo ficou sabendo de tudo, compreendeu tudo até os mínimos pormenores. Quedou-se morrendo de vergonha e mergulhou sua pobre cabeça na papelada, exatamente com o mesmo objetivo do avestruz que esconde a dele, quando perseguido por um caçador, na areia quente. O recém-chegado saudou Andrei Filíppovitch com uma mesura, e eis que se ouviu, logo em seguida, uma voz formalmente gentil, uma voz tal com que os superiores falam, em todas as repartições oficiais, com seus subalternos recém-contratados. "Sente-se aí", disse Andrei Filíppovitch, apontando a mesa de Anton Antônovitch àquele novato, "aí, diante do senhor Goliádkin, e logo vamos atarefá-lo." Andrei Filíppovitch terminou dirigindo ao recém--chegado um gesto rápido, mas apropriadamente edificante, e depois se aprofundou, de imediato, na essência dos mais diversos papéis que formavam toda uma pilha em sua frente.

O senhor Goliádkin ergueu finalmente os olhos e, se não desmaiou ali mesmo, foi unicamente porque já vinha pressentindo a coisa toda desde antes, porque já estava, ao adivinhar, no fundo da alma, quem era aquela visita, de sobreaviso acerca de tudo. O primeiro movimento do senhor Goliádkin foi o de lançar um olhar veloz à sua volta para ver se não havia algum cochicho por lá, se não se moldava alguma galhofa de escritório a respeito daquilo, se nenhum semblante se entortara pasmado, e, afinal, se ninguém caíra, assustado, debaixo de uma das mesas. Contudo, para sua imensa surpresa, nada de semelhante se revelara em ninguém.

A conduta dos senhores colegas e companheiros do senhor Goliádkin deixou-o atônito. Aparentava estar fora do senso comum. O senhor Goliádkin ficou mesmo assustado com um silêncio tão extraordinário assim. A realidade falava por si só: a situação era bizarra, feia, absurda. Havia por que se agitar. Entenda-se bem que tudo isso surgiu na cabeça do senhor Goliádkin tão só de relance. Quanto a ele próprio, ardia a fogo lento. E havia, de resto, por quê. Quem estava agora sentado diante do senhor Goliádkin era o horror do senhor Goliádkin, era a vergonha do senhor Goliádkin, era o pesadelo que o senhor Goliádkin tivera na véspera — numa palavra, era o senhor Goliádkin em pessoa, não aquele senhor Goliádkin que estava sentado agora em sua cadeira, boquiaberto e com uma pena petrificada na mão; não aquele que servia na qualidade de assessor do chefe de sua seção; não aquele que gostava de se recolher e de se enterrar no meio da multidão; não aquele, por fim, cujo andar dizia às claras: "Não bula comigo, que não vou bulir com você" ou então: "Não bula comigo, que não estou bulindo com você" — não, mas um outro senhor Goliádkin, totalmente distinto, porém, ao mesmo tempo, perfeitamente similar ao primeiro, de igual estatura, de igual compleição, com o mesmo traje e a mesma calvície: numa palavra, nada, decididamente nada fora esquecido para a similitude ser perfeita, de sorte que, se ficassem ambos lado a lado, ninguém, decididamente ninguém se encarregaria de definir quem era, notadamente, o verdadeiro Goliádkin e quem era o falso, quem era o antigo e quem era o novinho em folha, quem era o original e quem era a cópia.

Agora nosso protagonista, se tal comparação for possível, estava como quem se visse importunado por algum diabrete a apontar às esconsas, por brincadeira, um espelho ustório para ele. "O que será, um sonho ou não", pensava, "a realidade ou a continuação do que houve ontem? Mas como assim, com que direito é que tudo isso se faz? Quem foi que autorizou esse servidor, quem lhe deu o direito de fazer isso? Será que estou dormindo, sonhando?" O senhor Goliádkin tentou beliscar-se, até mesmo se propôs em tese a beliscar qualquer outra pessoa... Não era um sonho, não, e ponto-final. O senhor Goliádkin sentiu que se encharcava todo de suor, que se dava com ele algo inaudito, nunca visto antes e por essa mesma razão, para o cúmulo da desgraça, indecente, pois o senhor Goliádkin compreendia e percebia toda a desvantagem de ser o primeiro exemplo numa situação tão difamatória assim. Acabou mesmo duvidando da sua própria existência e convencendo-se, muito embora estivesse pronto para tudo de antemão e desejasse, inclusive, que suas dúvidas se resolvessem de qualquer maneira que fosse, de a essência de sua situação em si ser realmente inopinada. Sentia-se oprimido e atormentado pela angústia. Às vezes, perdia completamente o raciocínio e a memória. Acordado de um momento daqueles, flagrava-se a passar, inconsciente e maquinalmente, sua pena pelo papel. Sem confiar em si mesmo, punha-se a conferir tudo quanto havia escrito e não entendia coisa nenhuma. Afinal, o outro senhor Goliádkin, até então sentado de modo calmo e imponente, levantou-se e sumiu às portas da outra seção, indo lá com algum propósito. O senhor Goliádkin olhou ao redor: nada acontecera, estava tudo em paz; ouviam-se apenas o ranger das penas, o barulho das folhas viradas e um burburinho nos cantinhos mais afastados da sede de Andrei Filíppovitch. O senhor Goliádkin olhou para Anton Antônovitch, e, como a fisionomia de nosso protagonista traduzia, com toda a probabilidade, seu estado atual e plenamente se harmonizava com todo o significado da situação, sendo, por consequência, bastante notável em certo sentido, esse bondoso Anton Antônovitch pôs sua pena de lado e perguntou, com certa simpatia particular, pela saúde do senhor Goliádkin.

— Eu, Anton Antônovitch, graças a Deus... — disse, gaguejando, o senhor Goliádkin. — Eu, Anton Antônovitch, estou totalmente saudável; eu, Anton Antônovitch, estou bem agora — acrescentou, indeciso, ainda sem confiar plenamente nesse Anton Antônovitch que mencionava com tanta frequência.

— Ahn? Pois eu achei que o senhor não se sentisse bem: aliás, não seria difícil adoecer, Deus o guarde! Sobretudo agora, com essas pestilências todas, sabe...

— Sim, Anton Antônovitch, eu sei que existem tais pestilências... Eu, Anton Antônovitch, nem por isso... — continuou o senhor Goliádkin, mirando Anton Antônovitch com muita atenção. — Está vendo, Anton Antônovitch: nem sequer sei como dizer ao senhor... ou seja, quero dizer que não sei por qual lado abordar aquele assunto, Anton Antônovitch...

— O quê? Eu cá... sabe... confesso que não entendo o senhor muito bem; sabe... explique mais detalhadamente aí em que sentido está tendo dificuldades — disse Anton Antônovitch, complicando-se um pouco, ele próprio, ao ver que até mesmo as lágrimas brotavam nos olhos do senhor Goliádkin.

— Eu... juro, Anton Antônovitch, aqui... um servidor aqui, Anton Antônovitch...

— Pois não? Ainda não o entendo.

— Quero dizer, Anton Antônovitch, que há um servidor recém-contratado aqui.

— Há, sim, e tem o mesmo sobrenome do senhor.

— Como? — exclamou o senhor Goliádkin.

— Digo que tem o mesmo sobrenome do senhor: é Goliádkin também. Não seria seu irmãozinho?

— Não, Anton Antônovitch, eu...

— É mesmo? Hum... Pois eu achei que fosse um parente próximo do senhor. Há, digamos assim, certa semelhança familiar, sabe?

O senhor Goliádkin petrificou-se de tão pasmado, e sua língua emudeceu por algum tempo. Falar com tanta leviandade de uma coisa tão feia, tão inaudita, de uma coisa rara mesmo, quanto a ela, de uma coisa que surpreenderia até mesmo o mais desinteressado dos observadores; falar de certa semelhança familiar no momento em que tudo se via como num espelho!

— Sabe o que lhe sugiro, Yákov Petróvitch? — prosseguiu Anton Antônovitch. — Vá consultar um médico e peça que o aconselhe. O senhor tem uma aparência assim, meio doentia, sabe? Sobretudo, esses seus olhos... têm uma expressão meio esquisita, sabe?

— Não, Anton Antônovitch, é claro que me sinto... ou seja, quero perguntar ao senhor quem é aquele servidor lá?

— Pois não?

— Quer dizer, será que o senhor não percebeu, Anton Antônovitch, nada de especial nele... nada que fosse por demais expressivo?

— Como assim?

— Assim quero dizer, Anton Antônovitch, uma semelhança assombrosa com alguém, por exemplo... quero dizer, comigo, por exemplo. É que o senhor acabou de falar, Anton Antônovitch, de uma semelhança familiar, fez uma observação de passagem... É que sabe... assim, há gêmeos por vezes, quer dizer, parecidos como duas gotas d'água, completamente, tão parecidos que nem dá para discerni-los. Pois bem: é nisso que estou falando.

— Sim — disse Anton Antônovitch, ao pensar um pouco e como que espantado, pela primeira vez, com tal circunstância. — Sim, é verdade!

A semelhança é assombrosa de fato, e o senhor não errou em concluir que se podia realmente tomar um pelo outro — continuou, arregalando cada vez mais os olhos. — E sabe, Yákov Petróvitch, é uma semelhança milagrosa mesmo, fantástica, como se diz às vezes, ou seja, ele é justamente como o senhor... Será que reparou nisso, Yákov Petróvitch? Eu já quis, inclusive, pedir que me explicasse isso, mas confesso que nem prestei, logo de início, devida atenção. É um milagre, realmente é um milagre! E sabe, Yákov Petróvitch, o senhor não é daqui, digo eu, certo?

— Não sou.

— Pois ele também não é daqui. Talvez seja um conterrâneo do senhor. E sua mãezinha, se me atrevo a perguntar, onde morava principalmente?

— O senhor disse... o senhor disse, Anton Antônovitch, que ele não era daqui?

— Não é daqui, não. E, realmente, que coisa estranha — prosseguiu o loquaz Anton Antônovitch, para quem falar de qualquer coisa que fosse era uma verdadeira festa —, e realmente é capaz de atiçar a curiosidade: é que a gente passa tantas vezes por perto, empurra alguém, esbarra nele e nem repara. Não se acanhe, aliás. Isso acontece. É que... não sei se está a par disso, mas vou contar ao senhor... o mesmo aconteceu com minha titia do lado materno: ela também se via em dobro, pouco antes de morrer...

— Não, eu... desculpe por interrompê-lo, Anton Antônovitch... eu, Anton Antônovitch, gostaria de saber como aquele servidor... ou seja, com que fundamento ele está aqui.

— Pois foi designado para o cargo do finado Semion Ivânovitch, para um cargo vago: abriu-se uma vaga, pois, e foi preenchida com ele. É que dizem, palavra de honra, que o tal do finado Semion Ivânovitch deixou, coitado, três filhos, um menor que o outro. E sua viúva se prosternou aos pés de Sua Excelência. Dizem, aliás, que está escondendo: tem um dinheirinho lá, mas o esconde, sim...

— Não; eu, Anton Antônovitch, estou falando daquela circunstância ali.

— Pois não? Ah, sim, mas por que é que se interessa tanto por isso? Digo-lhe: não se acanhe. Tudo isso é passageiro, em parte. O que há, pois? O senhor está de lado: foi Deus nosso Senhor que fez isso, foi a vontade dEle, e seria um pecado reclamar disso. Percebe-se nisso a sabedoria dEle. E quanto ao senhor, Yákov Petróvitch, não tem culpa alguma disso, pelo que entendo. Não são poucos os milagres do mundo! A mãe natureza é generosa; quanto ao senhor, não será responsabilizado, não vai responder por isso. É que, por exemplo, digamos a esse propósito: espero que o senhor tenha ouvido falarem daqueles... como se chamam mesmo... ah, sim, daqueles gêmeos siameses que se grudaram dorso com dorso e vivem assim, e comem e dormem juntos, e dizem que cobram lá muito dinheiro.[1]

— Espere, Anton Antônovitch...

— Compreendo o senhor, compreendo! Sim, e depois? Depois, nada! Digo, pelo meu raciocínio maduro, que não há com que se acanhar aí. Quem é, pois? Um servidor como qualquer outro; parece que é um homem sério. Diz que é Goliádkin; não é daqui, diz, e sua classe é a nona. Explicou-se pessoalmente com Sua Excelência.

— Ah é? E como foi?

— Nada mal: dizem que se explicou o bastante, que apresentou uns argumentos; assim, pois, e assado, Excelência, disse ele, não tenho cabedal, mas desejo servir e, sobretudo, sob a chefia lisonjeira do senhor, e por aí vai... expressou direitinho tudo o que lhe cumpria, sabe? Deve ser um homem inteligente. Veio, bem entendido, com uma recomendação, já que não dá para vir sem ela...

— Pois bem... e de quem? Ou seja, quero perguntar quem foi, precisamente, que meteu a mão nesse negócio infame?

— Sim. Dizem que foi uma recomendação boa: Sua Excelência, dizem, ficou rindo com Andrei Filíppovitch.

— Rindo com Andrei Filíppovitch?

— Sim; ficou sorrindo daquele jeito e disse, pois, tudo bem e não há objeções nem da parte dele, contanto que sirva com lealdade...

— Está certo, e depois? O senhor me alenta em parte, Anton Antônovitch: conte mais, eu lhe imploro.

— Espere, mas assim, não o entendo de novo... Pois bem, sim... não foi nada, pois: uma circunstância simplória. E, quanto ao senhor, digo-lhe: não se acanhe, e não há nada de duvidoso a achar nisso...

— Não. Ou seja, quero perguntar ao senhor, Anton Antônovitch, se Sua Excelência não acrescentou porventura alguma coisa... sobre mim, por exemplo.

---

[1] Trata-se de Chang e Eng Bunker (1811-1874), gêmeos siameses que foram exibidos, por dinheiro, em vários países do mundo.

— Pois não? Sim! Não foi nada, pois: o senhor pode ficar totalmente tranquilo. É claro, bem entendido, que a circunstância é bastante assombrosa, sabe, e logo de início... eu, por exemplo, quase não dei por ela logo de início. Nem sei, palavra de honra, por que não dei até o senhor me lembrar dela. Aliás, pode ficar totalmente tranquilo, sim. Nada de especial, não disse absolutamente nada — acrescentou o bonzinho Anton Antônovitch, levantando-se da sua cadeira.

— É que eu, Anton Antônovitch...

— Ah, mas veja se me desculpa. Já falei demais sobre essas ninharias, mas aqui está um assunto importante, urgente. Preciso dar conta dele.

— Anton Antônovitch! — ouviu-se a voz cortesmente apelativa de Andrei Filíppovitch. — Sua Excelência perguntou pelo senhor.

— Já vou aí, Andrei Filíppovitch, já vou! — E, com uma pilha de papéis nas mãos, Anton Antônovitch primeiro foi voando falar com Andrei Filíppovitch e depois ao gabinete de Sua Excelência.

"Pois é isso aí?", pensava, com seus botões, o senhor Goliádkin. "Pois é esse o nosso jogo? Pois é este agora o ventinho que está soprando aqui conosco?... Nada mal; quer dizer, os negócios tomaram um rumo agradabilíssimo", dizia consigo nosso protagonista, esfregando as mãos e não sentindo mais, de tão alegre, a cadeira embaixo de si. "Pois nosso negócio é bem ordinário. Assim resulta tudo em ninharias e não tem solução alguma. E, de fato, ninguém está nem aí: ficam sentados aqueles ladrões, sem um pio, e mexem com suas tarefas — que bom, mas que bom! Gosto de pessoas bondosas, tenho gostado delas e estou sempre pronto a respeitá-las... Aliás, é aquilo ali, dependendo do ponto de vista: aquele Anton Antônovitch... dá medo confiar nele, já que tem a cabeça branca demais e ficou, de tão velho, bastante gagá. De resto, a parte melhor e maior é que Sua Excelência não disse nada e deixou tudo para lá: isso é bom, aprovo tal coisa! Apenas por que será que Andrei Filíppovitch se mete nisso com suas risadinhas? O que tem a ver com isso? Eta, velho porre! Está sempre em meu caminho, busca sempre cruzar, como um gato preto, o caminho da gente, atrapalhar e aporrinhar a gente... aporrinhar, sim, e atrapalhar."

O senhor Goliádkin olhou novamente à sua volta e novamente se animou com esperanças. Sentia, de resto, que uma ideia remota o deixava, ainda assim, inseguro, uma ideia maligna. Até mesmo lhe veio à mente achar um jeito de se achegar aos servidores, avançar, inclusive, correndo, sem ser convidado (quando saíssem juntos da repartição, ou então abordando alguém como que a negócios), intrometer-se numa conversa e aludir que "assim e assado, meus senhores, tal semelhança assombrosa, tal circunstância estranha, tal comédia difamatória", ou seja, escarnecer pessoalmente aquilo tudo e, de quebra, sondar assim a profundeza do perigo. "É que o fundão sossegado é endemoninhado, hein?",[2] concluiu, mentalmente, nosso protagonista. Aliás, o senhor Goliádkin apenas pensou naquilo, mas, em compensação, não demorou a mudar de ideia. Compreendeu que isso significava ir longe demais. "Ih, como é tua natureza!", disse consigo, dando uma leve pancadinha em sua testa. "Sais logo brincando: ficaste alegre! Que alma sincera, a tua, hein? Não, Yákov Petróvitch, é melhor a gente aguentar um bocado, aguardar e aguentar, sim!" Todavia, conforme já havíamos comentado, o senhor Goliádkin se animou, cheio de esperanças, como se tivesse ressuscitado dos mortos. "Não é nada", chegou a pensar, "mas foi como se quinhentos *puds*[3] tivessem caído deste meu peito! Essa é, pois, a circunstância! Mas era fácil abrir o cofrete![4] É Krylov que tem razão, sim, é Krylov que tem razão... é velhaco, aquele Krylov, é fogo, é um grande fabulista! Quanto àquele ali, que sirva, que sirva à vontade, contanto que não atrapalhe ninguém nem bula com ninguém; que sirva, pois: concordo e aprovo!"

Enquanto isso, as horas corriam, voavam, e eis que vieram a soar, despercebidas, quatro horas. A repartição fechou; Andrei Filíppovitch pegou seu chapéu e, como de praxe, todos seguiram o exemplo dele. O senhor Goliádkin demorou um pouquinho, justo o necessário, e saiu propositalmente depois de todos, por último, quando todos já haviam tomado seus respectivos caminhos. Uma vez na rua, sentiu-se como no paraíso, de modo que até mesmo teve vontade de passear pela Nêvski, nem que precisasse dar um rodeio para tanto. "Mas que sina!" dizia nosso protagonista. "Que viravolta inesperada da situação toda. E o tempinho ficou bom, e faz friozinho, e os trenozinhos andam passando. E o frio convém ao homem russo, o homem russo se dá bem com o frio. Gosto

---

[2] Adágio russo que significa aproximadamente "guarda-te do homem que não fala e do cão que não ladra".

[3] Antiga medida de peso russa, equivalente a 16,38 kg.

[4] Verso antológico da fábula *O cofrete*, de Ivan Krylov (1769-1844), alusivo a um problema que parece difícil de resolver, mas não o é na realidade.

do homem russo. E a nevezinha, e a primeira nevada, como diria um caçador: eta, mas como seria bom caçar uma lebre com essa primeira nevada! Uuuh! Mas tudo bem, não faz mal!"

Assim se manifestava o arroubo do senhor Goliádkin, mas, não obstante, havia algo que lhe titilava ainda a mente, uma espécie de angústia, e seu coração se crispava tanto, vez por outra, que o senhor Goliádkin nem sabia como se reconfortar. "De resto, vamos esperar por um dia e depois nos animaremos. Mas o que é mesmo, de resto? Pois bem: vamos raciocinar, vamos ver. Vamos raciocinar, pois, meu jovem amigo; vamos raciocinar, hein? É um homem igual a ti, em primeiro lugar, igualzinho a ti. Pois bem, e o que há de especial nisso? Se for um homem assim, terei de chorar, hein? E eu com isso? Estou de lado, assobiando, e nada mais! Foi ele quem o quis, não foi? Então que fique servindo! É um milagre e uma aberração, sim: dizem até por ali que há gêmeos siameses... Mas por que logo siameses? Vamos supor que sejam gêmeos, só que os grandes homens também pareciam, às vezes, esquisitões. Até da história consta que o famoso Suvórov cantou como um galo...[5] Pois bem, é tudo da área política, e os grandes guerreiros, aliás... sim, aliás, o que têm aqueles guerreiros? Eu cá não devo nada a ninguém, e ponto-final, nem quero saber de ninguém e desprezo meu inimigo nesta minha ingenuidade. Não sou intrigante e me orgulho disso. Sou puro, franco, asseado, agradável, benévolo..." De chofre, o senhor Goliádkin se interrompeu e ficou calado e trêmulo como uma folha ao vento, e até mesmo fechou os olhos por um instante. Esperando, aliás, que o objeto de seu medo fosse apenas uma ilusão, acabou reabrindo os olhos e olhando timidamente para a direita. Não era uma ilusão, não!... Trotava ao seu lado aquele seu conhecido matinal, sorrindo, mirando-lhe o rosto e parecendo aguardar pelo ensejo de travar uma conversa. De resto, a conversa não se travava. Ambos deram uns cinquenta passos dessa maneira. O zelo do senhor Goliádkin resumia-se todo em agasalhar-se o mais que pudesse, em soterrar-se em seu capote, em enfiar seu chapéu, o quanto pudesse, até os olhos. Para o cúmulo da ofensa, tanto o capote quanto o chapéu de seu companheiro eram precisamente tais como se acabassem de ser tirados do senhor Goliádkin.

[5] Essa anedota, relativa ao generalíssimo russo Alexandr Suvórov (1730-1800), é mencionada no romance *Guerra e paz*, de Leon Tolstói (Tomo II, Parte I, Capítulo III).

— Prezado senhor — articulou enfim nosso protagonista, que buscava falar quase cochichando e nem sequer olhava para seu companheiro —, parece que estamos seguindo caminhos diferentes... Até mesmo tenho certeza disso — prosseguiu, após uma breve pausa. — Afinal, tenho certeza de que o senhor me entendeu perfeitamente — adicionou, num tom bastante severo, à guisa de conclusão.

— Eu gostaria... — disse enfim o companheiro do senhor Goliádkin — eu gostaria... decerto o senhor me desculpará magnanimamente... não sei a quem recorrer aqui... minhas circunstâncias... espero que o senhor me desculpe esta minha ousadia... até mesmo me pareceu que, movido pela compaixão, o senhor teria chegado a simpatizar comigo esta manhã. Por minha parte, senti, logo à primeira vista, atração pelo senhor... eu... — Então o senhor Goliádkin desejou mentalmente que esse seu novo colega afundasse no solo. — Se eu ousasse esperar que o senhor se digne, Yákov Petróvitch, a escutar-me com indulgência...

— A gente... a gente, aqui... a gente... é melhor que vamos à minha casa — respondeu o senhor Goliádkin. — Agora vamos passar para aquele lado da Nêvski e lá ficaremos mais à vontade, o senhor e eu, e depois vamos pegar um becozinho... é melhor pegarmos um becozinho, sim.

— Está bem. Por que não pegarmos um? — disse, com timidez, aquele dócil companheiro do senhor Goliádkin, como que aludindo, com o tom de sua resposta, que não lhe cabia, a ele, escolher o caminho, e que estava disposto, naquela situação sua, a contentar-se com um becozinho também. No que concernia ao senhor Goliádkin, não compreendia em absoluto o que se dava consigo. Não acreditava em si mesmo. Ainda não se recuperara do seu espanto.

CAPÍTULO VII

Recuperou-se um pouco na escadaria, à entrada de seu apartamento. "Ah, mas esta cachola ovina que tenho!", xingou mentalmente a si próprio. "Aonde é que o levo? Estou botando, eu mesmo, a corda no pescoço. O que pensará Petruchka, quando nos vir juntos? O que é que esse canalha ousará pensar agora? Pois ele é desconfiado..." Contudo, já era tarde para se arrepender: o senhor Goliádkin bateu à porta, a porta se abriu, e Petruchka se pôs a tirar os capotes da visita e de seu patrão. O senhor Goliádkin olhou de soslaio, apenas lançou uma olhadela a Petruchka, tentando perscrutar a fisionomia e decifrar os pensamentos dele. Mas, para sua imensa surpresa, percebeu que seu criado nem sequer pensava em pasmar-se e até mesmo, pelo contrário, parecia já ter esperado por algo semelhante. É claro que agora também se portava qual um lobo, enviesava os olhos e como que se dispunha a comer alguém. "Será que ficaram todos enfeitiçados hoje?", cismava nosso protagonista. "Será que algum demônio os embruxou? Por certo, há algo especial em todo esse povo hoje. Quanto sofrimento, que o diabo o carregue!" Assim, pensando e refletindo, o tempo todo, dessa maneira, o senhor Goliádkin conduziu a visita para seu quarto e convidou-a, mui respeitosamente, a sentar-se. O visitante estava, pelo visto, extremamente confuso, bem tímido, observando, submisso, todos os movimentos do anfitrião, captando seus olhares e aparentando buscar adivinhar seus pensamentos por esses olhares. Era algo humilhado, embrutecido, intimidado que se revelava em todos os gestos dele, de sorte que se parecia bastante naquele momento, se tal comparação for permitida, com quem tivesse envergado um traje alheio por falta do seu: as mangas lhe sobem, a cintura chega quase à nuca, e o fulano ora ajeita, a cada minuto, seu colete curtinho, ora se volta assim, de ladinho, e recua, ora procura esconder-se em algum lugar, ora encara todo mundo, olho no olho, e escuta com atenção se os outros não falam porventura de suas circunstâncias, se não riem dele, se não se envergonham com ele, e acaba enrubescendo o homem, e se sente perdido o homem, e seu amor-próprio fica sofrendo... O senhor Goliádkin colocou seu chapéu no peitoril da janela; com um movimento imprudente, esse chapéu acabou caindo no chão. O visitante se precipitou logo para apanhá-lo, tirou toda a poeira dele, tornou a colocá-lo, cuidadoso, no mesmo lugar e deixou seu próprio chapéu no chão, ao lado da cadeira em cuja bordinha se acomodara com humildade. Tal circunstância miúda abriu parcialmente os olhos do senhor Goliádkin: compreendeu que se precisava muito dele e, portanto, cessou de cismar em como iniciaria a conversa com sua visita, deixando aquilo tudo, como se devia deixá-lo, ao critério desta. Quanto ao visitante, tampouco se propunha, por sua vez, a dar início a qualquer coisa que fosse, e não se sabia se ele estava com medo ou se envergonhava um pouquinho, ou então esperava, por mera cortesia, pela iniciativa do anfitrião, e seria difícil a gente desvendar o porquê. Nesse meio-tempo entrou Petruchka: parou às portas e volveu os olhos na direção diametralmente oposta àquela em que se encontravam tanto a visita quanto seu patrão.

— Manda trazer duas porções de almoço? — disse negligentemente, com uma voz rouquenha.

— Eu... eu não sei... se o senhor... sim, mano: traga duas porções aí.

Petruchka se retirou. O senhor Goliádkin olhou de relance para sua visita. O visitante enrubesceu até as orelhas. O senhor Goliádkin era um homem bondoso e portanto, por mera bondade de sua alma, compôs logo uma teoria: "Coitado do homem", ficou pensando, "e faz um dia apenas que está nesse cargo; deve ter sofrido nos tempos idos; talvez essa roupinha decente seja o único patrimônio dele, talvez nem tenha com que almoçar... Ih, como é medroso! Mas não faz mal: em parte, é melhor assim mesmo..."

— Desculpe-me por... — começou o senhor Goliádkin. — Aliás, permita saber como me cumpre chamá-lo.

— Eu... Eu sou... Yákov Petróvitch — quase cochichou o visitante, como se estivesse todo envergonhado e pedisse desculpas por se chamar também Yákov Petróvitch.

— Yákov Petróvitch! — repetiu nosso protagonista, que não estava em condição de dissimular seu embaraço.

— Sim, exatamente... Sou seu homônimo — respondeu humildemente o interlocutor do senhor Goliádkin, ousando sorrir e dizer algo mais engraçado. Contudo, logo a seguir, retraiu-se, tomando o ar mais sério possível, embora um tanto confuso, ao perceber que o anfitrião não estava agora para ouvir suas piadinhas.

— O senhor... permita enfim que eu lhe pergunte por que razão tenho a honra...

— Conhecendo sua magnanimidade e suas virtudes — interrompeu-o o visitante, depressa, mas com uma voz tímida, soerguendo-se em sua cadeira —, tive a ousadia de recorrer ao senhor e de solicitar a sua... amizade e proteção... — concluiu, enredando-se, pelo visto, em suas expressões e escolhendo palavras que não fossem por demais lisonjeiras e humilhantes para não se comprometer no tocante ao amor-próprio, mas tampouco por demais atrevidas, com ranço daquela familiaridade indecente. Podia-se dizer, em geral, que o interlocutor do senhor Goliádkin se comportava como um nobre mendigo, de casaca remendada e com um passaporte digno no bolso, que não tinha ainda muita prática em estender devidamente a mão.

— O senhor me deixa perplexo — respondeu o senhor Goliádkin, olhando para si mesmo, para suas paredes e sua visita. — De que maneira é que poderia... ou seja, quero dizer em que sentido, notadamente, é que poderia servi-lo de alguma forma?

— Eu, Yákov Petróvitch, senti atração pelo senhor, logo à primeira vista, e passei, veja se me desculpa magnanimamente, a confiar no senhor: tive a ousadia de confiar, Yákov Petróvitch. Eu... sou um homem perdido nessas paragens, Yákov Petróvitch; sou pobre, sofri um bocado, Yákov Petróvitch, e faz pouco tempo que estou aqui. Ao saber que o senhor, com essas qualidades naturais, inatas, de sua bela alma, era meu homônimo...

O senhor Goliádkin franziu o cenho.

— ... um homônimo meu, além de meu conterrâneo, decidi recorrer ao senhor e lhe descrever esta minha situação complicada.

— Está bem, está bem: juro que não sei o que lhe diria — respondeu o senhor Goliádkin, com uma voz embargada. — Depois do almoço, aí sim, vamos conversar...

O visitante fez uma mesura; o almoço ficou servido. Petruchka arrumou a mesa, e o visitante se pôs a saciar-se em companhia do anfitrião. O almoço não durou muito, já que estavam ambos com pressa: o anfitrião se apressava por não estar em seu costumeiro estado de espírito, além de se envergonhar com esse almoço ruinzinho, e se envergonhava, em parte, porque queria alimentar bem sua visita e mostrar, ademais, que não vivia como qualquer indigente ali. O visitante estava, por sua vez, extremamente confuso e desconcertado. Pegando uma fatia de pão e comendo-a em seguida, temia estender a mão rumo a outra fatia, envergonhava-se em escolher pedacinhos melhores e asseverava, a cada minuto, que não tinha nem um pouco de fome, que o almoço estava excelente, e que ele, por sua parte, estava plenamente satisfeito e ficaria agradecido pelo resto de sua vida. Acabando-se a comida, o senhor Goliádkin acendeu seu cachimbozinho, ofereceu um outro, guardado para algum companheiro, à sua visita, e eis que se sentaram ambos face a face, e o visitante começou a contar sobre as suas aventuras.

O relato do senhor Goliádkin Júnior durou por umas três ou quatro horas. A história de suas aventuras compunha-se, aliás, das circunstâncias mais ocas e, se for possível dizer assim, das mais pífias. Tratava-se do seu serviço numa câmara judicial, algures no interior, de vários procuradores e presidentes, de algumas intrigas burocráticas, da corrupção espiritual de um escrevente, de um inspetor-geral, de uma repentina troca de chefes, de como o senhor Goliádkin Segundo fora prejudicado sem sombra de culpa; de sua titia macróbia, chamada Pelagueia Semiônovna; de como ele, após diversas intrigas de seus desafetos, perdera seu cargo e viera caminhando a Petersburgo; de como sofria e se afligia lá mesmo, em Petersburgo, de como gastara muito tempo em vão à procura de um emprego, ficara arruinado, esfomeado, vivendo praticamente na rua, comendo pão duro, regado com suas próprias lágrimas, dormindo no chão descoberto, e, finalmente, de como uma boa pessoa se encarregara de interceder em seu favor, dando-lhe recomendações e arranjando, magnânima que era, esse novo cargo para ele. O interlocutor do senhor Goliádkin estava chorando, enquanto contava, e enxugando as lágrimas com um lenço azul, quadriculado e bem semelhante a um pedaço de oleado. Por fim, abriu-se completamente com o senhor Goliádkin e confessou que não apenas não tinha, por ora, dinheiro algum para se sustentar e se estabelecer de maneira decente, mas nem sequer para se uniformizar como se devia, faltando-lhe dinheirinho, segundo comentou de passagem, até mesmo para um parzinho de botas e usando ele, inclusive, um uniforme que alguém lhe emprestara por pouco tempo.

O senhor Goliádkin se quedou enternecido, deveras sensibilizado. De resto, e muito embora a história de sua visita fosse a mais oca possível, todas as palavras dessa história pousavam em seu coração que nem o maná celeste. É que o senhor Goliádkin se esqueceu das suas últimas dúvidas, optou, no fundo do coração, pela liberdade e pela alegria, e acabou mesmo por titular a si próprio de bobo. Era tudo tão natural! Teria ele por que se perturbar e fazer tamanho escarcéu? Havia, sim, realmente havia uma circunstância melindrosa, mas isso não fazia mal, pois não poderia difamar um homem, macular seu amor-próprio e destruir sua carreira, contanto que esse homem não tivesse culpa, contanto que se tivesse metido nisso a natureza como tal. Ademais, o visitante pedia proteção, o visitante estava chorando, o visitante inculpava o destino e parecia tão simplório, sem malícia nem astúcia, tão lastimável e nulo, além de se envergonhar agora, pelo visto (conquanto pudesse envergonhar-se em outro sentido também), com a estranha semelhança de seu rosto com o do anfitrião. Portava-se de modo altamente confiável, fazia de tudo para agradar ao anfitrião, e sua aparência era a de quem estivesse sofrendo de remorsos e se sentisse culpado perante outrem. Quando se tratava, por exemplo, de algum ponto duvidoso, o visitante concordava logo com a opinião do senhor Goliádkin. E quando chegava de alguma forma, por erro, a contradizer o senhor Goliádkin com sua própria opinião e depois percebia que tomara um rumo errado, logo corrigia seu discurso, explicava-se e dava imediatamente a entender que compreendia tudo do mesmo modo que o anfitrião, pensava igual a ele e via tudo exatamente com os mesmos olhos que ele. Numa palavra, o visitante empregava diversos esforços para "obsequiar" o senhor Goliádkin, de sorte que o senhor Goliádkin acabou deduzindo que o visitante era, sem dúvida, uma pessoa muito simpática em todos os sentidos. Enquanto isso, o chá foi servido: já ia para as nove horas da noite. O senhor Goliádkin se via num excelente estado de espírito; alegrou-se, ficou gracejando, soltando-se pouco a pouco e travando, no fim das contas, a conversa mais animada e mais empolgante possível com sua visita. Gostava por vezes, quando se alegrava ocasionalmente, de contar umas coisas interessantes. Agora também: contou à sua visita muita coisa sobre a capital, as diversões e belezas dela, sobre o teatro e os clubes, sobre o quadro de Briullov;[1] sobre dois ingleses que teriam

[1] Karl Pávlovitch Briullov (1799-1852): célebre pintor russo, autor do quadro histórico *O último dia de Pompeia* e de uma série de retratos de aristocratas russos e europeus.

viajado da Inglaterra para Petersburgo com o propósito de ver a grade do Jardim de Verão,[2] indo logo embora; sobre seu serviço, sobre Olsúfi Ivânovitch e Andrei Filíppovitch; sobre como a Rússia se aprimora de hora em hora, já que "As letras cá florescem hoje em dia"; sobre uma anedotazinha lida, havia pouco, n'*A abelha do Norte*[3] e sobre aquela serpente, uma boa de força descomunal, que vivia na Índia; afinal, sobre o barão Brambeus,[4] *et cætera* e tal. Numa palavra, o senhor Goliádkin estava plenamente contente: em primeiro lugar, porque estava totalmente tranquilo; em segundo lugar, porque não apenas não tinha mais medo dos seus inimigos, mas até mesmo se sentia pronto a desafiá-los todos, de imediato, para a batalha mais decisiva; em terceiro lugar, porque concedia proteção com sua pessoa em si e praticava, feitas as contas, uma boa ação. Reconhecia, aliás, no fundo da alma, que não estava ainda completamente feliz naquele momento, que ainda havia um caruncho em seu âmago, embora fosse o menor dos carunchos, o qual lhe roía, até mesmo agora, o coração. Era a lembrança daquele sarau da véspera, na casa de Olsúfi Ivânovitch, que o deixava extremamente aflito. Daria muita coisa agora para que não houvesse algo daquilo que houvera na véspera. "Aliás, não é nada!", acabou concluindo nosso protagonista e resolveu firmemente, no fundo da alma, que se comportaria bem, dali em diante, e não voltaria a cometer tais gafes. Como o senhor Goliádkin estava agora plenamente solto e, de repente, ficara quase completamente feliz, teve, inclusive, a ideia de gozar um pouquinho da vida. Petruchka trouxe o rum, e um ponche se fez de pronto. O anfitrião e a visita esvaziaram um copo, depois o outro. O visitante se revelou ainda mais simpático do que antes e demonstrou, por sua parte, mais de uma prova de sua sinceridade e de sua índole jovial, participando energicamente do regozijo do senhor Goliádkin, aparentando estar alegre tão só com a alegria dele e mirando-o como seu verdadeiro e único benfeitor. Com uma pena e uma folhinha de papel nas mãos, pediu que o senhor Goliádkin não olhasse para aquilo que ia escrever e depois, terminada a escrita, mostrou ao anfitrião, ele

---

[2] Pequeno jardim público, situado no centro histórico de São Petersburgo, onde gostavam de passear os fidalgos metropolitanos.

[3] Jornal literário de orientação conservadora, editado em São Petersburgo de 1825 a 1864.

[4] Pseudônimo do escritor russo-polonês Józef Julian Sękowski (1800-1858), autor de folhetins muito populares na época descrita.

mesmo, tudo quanto escrevera. Era uma quadra escrita de modo bastante sensível (sendo, aliás, exemplares tanto o estilo quanto a caligrafia) e, aparentemente, composta pelo simpático visitante em pessoa. Seus versinhos eram os seguintes:

Se de mim tu te esqueceres,
Não me esquecerei de ti;
Há de tudo nesta vida:
Não te esqueças, pois, de mim!

Foi com lágrimas nos olhos que o senhor Goliádkin abraçou seu interlocutor e, acabando por se sensibilizar plenamente, inteirou-o de alguns dos seus próprios segredos e mistérios, e seu discurso se focou, sobretudo, em Andrei Filíppovitch e em Klara Olsúfievna. "Pois vamos ficar, Yákov Petróvitch, juntinhos, você e eu", dizia nosso protagonista à sua visita. "Pois vamos viver, Yákov Petróvitch, como o peixe e a água, como irmãos de sangue; nós, amigão, vamos trapacear, hein, vamos trapacear juntos; vamos tramar, por nossa parte, uma intriga contra aqueles lá... contra aqueles lá é que vamos tramar uma intriga. E veja se não confia em nenhum deles! É que o conheço, Yákov Petróvitch, e compreendo essa sua índole; é que você vai contar tudinho, minha alma sincera! Então veja, mano, se fica longe deles todos." O visitante anuía em tudo, agradecia ao senhor Goliádkin e também acabou chorando um pouco. "Sabes de uma coisa, Yacha",[5] continuava o senhor Goliádkin, com uma voz trêmula e relaxada. "Vem, Yacha, morar comigo, por um tempo ou, quem sabe, para sempre. A gente se entenderá. O que achas, mano, hein? Pois não te acanhes nem te queixes de que haja agora uma circunstância tão esquisita assim entre nós: estarias pecando, mano, se te queixasses... é a natureza! E a mãe natureza é generosa: é isso aí, mano Yacha! E digo tanto porque te amo, porque te amo fraternamente. Pois vamos, Yacha, trapacear juntos, tu e eu, e miná-los, por nossa parte, e secar os narizes[6] deles." Chegou-se, por fim, a três e a quatro copos de ponche por cabeça, e foi então que o senhor Goliádkin passou a vivenciar duas sensações, a de estar extraordinariamente feliz e a de não poder mais aguentar-se em pé, de uma vez só. Entenda-se bem que o visitante foi convidado a pernoitar em sua casa. Uma cama

---

[5] Forma diminutiva e carinhosa do nome russo Yákov.

[6] Locução idiomática russa (*утереть нос*) que significa aproximadamente "botar/meter/pôr alguém no chinelo".

foi construída, bem ou mal, com dois renques de cadeiras. O senhor Goliádkin Júnior declarou que até mesmo o chão duro era um leito macio sob um teto amigo, que ele, por sua parte, haveria de adormecer em qualquer lugar que fosse, com humildade e gratidão, que estava agora no paraíso e, finalmente, que aturara muitos males e infortúnios em sua vida, já vira de tudo, sofrera com tudo e — sabia-se lá como viria a ser o porvir! — sofreria, talvez, mais ainda. O senhor Goliádkin Sênior protestou contra isso e se pôs a provar que se devia depositar a esperança toda em Deus. O visitante concordava plenamente com ele e dizia que ninguém era, bem entendido, igual a Deus. Então o senhor Goliádkin Sênior notou que os turcos estavam, em certo sentido, com a razão, invocando o nome divino até mesmo em sonho. Depois, sem concordar, todavia, com certos cientistas em certas calúnias lançadas contra o profeta turco Maomé, além de reconhecê-lo, de certa forma, como um grande político, o senhor Goliádkin procedeu à descrição assaz interessante de uma barbearia argelina, sobre a qual tinha lido numa miscelânea literária. O visitante e o anfitrião riram muito da ingenuidade dos turcos; não puderam, aliás, deixar de pagar devido tributo de admiração ao seu fanatismo excitado pelo ópio... Afinal, o visitante começou a despir-se, e o senhor Goliádkin foi para trás do tabique, em parte por mera bondade de alma, já que aquele ali não tinha, talvez, nem uma camisa decente, a fim de não constranger o homem que já sofrera bastante sem isso, em parte a fim de pôr, na medida do possível, Petruchka à prova, de testá-lo, de alegrar, quem sabe, e de afagar o criado para ficarem todos felizes e não haver mais sal derramado em cima da mesa. É preciso notar que Petruchka ainda deixava o senhor Goliádkin um tanto confuso.

— Você, Piotr, vá agora dormir — disse o senhor Goliádkin com docilidade, ao entrar no compartimento de seu servidor —; vá dormir agora, e veja se me acorda amanhã às oito horas. Entende, Petrucha?

O senhor Goliádkin falava com mansidão e carinho extraordinários. Contudo, Petruchka se mantinha calado. Nesse ínterim, mexia em algo perto de sua cama e nem sequer se voltara para seu patrão, o que deveria ter feito, aliás, tão somente por respeito a ele.

— Você me ouviu, Piotr? — prosseguiu o senhor Goliádkin. — Pois vá dormir agora e amanhã, às oito horas, veja se me acorda, Petrucha. Entende?

— Estou lembrado... o que há? — resmungou Petruchka com seus botões.

— Pois bem, Petrucha: digo isso apenas por dizer, para você também ficar tranquilo e feliz. Eis que estamos todos felizes agora, então fique, você também, tranquilo e feliz. E agora lhe desejo uma boa noite. Durma, Petrucha, durma, que temos, nós todos, de trabalhar... E não pense em nada aí, mano, sabe?...

O senhor Goliádkin começou a falar, mas se interrompeu. "Será que falo demais?", pensou. "Será que fui longe demais? É sempre assim: sempre fico exagerando." E nosso protagonista saiu do cubículo de Petruchka bem descontente consigo mesmo. Estava, além do mais, um pouco sentido com a rudeza e a teimosia de Petruchka. "A gente brinca com aquele velhaco, o patrãozinho honra aquele velhaco, e ele nem sente", pensou o senhor Goliádkin. "De resto, a tendência de toda aquela estirpe é essa, tão torpe assim!" Oscilando de leve, retornou ao seu quarto e, vendo que seu hóspede se deitara em definitivo, sentou-se, por um minutinho, em sua cama. "Vê se confessas, Yacha", começou, cochichando e deixando pender a cabeça, "que és culpado para comigo, hein, cafajeste? É que tu, meu sósia, és aquilo ali, sabes?...", passou a flertar, de modo assaz desenvolto, com esse seu hóspede. Afinal, despedindo-se amigavelmente dele, o senhor Goliádkin foi dormir. Seu hóspede, nesse meio-tempo, desandou a roncar. Indo, por sua vez, para a cama, o senhor Goliádkin dava risadinhas, enquanto isso, e cochichava consigo mesmo: "É que estás bêbado hoje, meu queridinho Yákov Petróvitch, vilão rematado, um Goliadka daqueles, já que teu sobrenome é este! Pois bem: com que foi que te alegraste? É que vais chorar amanhã, choramingas que és: o que é que devo fazer contigo?" Então uma sensação meio estranha repercutiu em toda a essência do senhor Goliádkin, algo semelhante a uma dúvida ou um arrependimento. "Mas como me soltei!", ficou pensando. "Eis que há barulho nesta cabeça minha, e estou bêbado: não me contive, besta quadrada, e juntei três baús[7] de bobagens e ainda me dispus a trapacear, seu canalha! É claro que o perdão e o olvido das ofensas são a primeira das nossas virtudes, só que não há nada de bom... é isso aí!" Então o senhor Goliádkin se

[7] A expressão russa "prometer, contar, inventar, etc. três baús" (*с три короба*) enfatiza a respectiva ação no sentido "muito, demais, em excesso".

levantou, pegou uma vela e foi, nas pontas dos pés, olhar mais uma vez para seu hóspede que dormia. Quedou-se por muito tempo postado sobre ele, numa meditação profunda. "Um quadro desagradável! Pasquim, um pasquim puríssimo, e ponto-final!"

Por fim, o senhor Goliádkin foi dormir mesmo. Estava algo rumorejando, estalando, tilintando em sua cabeça. Começou a adormecer aos poucos... esforçava-se para pensar em alguma coisa, para se recordar de algo assim, muito interessante, e abordar um assunto bem importante, um negócio delicado, porém não podia. O sono desabou sobre a sua cabeça sofrida, e ele adormeceu como adormecem de ordinário aquelas pessoas que consumiram, sem serem acostumadas, cinco copos seguidos de ponche numa festinha amistosa.

CAPÍTULO VIII

Como de praxe, o senhor Goliádkin acordou, no dia seguinte, às oito horas; tão logo acordou, relembrou todos os incidentes da noite passada... relembrou-os e franziu o cenho. "Eta, mas que bobalhão é que fiquei bancando ontem!", pensou, soerguendo-se em sua cama e olhando para a de seu hóspede. Qual não foi seu espanto ao perceber que não estavam no quarto não apenas o hóspede, mas nem sequer a cama em que o hóspede dormira! "O que é isso, hein?", quase gritou o senhor Goliádkin. "O que teria sido aquilo? E o que significa agora esta nova circunstância?" Enquanto o senhor Goliádkin fitava, todo perplexo e boquiaberto, o espaço que ficara vazio, a porta rangeu de leve, e Petruchka entrou com a bandeja do chá. "Onde está, onde?", disse nosso protagonista, com uma voz quase inaudível, apontando com o dedo aquele lugar que fora oferecido à sua visita na véspera. A princípio, Petruchka não respondeu nada, nem sequer olhou para seu patrão, mas dirigiu os olhos para um canto do lado direito, de sorte que o senhor Goliádkin também se viu obrigado a olhar para o mesmo canto. De resto, após certa pausa, Petruchka respondeu, com uma voz rouquenha e rude, que "o senhorzinho não estava em casa".

— Que besta! Seu senhorzinho sou eu, Petruchka — disse o senhor Goliádkin, com uma voz entrecortada, cravando os olhos em seu servidor.

Petruchka não respondeu nada, porém olhou para o senhor Goliádkin de tal modo que este enrubesceu até as orelhas: olhou com uma espécie de censura ofensiva, semelhante a uma injúria pura e acabada. E o senhor Goliádkin, como se diz, abaixou os braços. Por fim, Petruchka anunciou que *o outro* tinha ido embora havia cerca de uma hora e meia, sem querer esperar. Decerto essa resposta era provável e verossímil; dava para ver que Petruchka não estava mentindo, que seu olhar ofensivo e a palavra "*o outro*" por ele usada eram apenas uma consequência de toda aquela situação notória e execrável, mas, ainda assim, o senhor Goliádkin compreendia, embora de forma vaga, que algo estava errado, e que o destino lhe preparava mais algum presentinho não muito agradável. "Está bem, veremos", pensava no íntimo; "vamos ver e descortinar tudo isso na hora certa... Ah, Deus meu Senhor!", gemeu, em conclusão, com uma voz bem diferente. "E por que o convidei, a ele, por que diabos é que fiz aquilo tudo? É que venho botando realmente aquela corda deles em meu pescoço, é que sou eu mesmo quem trança aquela corda de ladrão. Eta, cachola, mas que cachola! Não sabes, pois, segurar essa tua língua, como um moleque qualquer, como um escriba qualquer, como uma droga qualquer, sem eira nem beira, como um trapo qualquer, um paninho podre, esse fofoqueiro que és, essa *baba*[1] que és!... Oh, meus santos! Até escreveu uns versinhos, aquele velhaco, até me declarou seus amores! Como é que... aquilo ali? Como é que lhe apontaria a porta com mais decência, àquele velhaco, se acaso ele voltasse? Há muitos rodeios e meios, bem entendido. Assim, pois, e assado: com meu ordenado restrito... Ou então o intimidar de algum jeitinho: assim, pois, levando em consideração isto e aquilo, sou obrigado a explicar-me... é preciso, digamos, pagar metade do aluguel e dos víveres, e passar o dinheiro adiantado. Hum! Não, que diabo, não! Isso me manchará. Isso não é nada amável! Só se fizesse, digamos, uma coisinha assim: iria lá e sugeriria a Petruchka que lhe pregasse uma peça daquelas, que o tratasse com negligência, que o destratasse enfim de algum jeitinho, e assim o botaria para fora, hein? Só se os colocasse assim, um contra o outro... Não, que diabo, não! Isso é perigoso, e por outro lado, se fosse do tal ponto de vista... não seria bom mesmo! Não seria bom, pois! E se, por acaso, ele não voltasse mais? Tampouco seria bom? Ih, mas soltei a língua na frente dele, ontem à noite!... Eh, como é ruim, como é ruim! Eh, como este negocinho nosso é ruinzinho! Ah, mas esta cachola, esta minha cachola maldita! Não sabes, pois, decorar o que deves, não sabes enfiar razão nessa tua cachola! E se ele vier e desistir, hein? Queira, pois, Deus que ele venha! Eu cá ficaria muito feliz se ele viesse; daria muita coisa para que ele viesse..." Assim raciocinava o senhor Goliádkin, engolindo seu chá e olhando volta e meia, de relance, para o relógio de parede. "Agora falta um quarto para as nove; está na hora de ir, não

[1] Termo pejorativo que designa uma mulher de origem pobre (em russo).

está? Mas o que é que vai acontecer, o que vai haver lá? Gostaria eu de saber o que, notadamente, de tão especial é que se encerra naquilo: um objetivo, digamos, uma direção e vários percalços ali. Seria bom mesmo saber que alvo, precisamente, é que visa toda aquela gentinha e qual seria o primeiro passo dela..." O senhor Goliádkin não pôde aguentar mais: largou seu cachimbo, que não terminara de fumar, vestiu-se e rumou para a repartição, querendo flagrar, se possível, aquele perigo lá e certificar-se de tudo com sua presença pessoal. E havia um perigo, sim, e ele mesmo já sabia disso. "Pois a gente vai... descortiná-lo", dizia o senhor Goliádkin, tirando o capote e as galochas no vestíbulo; "vamos, pois, penetrar agora todos esses assuntos." Dessa maneira, decidido a agir, nosso protagonista ajeitou suas roupas, assumiu um ar decente e regrado, e, mal quis adentrar a sala vizinha, deparou-se com ele de supetão, bem às portas, seu conhecido da véspera, aquele amigo e companheiro seu. O senhor Goliádkin Júnior aparentava não reparar no senhor Goliádkin Sênior, posto que estivesse quase cara a cara com ele. O senhor Goliádkin Júnior aparentava estar ocupado, todo apressado e ofegante, e sua aparência era tão oficial, tão atarefada, que qualquer um poderia, quiçá, ler bem no rosto dele: "Incumbido de missão especial...".

— Ah, é o senhor, Yákov Petróvitch? — disse nosso protagonista, pegando seu hóspede da véspera pelo braço.

— Mais tarde, mais tarde: veja se me desculpa, mas vai contar mais tarde — exclamou o senhor Goliádkin Júnior, arrojando-se para a frente.

— Espere aí: parece que o senhor queria, Yákov Petróvitch, aquilo ali...

— O quê? Explique rápido... — Então o hóspede do senhor Goliádkin deteve-se, como que à força e de mau grado, e colocou seu ouvido bem junto ao nariz do senhor Goliádkin.

— Digo ao senhor, Yákov Petróvitch, que estou pasmado com a recepção... com uma recepção pela qual não poderia, obviamente, nem ter esperado.

— Existe determinada regra para tudo. Apresente-se ao secretário de Sua Excelência e depois se dirija, como se deve, ao senhor chefe de gabinete. Tem um pedido aí?...

— O senhor... nem sei, Yákov Petróvitch! O senhor me deixa simplesmente atônito, Yákov Petróvitch! É provável que não me reconheça ou então esteja brincando, devido à jovialidade inata de seu caráter.

— Ah, é o senhor? — disse o senhor Goliádkin Júnior, como se acabasse de enxergar o senhor Goliádkin Sênior. — É o senhor mesmo? Pois então: dormiu bem? — Então o senhor Goliádkin Júnior, sorrindo de leve (sorrindo oficial e regradamente, embora não daquela maneira que lhe caberia sorrir, porquanto, em todo caso, deveria estar grato ao senhor Goliádkin Sênior), sorrindo, pois, oficial e regradamente, acrescentou que estava, por sua parte, muito feliz de o senhor Goliádkin ter dormido bem; depois inclinou um pouco a cabeça, deu uns passinhos no mesmo lugar, olhou para a direita, para a esquerda, depois fixou os olhos no chão, optou por uma porta lateral e, sussurrando depressa que tinha uma missão especial a cumprir, esgueirou-se para a sala vizinha. Sumiu num piscar de olhos.

— Que coisa, hein?... — cochichou nosso protagonista, entorpecendo por um instante. — Mas que coisa! Pois é uma circunstância dessas, não é?... — Então o senhor Goliádkin sentiu seu corpo formigar por alguma razão. — De resto... — continuou falando consigo mesmo, enquanto se dirigia à sua seção — de resto, já fazia tempos que me referia à tal circunstância, já fazia tempos que pressentia que ele tinha uma missão especial a cumprir... foi justamente ontem que disse: aquele homem ali deve estar agindo, sem falta, por incumbência especial de alguém...

— O senhor terminou, Yákov Petróvitch, aquele seu papel de ontem? — perguntou Anton Antônovitch Sêtotchkin ao senhor Goliádkin, que se sentara ao seu lado. — Ele está com o senhor?

— Está, sim — murmurou o senhor Goliádkin, mirando seu chefe com um ar parcialmente desconcertado.

— Está bem, pois. Digo isto porque Andrei Filíppovitch já perguntou duas vezes por ele. Quem sabe se Sua Excelência não vai reclamá-lo...

— Não, já terminei mesmo...

— Está bem, pois.

— Parece que eu, Anton Antônovitch, sempre cumpri minhas obrigações a contento e tenho zelado pelas tarefas das quais a chefia me incumbe, trabalhado com elas zelosamente.

— Sim. Mas o que é que o senhor quer dizer com isso?

— Eu... nada, Anton Antônovitch. Só quero explicar, Anton Antônovitch, que eu... ou seja, queria explicitar que as más intenções e a inveja não poupam, de vez em quando, nenhuma pessoa em busca daquela sua abjeta nutrição cotidiana...

— Desculpe: não entendo o senhor muito bem. Quer dizer, a que pessoa é que vem aludindo agora?

— Ou seja, só quero dizer, Anton Antônovitch, que tenho seguido um caminho reto e detestado fazer aqueles rodeios ali, que não sou intrigante e posso, se apenas me for permitida tal expressão, orgulhar-me disso, e bem merecidamente...

— Sim. Tudo isso é assim mesmo, e considero esse seu raciocínio, em minha visão particular, plenamente justo; porém, veja se o senhor me permite, Yákov Petróvitch, notar, por minha parte, que as alusões pessoais não são muito benquistas numa sociedade boa, que eu, por exemplo, estou pronto a tolerar algumas, se feitas longe de mim (pois quem não é xingado, quando se está longe dele?), só que em minha presença... a vontade é sua, meu senhor, mas eu, por exemplo, não permitirei dizer afoitezas em minha frente. Eu, meu senhor, fiquei grisalho no serviço público e não vou permitir, depois de velho, que me digam tais afoitezas...

— Não, Anton Antônovitch, eu... está vendo, Anton Antônovitch: parece que o senhor não me entendeu muito bem, Anton Antônovitch. Pois eu... misericórdia, Anton Antônovitch: eu, por minha parte, só posso considerar uma honra...

— Eu também lhe peço que nos desculpe. Fomos ensinados à moda antiga. E desse seu jeito, à moda atual, já é tarde para aprendermos. Sempre nos bastou, até hoje, compreensão em servirmos à pátria, pelo que nos parece. Pois eu cá, meu senhor, como está sabendo aí, tenho uma comenda por vinte anos de serviço irreprochável...

— Percebo, Anton Antônovitch; por minha parte, percebo tudo isso perfeitamente. Mas não me refiro a isso, Anton Antônovitch: estava falando de uma máscara...

— De uma máscara?

— Ou seja, o senhor de novo... receio que, neste caso também, o senhor acabe levando o sentido para o lado oposto, quer dizer, o sentido das minhas falas, conforme o senhor mesmo diz, Anton Antônovitch. Apenas estou desenvolvendo o tema, ou seja, omitindo a ideia, Anton Antônovitch, de que aquelas pessoas que andam mascaradas não são mais poucas, e que agora é difícil reconhecer uma pessoa sob a sua máscara...

— Até que não é tão difícil assim, sabe? Às vezes, é bastante fácil; nem é preciso, às vezes, irmos longe demais.

— Não, Anton Antônovitch, é que me refiro a mim mesmo, sabe? Digo que eu, por exemplo, só ponho uma máscara quando ela me é necessária, ou seja, unicamente por ocasião do carnaval e das patuscadas, falando no sentido literal, mas não me mascaro todos os dias perante as pessoas, falando em outro sentido, mais dissimulado. Era isso que queria dizer, Anton Antônovitch.

— Pois bem: deixemos tudo isso por ora, ainda mais que estou sem tempo — disse Anton Antônovitch, soerguendo-se em seu assento e recolhendo alguns papéis para seu relatório a Sua Excelência. — Quanto ao seu assunto, não vai demorar, creio eu, a ficar oportunamente esclarecido. O senhor mesmo verá de quem cobrar e a quem acusar, portanto lhe peço encarecidamente que me poupe, daqui em diante, dessas explicações e alusões pessoais e nocivas ao nosso serviço...

— Não, Anton Antônovitch, eu... — começou o senhor Goliádkin, empalidecendo um pouco e dirigindo-se a Anton Antônovitch que se afastava dele — eu, Anton Antônovitch, nem pensava nisso. "Mas o que é isso, hein?", prosseguiu nosso protagonista, ao ficar sozinho, consigo mesmo. "Quais são, pois, os ventos que sopram aqui, e o que significa esse novo anzol?" E eis que, naquele exato momento em que nosso protagonista se aprontava, perdido e semianiquilado como estava, para resolver esse novo problema, ouviu-se um barulho na sala vizinha, surgiu uma espécie de rebuliço oficial, a porta se abriu, e Andrei Filíppovitch, o qual tinha ido agorinha, a negócios, ao gabinete de Sua Excelência, apareceu, ofegante, às portas e chamou pelo senhor Goliádkin. Sabendo de que se tratava e não querendo fazer Andrei Filíppovitch esperar, o senhor Goliádkin pulou fora do seu assento e se agitou a todo vapor, imediata e apropriadamente, preparando e arrumando em definitivo o caderninho exigido, além de se dispor, ele mesmo, a ir, no encalço do tal caderninho e de Andrei Filíppovitch, ao gabinete de Sua Excelência. De súbito, e quase por baixo do braço de Andrei Filíppovitch que estava, nesse meio-tempo, postado bem rente às portas, insinuou-se na sala o senhor Goliádkin Júnior, azafamado, arfante, extenuado de tanto trabalhar, com um ar imponente, decididamente regrado, e acorreu logo ao senhor Goliádkin Sênior, o qual menos esperava por uma investida dessas...

— Os papéis, Yákov Petróvitch, os papéis... Sua Excelência se dignou a perguntar se estavam prontos, aí com o senhor! — ficou gorjeando a meia-voz, bem depressa, o companheiro do senhor Goliádkin Sênior. — Andrei Filíppovitch está esperando pelo senhor...

— Sei que se espera por mim, sem você me dizer — replicou o senhor Goliádkin Sênior, também depressa e cochichando.

— Não, Yákov Petróvitch, não é isso; não é nada disso, Yákov Petróvitch: eu cá lamento, Yákov Petróvitch, e sou movido pela compaixão sincera.

— Da qual lhe peço, mui encarecidamente, que me poupe. Com licença, com licença...

— É claro que vai embrulhá-los, Yákov Petróvitch, não vai? Quanto à terceira paginazinha, ponha ali um marcador... permita, Yákov Petróvitch...

— Mas veja se me dá licença, afinal...

— É que há uma manchinha de tinta aí, Yákov Petróvitch: será que reparou nessa manchinha de tinta?...

Então Andrei Filíppovitch chamou pelo senhor Goliádkin pela segunda vez.

— Já, já, Andrei Filíppovitch: eu apenas... só um pouquinho... bem aqui... Será que entende a língua russa, prezado senhor?

— O melhor seria raspá-la com um canivetezinho, Yákov Petróvitch... é melhor que o senhor confie em mim: é melhor que não toque nela o senhor mesmo, Yákov Petróvitch, mas confie em mim. Pois eu cá, em parte, com um canivetezinho...

Andrei Filíppovitch chamou pelo senhor Goliádkin pela terceira vez.

— Mas espere: onde é que há uma manchinha aqui? Parece que não há nenhuma manchinha, hein?

— Há uma manchinha enorme: aí está ela! Ei-la aí, já a vi por aí... bem aí, com licença... permita-me apenas, Yákov Petróvitch, e eu cá, em parte, com um canivetezinho... é por compaixão, Yákov Petróvitch, com um canivetezinho... de coração puro... assim, pois, e acabou-se tudo...

Então, mui inesperadamente, o senhor Goliádkin Júnior chegou a vencer de improviso, sem mais nem menos, o senhor Goliádkin Sênior numa luta instantânea, que havia surgido entre eles, apoderou-se, em todo caso totalmente contra a sua vontade, do papel exigido pela chefia e, em vez de raspá-lo, de coração puro, com um canivetezinho, segundo assegurara, pérfido, ao senhor Goliádkin Sênior, enrolou-o depressa, colocou-o debaixo do braço, ficou, com dois saltos, ao lado de Andrei Filíppovitch, o qual não se apercebera de nenhum desses seus truques, e foi voando, com ele, ao gabinete do diretor. E o senhor Goliádkin

Sênior quedou-se como que acorrentado ao seu lugar, segurando o tal canivetezinho e como que se propondo a raspar algo com ele...

Nosso protagonista não compreendia ainda muito bem essa sua nova condição. Não se recobrara ainda. Sentira um golpe, mas estava pensando que não era nada grave. Tomado de uma angústia terrível, indescritível, arrancou-se finalmente do seu lugar e se precipitou rumo ao gabinete do diretor, implorando, aliás, ao céu, enquanto corria lá, que aquilo tudo se arranjasse, de alguma forma, para melhor, que não fosse assim, nada grave mesmo... Na última sala precedente ao gabinete do diretor, deparou-se, literalmente cara a cara, com Andrei Filíppovitch e seu homônimo. Ambos já estavam voltando, e o senhor Goliádkin deixou-os passar. Andrei Filíppovitch falava sorridente, com alegria. O homônimo do senhor Goliádkin Sênior também sorria e se requebrava, trotando a uma distância respeitosa de Andrei Filíppovitch e sussurrando algo, com ares de admiração, bem ao ouvido dele, ao passo que Andrei Filíppovitch respondia a tanto inclinando a cabeça da maneira mais benevolente possível. E foi de uma vez só que nosso protagonista abrangeu todo o estado das coisas. É que seu trabalho (conforme ficaria sabendo mais tarde) quase superara as expectativas de Sua Excelência e fora concluído realmente a tempo e na hora certa. E Sua Excelência se quedara extremamente contente. Até se comentava que Sua Excelência agradecera ao senhor Goliádkin Júnior, e que lhe agradecera para valer, dizendo que se lembraria dele, num caso oportuno, e nunca se esqueceria dele... É claro que a primeira ação do senhor Goliádkin foi a de protestar, protestar com todas as forças e até a última possibilidade. Quase esquecido de si mesmo, pálido como a morte, correu até Andrei Filíppovitch. Mas Andrei Filíppovitch, tão logo o ouviu dizer que seu assunto era particular, recusou-se a escutá-lo, notando resolutamente que não tinha sequer um minuto livre nem para suas próprias necessidades.

A rispidez do tom e a aspereza da recusa deixaram o senhor Goliádkin assombrado. "É melhor que tente assim, do outro lado... é melhor que fale com Anton Antônovitch." Para desgraça do senhor Goliádkin, Anton Antônovitch tampouco estava presente: andava também algures, ocupado com alguma coisa. "Pois não foi sem intenção que ele me pediu que o poupasse das explicações e alusões!", pensou nosso protagonista. "Era esse o alvo que ele visava, velho safado! Neste caso, ousarei simplesmente rogar a Sua Excelência."

Ainda pálido e sentindo que sua mente estava toda num desarranjo total, duvidando muito da escolha que lhe cumpria notadamente fazer, o senhor Goliádkin se sentou numa cadeira. "Seria bem melhor se tudo isso fosse apenas assim...", não cessava de cogitar no íntimo. "De fato, um negócio desses, tão tenebroso assim, seria até mesmo totalmente improvável. Primeiro, é uma bobagem e, segundo, nem sequer pode acontecer. Decerto foi uma miragem qualquer, ou então aconteceu algo diferente e não aquilo que realmente aconteceu; ou, quem sabe, eu mesmo estava andando... e me tomei, de alguma forma, por outra pessoa... numa palavra, é um negócio absolutamente impossível."

Mal o senhor Goliádkin concluiu que era um negócio absolutamente impossível, o senhor Goliádkin Júnior entrou voando, de supetão, nessa sala, com papelada em ambas as mãos e debaixo do braço. Dizendo, de passagem, um par de palavras necessárias a Andrei Filíppovitch, trocando uma palavrinha com mais alguém e uma gentileza com alguém mais, dispensando a alguém lá um tratamento familiar, o senhor Goliádkin Júnior, o qual não aparentava ter tempo de sobra para gastá-lo à toa, já ia, pelo visto, sair da sala, mas, felizmente para o senhor Goliádkin Sênior, deteve-se bem às portas e puxou, de passagem, conversa com dois ou três funcionários jovens que por acaso estavam ali. O senhor Goliádkin Sênior correu direto ao seu encontro. Tão logo o senhor Goliádkin Júnior avistou essa manobra do senhor Goliádkin Sênior, começou a olhar, todo inquieto, ao seu redor, procurando por onde escaparia sem demora. Contudo, nosso protagonista já segurava seu hóspede da véspera pelas mangas. Os funcionários, que rodeavam os dois servidores de nona classe, recuaram e ficaram esperando, curiosos, pelo que sucederia. O antigo servidor de nona classe entendia bem que a opinião positiva não estava agora do seu lado, entendia bem que se tramava uma intriga contra ele e tanto mais precisava conseguir, agora mesmo, algum apoio. Era um momento decisivo.

— Então? — disse o senhor Goliádkin Júnior, olhando, de modo assaz insolente, para o senhor Goliádkin Sênior.

O senhor Goliádkin Sênior mal respirava.

— Não sei, prezado senhor — começou a falar —, de que maneira lhe explicaria agora a estranheza dessa sua conduta para comigo.

— Está bem. Prossiga... — Dito isso, o senhor Goliádkin Júnior olhou à sua volta e lançou uma piscadela aos funcionários que os rodeavam, como se lhes desse a entender que justamente agora começaria uma comédia.

— A insolência e a sem-vergonhice de seus procedimentos para comigo, meu prezado senhor, ainda mais o denunciam, neste caso presente... do que todas as minhas palavras. Não conte com esse seu jogo, que é ruinzinho...

— Pois bem, Yákov Petróvitch: veja se me diz agora como o senhor tem dormido, hein? — respondeu o senhor Goliádkin Júnior, encarando, olho no olho, o senhor Goliádkin Sênior.

— Está perdendo a compostura, prezado senhor — disse o servidor de nona classe, completamente desconcertado, mal sentindo o chão debaixo dos pés. — Espero que mude de tom...

— Meu queridinho! — replicou o senhor Goliádkin Júnior, fazendo uma careta assaz indecente para o senhor Goliádkin Sênior, e de improviso, mui inesperadamente, segurou-lhe com dois dedos, a pretexto de acarinhá-lo, a bochecha direita, bastante carnuda. Nosso protagonista enrubesceu que nem o fogo... Tão logo o companheiro do senhor Goliádkin Sênior percebeu que seu adversário, tremendo com todos os seus membros, mudo de frenesi, vermelho qual um lagostim cozido e, finalmente, levado aos derradeiros limites, podia optar, inclusive, por um ataque formal, antecipou-se a ele por sua vez, imediatamente e da maneira mais desavergonhada possível. Alisando-lhe, mais umas duas vezes, a bochecha, fazendo-lhe, mais umas duas vezes, cócegas, brincando com ele, imóvel e enlouquecido de raiva como estava, por mais alguns segundos dessa maneira, para deleite dos jovens que os rodeavam, o senhor Goliádkin Júnior acabou, com uma desfaçatez de revoltar a alma, por dar um piparote naquela barriguinha protuberante do senhor Goliádkin Sênior e lhe disse, com o sorriso mais peçonhento e descaradamente alusivo: "Que brincadeira, maninho Yákov Petróvitch, mas que brincadeira, hein? Vamos trapacear juntinhos, Yákov Petróvitch, vamos trapacear". Em seguida, e antes que nosso protagonista tivesse tempo para se recompor minimamente após esse último ataque, o senhor Goliádkin Júnior assumiu, de repente (apenas lançando um sorrisinho prévio aos espectadores que estavam ao redor deles), o ar mais ocupado, mais atarefado e mais oficial que pudesse haver, cravou os olhos no chão, encolheu-se, contraiu-se e, dizendo depressa "uma missão especial", deu um coice com sua perninha curtinha e se esgueirou para a sala vizinha. Nosso protagonista descria dos próprios olhos e não estava ainda em condição de se recompor...

Recompôs-se enfim. Conscientizando-se num instante de que estava perdido, em certo sentido aniquilado, que se sujara e maculara a sua reputação, que fora escarnecido e cuspido na presença de pessoas estranhas, que tinha sido perfidamente infamado por quem se considerava, na véspera, o primeiro e o mais confiável dos seus amigos, que se danara, por fim, de cabo a rabo, o senhor Goliádkin se arrojou no encalço de seu desafeto. Não queria sequer pensar, naquele exato momento, nas testemunhas de sua infâmia. "Estão todos de complô", dizia consigo mesmo: "um defende o outro, e todos se atiçam mutuamente contra mim." No entanto, ao dar uns dez passos, nosso protagonista percebeu às claras que suas perseguições se revelavam todas baldias e inúteis, voltando, por esse motivo, para trás. "Não fugirás", pensava, "terás teu *surcoupe*[2] na hora certa: pagará o lobo pelas lágrimas da ovelha." Com um sangue-frio irado e a resolução mais enérgica possível, achegou-se o senhor Goliádkin à sua cadeira e se sentou nela. "Não fugirás!", tornou a dizer. Agora não se tratava mais de alguma resistência passiva ali, mas havia cheiro de algo decisivo e ofensivo, e quem visse o senhor Goliádkin naquele momento em que, ruborizando-se e mal contendo a emoção, ele espetou o tinteiro com sua pena e se pôs a escrever a rajadas, tomado de fúria, poderia concluir de antemão que o tal problema não passaria batido nem seria resolvido de algum modo simples e próprio das *babas*. Compôs, no fundo da alma, uma decisão e jurou, no fundo do coração, que a cumpriria. Não sabia ainda muito bem, seja dita a verdade, como devia agir, ou seja, melhor dizendo, não fazia nem a menor ideia daquilo, só que não era nada e não importava mesmo! "Não é com impostura e safadeza, prezado senhor, que se vence em nosso século! A impostura e a safadeza, meu prezado senhor, não acabam bem, mas levam à forca. Só Grichka Otrêpiev,[3] meu prezado senhor, é que se promoveu com impostura, burlando aquele povo cego, só que, ainda assim, não foi por muito tempo." Apesar dessa última circunstância, o senhor Goliádkin decidiu esperar até que a máscara de certas pessoas caísse e certas

[2] Ação de rebater a carta do adversário com um trunfo (em francês).

[3] Yúri Bogdânovitch, vulgo Grichka, Otrêpiev (cerca de 1581-1606): famoso *samozvánetz* (impostor) russo que organizou a intervenção militar do reino polonês contra a Rússia, foi coroado, em 1605, sob o nome de Dmítri Ivânovitch, mas destronado e morto logo em seguida.

coisas ficassem à mostra. Era mister para tanto, em primeiro lugar, que as horas do expediente terminassem o mais depressa possível, resolvendo nosso protagonista não empreender nada antes disso. E depois, uma vez terminadas as horas do expediente, tomaria uma medida. Então saberia como proceder, ao tomar aquela medida, como organizar todo o plano de suas ações para arrasar o corno da soberba e esmagar a serpe a morder o solo numa desprezível impotência.[4] Quanto a deixar-se pisotear como um paninho com o qual se limpam as botas enlameadas, o senhor Goliádkin não podia permitir tanto. Não podia mesmo anuir a tanto, sobretudo nesse caso presente. Se não tivesse sofrido a última desonra, nosso protagonista resolveria ainda, quem sabe, reprimir seu coração, decidiria, quem sabe, permanecer calado e resignado, sem insistir demasiado em protestar, mas assim, discutiria e argumentaria um pouquinho, provaria que estava em seu direito, sim, e depois cederia um pouquinho, e mais um pouquinho cederia depois, e depois concordaria de vez, e depois, sobretudo quando o lado oposto reconhecesse solenemente que ele estava mesmo em seu direito, depois, quem sabe, faria até as pazes, até se enterneceria um pouquinho, e quem sabe mesmo se não ressuscitaria, depois disso tudo, uma amizade renovada, forte e ardente, ainda mais ampla do que a amizade da véspera, de sorte que tal amizade chegaria a eclipsar totalmente, feitas as contas, o dissabor dessa semelhança assaz indecente das duas caras, de sorte que ambos os servidores de nona classe ficariam extremamente felizes e acabariam vivendo até cem anos, e assim por diante. Digamos tudo, por fim: o senhor Goliádkin até começava a arrepender-se um pouco de ter defendido a si mesmo, bem como esse direito seu, e tido, logo a seguir, uma contrariedade. "Se ele se conformasse", pensava o senhor Goliádkin , "se dissesse que estava brincando, eu lhe perdoaria aquilo, e até mais ainda lhe perdoaria, contanto que ele confessasse aquilo em voz alta. Só que não deixarei que me pisoteiem feito um paninho. Nem a quem era mais graúdo permiti que me pisoteasse, tanto menos permitirei que um sujeito depravado venha atentar a tanto. Não sou nenhum paninho ali; não sou, meu senhor, um paninho!" Numa palavra, nosso protagonista tomou sua decisão. "Quem é culpado, meu prezado

---

[4] Veja a "pequena tragédia" *Mozart e Salieri*, de Alexandr Púchkin, cena I (tradução de Oleg Almeida).

senhor, é você mesmo!" Quanto àquela decisão sua, era a de protestar, de protestar com todas as forças e até a última possibilidade. Assim é que era aquele homem! Não consentia, de modo algum, em deixar-se ofender nem, menos ainda, em ser pisoteado feito um paninho e, afinal, em deixar que um sujeito completamente depravado fizesse isso. Não contestamos, aliás; não contestamos nada. Se alguém quisesse, se alguém desejasse, por exemplo, transformar o senhor Goliádkin sem falta num paninho daqueles, chegaria, talvez, a transformá-lo, sim, transformá-lo-ia sem resistência nem punição (e o senhor Goliádkin sentia isso, de vez em quando, pessoalmente), e ficaria um paninho no lugar de Goliádkin, ficaria um paninho sujo e vil, porém não seria um paninho qualquer e, sim, um paninho ambicioso, um paninho provido de ânimo e de sentimentos, e, posto que sua ambição fosse estéril, posto que seus sentimentos não fossem correspondidos, haveria, ainda assim, sentimentos muito bem escondidos nas pregas sujas daquele paninho...

O expediente foi incrivelmente longo; afinal, o relógio deu quatro horas. Pouco depois, todos se levantaram e foram, seguindo o chefe, para casa. O senhor Goliádkin se misturou com a multidão; seu olho não estava dormindo nem perdendo de vista quem fosse necessário. Afinal, nosso protagonista viu seu companheiro acorrer aos vigilantes do escritório, os quais distribuíam os capotes, e passar, conforme seu hábito torpe, a rondá-los à espera do seu capote. O momento era decisivo. O senhor Goliádkin penou bastante em cruzar, aos empurrões, a multidão e, sem querer ficar para trás, também se azafamou reclamando o seu. Todavia, o capote foi entregue primeiro àquele companheiro e amigo do senhor Goliádkin, porquanto ali também ele já tivera tempo para se arranjar afagando, adulando, insuflando e praticando um bocado de torpezas.

Jogando o capote por cima dos ombros, o senhor Goliádkin Júnior olhou, com ironia, para o senhor Goliádkin Sênior, agindo dessa maneira, aberta e atrevidamente, contra ele, depois, com a insolência que lhe era peculiar, olhou ao redor, deu uns passinhos finais, provavelmente a fim de produzir uma impressão favorável, ao lado dos funcionários, disse uma palavrinha a um deles, cochichou sobre algo com outro, passou uma lambidela no terceiro, dirigiu um sorriso ao quarto, estendeu a mão ao quinto e se esgueirou, jovial, escada abaixo. O senhor Goliádkin Sênior foi atrás dele e, para seu prazer indescritível, conseguiu alcançá-lo no último degrau e agadanhou a gola de seu capote. O senhor Goliádkin Júnior ficou, pelo visto, um tanto intimidado e olhou à sua volta com ares de desconcerto.

— Como me cumpre entendê-lo? — sussurrou finalmente, com uma voz fraca, dirigindo-se ao senhor Goliádkin.

— Se apenas for um homem nobre, prezado senhor, espero que se lembre das relações amicais que tivemos ontem — disse nosso protagonista.

— Ah, sim! Pois então: será que o senhor dormiu bem?

Foi a raiva que privou, por um minuto, o senhor Goliádkin da sua língua.

— Dormir cá, dormi bem, sim... Mas veja se me permite também lhe dizer, meu prezado senhor, que esse seu jogo está por demais intrincado...

— Quem é que diz isso? São meus inimigos que dizem — respondeu, de modo entrecortado, aquele que se apresentava como o senhor Goliádkin e, dita essa palavra, livrou-se inesperadamente das mãos débeis do verdadeiro senhor Goliádkin. Ao livrar-se, pulou da escada, olhou ao redor, avistou um carro de aluguel, acercou-se correndo dele, subiu àquele *drójki* e, num instante, sumiu ante os olhos do senhor Goliádkin Sênior. Desesperado e abandonado por todos, o servidor de nona classe também olhou ao redor, porém não havia mais carros de aluguel. Tentou, inclusive, correr, porém as pernas lhe falhavam. De fisionomia desfigurada, de boca escancarada, aniquilado, crispado, encostou-se impotente num lampião e passou alguns minutos assim, no meio da calçada. Parecia que estava tudo perdido para o senhor Goliádkin...

CAPÍTULO IX

Parecia que tudo, inclusive a própria natureza, estava armado contra o senhor Goliádkin, porém ele permanecia ainda de pé, sem ter sido vencido, e se dava conta de não ter sido vencido. Estava pronto a lutar. Quando se recuperou do primeiro assombro, esfregou as mãos com tanta emoção e tamanha energia que já se poderia concluir, apenas pela aparência do senhor Goliádkin, que não ia ceder. De resto, o perigo estava à vista e era óbvio: o senhor Goliádkin se dava conta disso também, mas a questão era como o abordaria, aquele perigo, hein? Até mesmo surgiu em sua cabeça, por um instante, a ideia de que "não deixaria, digamos, tudo isso para lá, não recuaria assim simplesmente?". "Pois bem, não seria nada. Ficarei de lado, como se não fosse eu mesmo", pensava o senhor Goliádkin, "deixarei tudo passar: não sou eu, e basta. Ele também ficará de lado e, quem sabe, dará para trás; vai requebrar-se, aquele velhaco, vai requebrar-se, saracotear um pouco e acabará recuando. Pois é isso aí! Vencerei com minha humildade. Aliás, onde está o perigo e que perigo seria aquele? Bem que desejaria eu que alguém me apontasse mesmo um perigo naquele assunto ali! Mas é um assunto de cuspir em cima, um assunto bem ordinário!..." Então o senhor Goliádkin se interrompeu. As palavras entorpeceram em sua língua, e ele se xingou mesmo por um pensamento desses, até se acusou logo de baixeza e de covardia por causa do tal pensamento, só que, ainda assim, seu assunto não foi para a frente. Sentia que tomar, no momento presente, alguma decisão redundava numa necessidade imperiosa para ele; sentia, inclusive, que daria muita coisa a quem lhe dissesse qual seria notadamente aquela decisão a tomar. Mas como é que adivinharia tanto? Aliás, nem teria tempo para adivinhar. Por via das dúvidas, a fim de não perder tempo, ele pegou um carro de aluguel e foi voando para casa. "Como é que você se sente agora, hein?", pensou no íntimo. "Como é que o senhor se digna a sentir-se agora, Yákov Petróvitch? O que vai fazer, hein? O que vai fazer agora, seu vilão, seu patife daqueles? Foi aos extremos e agora está chorando, choramingando aí agora!" Assim reptava a si mesmo o senhor Goliádkin, sacolejando-se aos solavancos que dava o carro de seu *vanka*.[1] Reptar a si mesmo e avivar, desse modo, as suas feridas era, no momento presente, um gozo profundo para o senhor Goliádkin, por pouco não chegava a ser uma volúpia. "Pois bem: se agora", pensava ele, "viesse um feiticeiro qualquer, ou então se fosse, digamos, algo oficial, e se lhe dissessem: dê aí, Goliádkin, um dedo da mão direita, e a gente está quite, e não haverá nenhum outro Goliádkin, e você ficará feliz, apenas com um dedo a menos, daria esse seu dedo, daria sem falta, sim, daria sem se franzir. Que os diabos carreguem tudo aquilo!", exclamou, afinal, o servidor de nona classe, desesperado. "Mas de que serve aquilo tudo? Pois bem: tinha aquilo tudo de acontecer, justamente aquilo, exatamente aquilo, como se não pudesse acontecer nenhuma outra coisa! E estava tudo bem no começo, estavam todos contentes e felizes, mas não, tinha de acontecer mesmo! De resto, nada se faz com palavras. É preciso agir."

Destarte, quase decidido a fazer algo, o senhor Goliádkin entrou em seu apartamento e, sem a menor demora, agarrou o cachimbo e, sugando-o com todas as forças, espalhando baforadas à direita e à esquerda, começou a correr de lá para cá, extremamente ansioso como estava, pelo seu quarto. Enquanto isso, Petruchka punha a mesa. Por fim, o senhor Goliádkin se decidiu em definitivo, largou subitamente o cachimbo, jogou o capote por cima dos ombros, disse que não almoçaria em casa e saiu correndo do apartamento. Petruchka alcançou-o, arfante, já na escadaria, com seu chapéu esquecido nas mãos. Pegando o chapéu, o senhor Goliádkin se dispôs a justificar-se um pouquinho, assim de passagem, aos olhos de Petruchka, só para ele não pensar em nada de mais — houve, pois, uma circunstância daquelas, a de esquecer meu chapéu por ali, e assim por diante —, mas, como Petruchka não quis nem olhar para ele e foi logo embora, o senhor Goliádkin pôs logo, por sua vez e sem mais esclarecimentos, aquele seu chapéu, desceu correndo a escada e, repetindo consigo que talvez acabasse tudo mudando para melhor e que o negócio se arranjaria de algum jeito, conquanto sentisse, por sinal, calafrios até mesmo nos calcanhares, saiu do prédio, pegou

[1] Apelido pejorativo dos cocheiros (em russo).

um carro de aluguel e foi voando à casa de Andrei Filíppovitch. "Aliás, não seria melhor amanhã?", pensava o senhor Goliádkin, agarrando a corda da campainha às portas do apartamento de Andrei Filíppovitch. "E o que lhe direi de tão especial? É que não há nada de especial nisso. É um assunto assim, ínfimo; pois é realmente ínfimo, no fim das contas; é de cuspir em cima, quer dizer, quase de cuspir em cima... é que assim é aquilo tudo, aquela circunstância ali..." De chofre, o senhor Goliádkin puxou a corda; a campainha tocou, os passos de alguém se ouviram lá dentro... Então o senhor Goliádkin até amaldiçoou a si mesmo, em parte por essas suas pressa e ousadia. As contrariedades recentes, das quais o senhor Goliádkin quase se esquecera em meio aos seus afazeres, e seu embate com Andrei Filíppovitch vieram-lhe logo à memória. Contudo, já era tarde para fugir: a porta se abriu. Felizmente para o senhor Goliádkin, responderam-lhe que Andrei Filíppovitch não almoçava em casa nem sequer voltara da sua repartição. "Sei onde ele está almoçando: é perto da ponte Ismáilovski que almoça", pensou nosso protagonista e se alegrou pavorosamente. Indagando-lhe o criado como devia anunciá-lo, respondeu que "eu, digamos assim, meu amigo... ainda bem que eu, digamos, amigo meu... só mais tarde..." e, até com certo entusiasmo, desceu correndo a escada. Uma vez na rua, decidiu que deixaria o carro ir embora e pagou ao cocheiro. E, quando o cocheiro lhe pediu um acréscimo — "digamos assim, esperei por muito tempo, meu senhorzinho, e não poupei meu trotão para Vossa Senhoria" —, deu-lhe também um *piatatchok*[2] de acréscimo, e mesmo com muito gosto, e foi seguindo, ele próprio, a pé.

"É que, de fato, o assunto é tal", pensava o senhor Goliádkin "que não se pode deixá-lo para lá, porém, se a gente raciocina assim, mas assim mesmo, de maneira sadia, por que é que teria realmente de me azafamar? Mas não, todavia, já que não paro de falar naquilo ali, por que me azafamaria, hein, por que me apoquentaria e pelejaria e sofreria e me mataria? Em primeiro lugar, já está feito e não dá para refazer... não dá para refazer mesmo, hein? Raciocinemos assim, pois: aparece um homem... aparece um homem trazendo uma recomendação suficiente, digamos, um funcionário capacitado, de boa conduta, apenas é pobre e aturou um bocado de infortúnios, daquelas reviravoltas ali,

[2] Nome coloquial e diminutivo da moeda de 5 copeques.

só que a pobreza não é um pecado;[3] por conseguinte, eu cá estou de lado. E, realmente, mas que bobagem seria aquela? Aconteceu, pois, aconteceu que um homem se fez, pela própria natureza sua, parecido com outro homem como duas gotas d'água, que é uma cópia perfeita do outro homem: seria por isso, pois, que não se deveria aceitá-lo em nosso departamento? Se a culpa é do destino, tão só do destino, se tão somente a fortuna cega é culpada daquilo, seria por isso que o pisoteariam como um paninho qualquer e não lhe permitiriam servir... mas onde é que ficaria, depois daquilo, a justiça, hein? Pois é um homem pobre, perdido, intimidado, e eis que o coração fica doendo, e eis que a compaixão manda acolhê-lo! Sim, nada mais a dizer: seriam bons esses nossos chefes se raciocinassem como eu, cabeça de vento! Eta, mas que cachola é que tenho aqui! Às vezes, sobra besteira para dez homens! Não, não... Fizeram bem, e se agradece a eles por acolherem aquele pobre coitado... Pois bem: suponhamos, por exemplo, que sejamos gêmeos, que tenhamos nascido dessa maneira, que sejamos dois irmãos gêmeos, e nada além disso, e que assim seja! Bom, e daí? Daí, nada! Pode-se acostumar todos os servidores... e, caso um estranho entrasse em nossa repartição, decerto não acharia nada de indecente nem de ofensivo numa circunstância daquelas. Há mesmo algo enternecedor naquilo: digamos assim, a ideia é essa, digamos assim, a vontade de Deus criou duas pessoas absolutamente idênticas, e nossa chefia benfazeja, ao perceber a vontade de Deus, acolheu os dois gêmeos. É claro que...", continuava o senhor Goliádkin, retomando fôlego e baixando um pouco a voz, "é claro que... decerto seria melhor se não houvesse nada daquilo, de tão enternecedor assim, nem tais gêmeos tampouco... Que o diabo carregue aquilo tudo! Por que se precisava daquilo? Que necessidade havia naquilo ali, tão especial e não passível de nenhuma postergação? Deus meu Senhor! Mas que caldo é que entornaram aqueles tinhosos! É que ele tem, entretanto, um caráter daqueles, uma índole assim, brejeira e maliciosa; é um velhaco daqueles, e se requebra tanto e fica lambendo... é um lambe-botas, o tal de Goliádkin ali! E se, por acaso, ele se comportar mal e acabar maculando, canalha, este meu sobrenome? Digne-se agora a ficar de olho nele, a rondá-lo! Mas que castigo é esse, hein? Aliás, e daí? Nem é preciso, aliás! Pois bem: é

[3] Provérbio russo.

um vilão, sim; que seja, pois, um vilão, mas o outro, em compensação, é honesto. Que seja ele um vilão, sim, mas eu cá serei honesto, e vão dizer que aquele Goliádkin lá é um vilão: não olhem para ele nem o misturem com o outro; porém, este Goliádkin aqui é honesto, virtuoso, dócil, manso, assaz seguro, quanto ao serviço, e digno de ser promovido: é isso aí! Pois bem... e se, por acaso... E se, por acaso... aquilo ali... se eles nos confundirem? É que tudo se pode esperar dele! Oh, Deus meu Senhor!... Há de substituir o homem, há de substituí-lo, aquele canalha, há de trocá-lo que nem um paninho e sem pensar que um homem não é um paninho qualquer. Ah, Deus meu Senhor! Mas que desgraça!...”

Era raciocinando dessa maneira e reclamando que o senhor Goliádkin corria sem discernir o caminho e quase sem saber, ele mesmo, para onde rumava. Recobrou-se na avenida Nêvski e tão somente por ter colidido com um transeunte, tão rápido e com tanta força que apenas as chispas foram voando. Sem levantar a cabeça, o senhor Goliádkin murmurou alguma desculpa e, só quando o transeunte, ao resmungar algo não muito lisonjeiro, já estava a uma distância considerável, ergueu o nariz e olhou ao redor para saber onde e como estava. Olhando, pois, ao redor e percebendo que estava precisamente junto daquele restaurante em que descansava a preparar-se para o almoço de gala na casa de Olsúfi Ivânovitch, nosso protagonista sentiu, de repente, uns beliscões e piparotes em seu estômago, lembrou que não tinha almoçado e que nenhum almoço de gala estava marcado nenhures; portanto, sem perder esse seu tempo precioso, subiu correndo a escada que levava ao restaurante, no intuito de lambiscar algo, o mais depressa possível, e de não demorar, apressado como estava. E, muito embora custasse tudo carinho naquele restaurante, tal circunstância pequena não deteve, na ocasião, o senhor Goliádkin; aliás, ele nem teria tempo para se deter agora em tais ninharias. Numa sala bem iluminada, rente ao balcão em cima do qual estava uma pilha variada de tudo quanto se consome, como antepasto, pelas pessoas decentes, havia uma multidão bastante cerrada de visitantes. O balconista mal conseguia encher os copos, repassar os pratos, tomar o dinheiro e devolver o troco. O senhor Goliádkin esperou até chegar sua vez e, num momento oportuno, estendeu humildemente a mão até um pastelzinho *rasstegái*.[4] Indo a um cantinho, virando as costas aos

[4] Pastel tradicional russo, aberto em cima e recheado de peixe ou carne e cogumelos ou arroz com cebola, cenoura e ovos picados.

presentes e lanchando com apetite, retornou até o balconista, colocou o pires sobre a mesa, tirou dez copeques de prata, já sabendo qual era o preço, e pôs a moedinha em cima do balcão, captando os olhares do balconista para lhe indicar: "aqui está, digamos, uma moedinha: foi um *rasstegaizinho*", etc.

— Um rublo e dez copeques — disse, por entre os dentes, o balconista.

O senhor Goliádkin ficou meio pasmado.

— Está falando comigo?... Eu... parece que só peguei um pastelzinho...

— Pegou onze — replicou o balconista, com segurança.

— O senhor... pelo que me parece... parece-me que o senhor está enganado... É que me parece, juro, que só peguei um pastelzinho.

— Eu contei: o senhor pegou onze pastéis. E tem de pagar, já que pegou: aqui conosco, nada se dá de graça.

O senhor Goliádkin ficou aturdido. "O que é isso: será que alguma bruxaria vem acontecendo comigo?", pensou. Nesse ínterim, o balconista esperava pela decisão do senhor Goliádkin, o qual já estava cercado. O senhor Goliádkin já metia a mão no bolso para tirar um rublo de prata, pagar imediatamente e ficar longe do pecado. "Pois bem: se forem onze, que sejam onze", pensava, avermelhando-se como um lagostim cozido. "O que há de especial nisso, se onze pasteizinhos foram comidos, hein? O homem estava, pois, com fome e acabou comendo onze pasteizinhos; que coma, pois, e tenha saúde: não há com que se pasmar nem de que se rir, pois..." De súbito, como se algo tivesse picado o senhor Goliádkin, ele ergueu os olhos e... decifrou o enigma todo de vez, desvendou toda a bruxaria, e todas as suas dificuldades se resolveram de pronto... Às portas da sala vizinha, quase logo atrás das costas do balconista e de frente para o senhor Goliádkin, às portas que nosso protagonista tomava até então, diga-se de passagem, por um espelho, estava postado um homenzinho... estava postado ele mesmo, o senhor Goliádkin em pessoa, só que não era o antigo senhor Goliádkin, esse protagonista de nossa narração, mas o outro senhor Goliádkin, o novo senhor Goliádkin. Aquele outro senhor Goliádkin estava aparentemente muito bem-humorado. Sorria ao senhor Goliádkin Primeiro, inclinava a cabeça em sua direção, piscava com os olhinhos, mexia de leve as pernas, e parecia que, se acontecesse alguma coisa daquelas, ele desapareceria num átimo, sumiria na sala vizinha e depois, quem sabe, usaria a porta dos fundos para... e que todas as perseguições resultariam inúteis. Em suas mãos estava o último pedaço do décimo *rasstegái*, que ele enfiou na boca a olhos vistos, diante do senhor Goliádkin, estalando os lábios de tanto prazer. "Substituiu mesmo, canalha!", pensou o senhor Goliádkin, enrubescendo de pudor que nem uma chama. "Não se envergonhou com a publicidade! Será que o veem? Parece que ninguém está reparando nele..." O senhor Goliádkin jogou seu rublo de prata, como se tivesse queimado todos os dedos com ele, e, despercebendo o sorriso imponente e insolente do balconista, aquele sorriso a traduzir o triunfo e o tranquilo poderio dele, atravessou, aos empurrões, a multidão e correu para fora sem olhar para trás. "Agradeço, ao menos, por ele não ter comprometido a gente em definitivo!", pensou o senhor Goliádkin Sênior. "Agradeço àquele facínora, e ao destino também, por tudo se ter arranjado ainda bem. Apenas o tal balconista me destratou. Só que não faz mal, pois estava com seu direito. Precisava-se pagar um rublo e dez copeques, então ele estava com seu direito, sim. Aqui conosco, digamos, não se dá de graça a ninguém! Só se fosse um pouco mais educado, aquele vagabundo!..."

Era tudo isso que o senhor Goliádkin dizia descendo até a saída. Contudo, parou no último degrau da escada, como que pregado ao solo, e, de improviso, enrubesceu tanto que até mesmo as lágrimas brotaram em seus olhos nesse acesso de amor-próprio ferido. Ficando lá por meio minuto, imóvel como um poste, deu uma patada repentina e resoluta, desceu, num salto, da escada para a rua e, sem olhar para trás nem sentir exaustão, correu ofegante para casa, para sua rua Chestilávotchnaia. Uma vez em casa, mesmo sem tirar as roupas de cima, não obstante seu hábito de ficar com o traje caseiro, nem sequer ter pegado o cachimbo, sentou-se imediatamente no sofá, achegou o tinteiro, empunhou uma pena, tirou uma folha de papel de carta e se pôs a escrever bem depressa, com a mão trêmula de comoção íntima, a seguinte mensagem:

Meu prezado senhor Yákov Petróvitch!

Não tomaria, em caso algum, a pena, se minhas circunstâncias e o senhor mesmo, meu prezado senhor, não me forçassem a fazê-lo. Acredite ter sido apenas uma necessidade que me obrigou a encetar semelhante explicação com o senhor, portanto, antes de tudo, peço que não considere esta medida minha uma intenção premeditada de ofendê-lo, meu prezado senhor, e, sim, uma consequência inevitável das circunstâncias que ora nos interligam.

"Parece que está bem: decente e polido, embora não sem força e firmeza, hein?... Ele não terá, parece, com que se melindrar aqui. Além do mais, estou com meu direito", pensou o senhor Goliádkin, relendo o escrito.

Sua aparição inesperada e estranha, meu prezado senhor, naquela noite tempestuosa, depois daquela coisa grosseira e indecente que meus desafetos, cujos nomes estou omitindo por desprezo a eles, fizeram comigo, deu início a todos os mal-entendidos que existem presentemente entre nós dois. Quanto ao seu obstinado desejo de insistir em estar com a razão e penetrar forçosamente no círculo da minha existência e de todas as relações minhas, meu prezado senhor, ele tem passado, na vida prática, até mesmo dos limites impostos apenas pela mera cortesia e pela simples convivência. Acho desnecessário mencionar aqui, meu prezado senhor, que escamoteou meu papel e meu nome honesto propriamente dito a fim de granjear o carinho dos superiores, carinho esse que não merece. Tampouco é necessário mencionar aqui seus desvios premeditados e ofensivos das explicações que nesse caso seriam indispensáveis. Afinal, para dizer tudo, deixo de mencionar aqui sua recente conduta para comigo, estranha e, pode-se dizer, incompreensível, naquela cafeteria. Estou longe de me queixar de ter desperdiçado um rublo de prata, porém não posso deixar de exprimir toda a indignação minha ao recordar-me daquele óbvio atentado, meu prezado senhor, que praticou em prejuízo à minha honra e, além disso, na presença de várias pessoas, as quais, embora eu não as conheça, são, ainda assim, muito bem-educadas...

"Será que vou longe demais?", pensou o senhor Goliádkin. "Não seria muito, não seria por demais ofensivo... essa alusão à boa educação, por exemplo?... Pois bem: não é nada! Tenho de mostrar a firmeza de meu caráter a ele. De resto, poderia adulá-lo também, para suavizar, com um pouco de manteiguinha ao fim. Vamos ver, pois..."

Todavia, não o cansaria, meu prezado senhor, com esta carta minha, se não estivesse firmemente convicto de que a nobreza de seus sentimentos cordiais e sua índole aberta e franca haveriam de indicar ao senhor mesmo alguns meios de corrigir todas as falhas e de deixar tudo como estava.

Cheio de esperança, ouso permanecer convencido de que não levará minha carta para o lado que lhe seja lesivo nem se recusará, ao mesmo tempo, a explicar-se, neste caso, de propósito e por escrito, com o auxílio de meu empregado.

Na expectativa, tenho a honra de permanecer, meu prezado senhor,
o mais humilde dos seus criados
Ya. Goliádkin.

"Pois bem: está tudo certo. Está feito, pois: chegamos às explicações por escrito. Mas de quem é a culpa? A culpa é dele mesmo: quem leva a gente à necessidade de exigir documentos escritos é ele. E eu cá estou com meu direito..."

Ao reler sua carta pela última vez, o senhor Goliádkin dobrou-a, lacrou-a e chamou por Petruchka. Petruchka apareceu, como de hábito, com os olhos empapuçados e, por alguma razão, extremamente zangado.

— É o seguinte, maninho: vai pegar esta carta... entende?

Petruchka estava calado.

— Vai pegá-la e levá-la para o departamento; lá vai encontrar o plantonista, o servidor de décima segunda classe Vakhraméiev. Esse Vakhraméiev está de plantão hoje. Está entendendo isso?

— Estou.

— Estou! Não pode dizer "estou entendendo"? Vai perguntar pelo servidor Vakhraméiev e dirá a ele que assim e assado, pois, meu patrãozinho mandou, pois, cumprimentá-lo e pedir mui encarecidamente que o senhor consultasse o cadastro de endereços da nossa repartição: onde, pois, é que mora o servidor de nona classe Goliádkin.

Petruchka permaneceu calado e, conforme pareceu ao senhor Goliádkin, sorriu.

— Pois então, Piotr: vai perguntar por aquele endereço e ficará sabendo onde, pois, mora o servidor recém-contratado Goliádkin.

— Certo.

— Vai perguntar pelo endereço e levar esta carta àquele endereço, entende?

— Entendo.

— Se lá... lá aonde você vai levar a carta... se aquele senhor a quem vai entregar a carta, o tal de Goliádkin... Por que está rindo, boçal?

— Por que é que estaria rindo? Para mim, tanto faz! Estou bem. Nossa laia não tem de que rir mesmo...

— Pois então... se aquele senhor perguntar, digamos, como está seu patrãozinho, como tem passado e se não está, digamos, aquilo ali... enfim, se perguntar por uma coisa dessas, fique você calado e responda que seu patrãozinho, digamos, está bem e solicita, digamos, uma resposta de próprio punho. Está entendendo?

— Estou entendendo.

— Pois então: diga, pois, que seu patrãozinho está bem, pois, que está com saúde e agora se apronta, pois, para fazer uma visita, mas pede que o senhor lhe responda por escrito, pois. Entende?

— Entendo.

— Então vá.

"Mas quanto trabalho é que esse boçal me dá! Está rindo, e acabou-se. Por que é que está rindo? Foi uma desgraça que arrumei; arrumei, dessa maneira, uma desgraça! De resto, talvez mude tudo para melhor... Com certeza, aquele velhaco vai agora bater pernas por umas duas horas, vai sumir por ali, quem sabe. Não dá para mandá-lo a lugar algum. Ih, mas quanta desgraça!... Mas quanta desgraça é que estou tendo!..."

Dessa maneira, conscientizando-se plenamente da sua desgraça, nosso protagonista optou por desempenhar, durante essas duas horas, um papel passivo à espera de Petruchka. Passou cerca de uma hora andando pelo quarto, fumando, depois largou seu cachimbo e se sentou, com um livrinho qualquer nas mãos, depois se deitou no sofá, depois tornou a pegar o cachimbo, depois voltou a correr pelo quarto. Queria refletir, só que não conseguia, decididamente, refletir em nada. Por fim, a agonia de seu estado passivo cresceu até o último grau, e o senhor Goliádkin resolveu tomar certa medida. "Petruchka voltará daqui a uma hora ainda", pensou: "enquanto isso, eu mesmo posso deixar a chave com o zelador e depois aquilo ali... explorar o assunto, sim, explorá-lo pelo meu lado." Sem perder tempo e apressando-se a explorar o assunto, pegou seu chapéu, saiu do quarto, trancou o apartamento, tratou com o zelador, entregou-lhe a chave junto com uma *grivna*[5] (o senhor Goliádkin tornara-se, de certa forma, extraordinariamente generoso) e foi aonde lhe cumpria ir. Foi caminhando, primeiro até a ponte Ismáilovski. Gastou cerca de meia hora com essa caminhada. Alcançando a meta de seu percurso, entrou direto no pátio daquele prédio conhecido e olhou

[5] Moeda russa equivalente a 10 copeques.

para as janelas do apartamento do servidor de quinta classe Berendéiev. Tirante as três janelas guarnecidas de cortinas vermelhas, todas as outras estavam escuras. "Por certo, Olsúfi Ivânovitch não tem convidados hoje", pensou o senhor Goliádkin; "todos eles estão agora, por certo, sozinhos em casa." Ao passar algum tempo plantado no pátio, nosso protagonista já queria tomar alguma decisão. Contudo, tal decisão era, pelo visto, fadada a não ser posta em prática. O senhor Goliádkin mudou de ideia, desistiu e retornou à rua. "Não era lá que precisava ir, não. O que é que faria lá?... É melhor que agora eu... aquilo ali... e explore pessoalmente aquele assunto." Tomando essa decisão, o senhor Goliádkin foi ao seu departamento. O caminho era longo; havia, além do mais, uma lama horrível, e a neve molhada caía em flocos cerradíssimos. Todavia, no momento presente, as dificuldades não aparentavam existir para nosso protagonista. Ficar molhado ele ficou, sim, é verdade, e se sujou bastante, "mas que seja assim, de quebra, desde que o objetivo se atinja". E, realmente, o senhor Goliádkin já se aproximava daquele seu objetivo. A massa escura do enorme prédio oficial já negrejava ao longe, bem em sua frente. "Pare!", pensou ele. "Aonde é que estou indo e o que vou fazer lá? Suponhamos que fique sabendo onde ele mora; enquanto isso, Petruchka já deve ter voltado e trazido uma resposta para mim. Não faço outra coisa senão perder este meu tempo precioso e já perdi muito tempo à toa. Pois não faz mal: ainda se pode consertar aquilo tudo. Mas, realmente, será que dou um pulinho para ver Vakhraméiev? Não, nada disso: vou lá depois... Arre! Não precisava mesmo nem ter saído. Mas não, que meu caráter é este! Meu jeitinho é tal que, haja necessidade ou não, sempre dou um jeitinho para me adiantar de alguma forma... Hum... que horas são, hein? Com certeza, já passou das nove. Petruchka pode voltar e não me encontrará em casa. Fiz uma bobagem pura quando saí... Eh, que chatice mesmo!"

Assim, reconhecendo sinceramente que fizera uma pura bobagem, nosso protagonista foi correndo para casa, para sua rua Chestilávotchnaia. Chegou lá cansado, extenuado. Foi ainda o zelador quem lhe disse que Petruchka nem pensara em aparecer. "Pois bem! Já estava pressentindo isso", pensou nosso protagonista. "No entanto, já são nove horas. Puxa vida, mas que canalha ele é! Sempre anda bebendo por ali! Deus meu Senhor, mas que diazinho é que me coube hoje, com esta minha sina infeliz!" E foi refletindo e reclamando dessa maneira que o senhor

Goliádkin veio destrancar seu apartamento, acendeu o fogo, despiu-se todo, fumou seu cachimbo e, exaurido, cansado, alquebrado, esfomeado como estava, deitou-se no sofá à espera de Petruchka. A luz da vela estava fraca, tremia pelas paredes... O senhor Goliádkin ficou olhando, olhando, pensando, pensando, e acabou pegando num sono de pedra.

Quando acordou, já era tarde da noite. A vela quase se consumira e fumaçava, prestes a apagar-se completamente. O senhor Goliádkin se levantou num pulo, estremeceu e se recordou de tudo, decididamente de tudo. O ronco espesso de Petruchka ressoava detrás do tabique. O senhor Goliádkin correu até a janela: nem uma luzinha em parte alguma. Abriu o postigo: tanto silêncio como se a cidade não dormisse, mas estivesse morta. Eram, portanto, duas ou três horas da madrugada... Isso mesmo: o relógio, lá detrás do tabique, fez um esforço e tocou duas horas. O senhor Goliádkin se precipitou para trás do tabique.

Aliás, bem ou mal, conseguiu despertar Petruchka com empurrões e fazer, à custa de longos esforços, que se sentasse na cama. Nesse meio-tempo, a velinha se apagara completamente. Passaram-se uns dez minutos até que o senhor Goliádkin conseguisse encontrar outra vela e acendê-la. Enquanto isso, Petruchka adormecera de novo. "Que vilão é você, que canalha você é!", disse o senhor Goliádkin, tornando a empurrá-lo. "Será que se levanta enfim, será que acorda, hein?" Todavia, ao esforçar-se ainda por meia hora, conseguiu deixar seu empregado totalmente desperto e tirá-lo de trás do tabique. Só então nosso protagonista viu que Petruchka estava, como se diz, mortalmente bêbado e mal se aguentava de pé.

— Vagabundo! — bradou o senhor Goliádkin. — Facínora! Cortaste a minha cabeça, hein? Meu Deus, mas a quem foi que ele entregou a carta? Ah, meu Criador, mas o que é isso?... E por que foi que a escrevi? Tinha, pois, que escrever a carta, não tinha? Fiquei saltitando, bronco que sou, com este meu amor-próprio! Era pelo amor-próprio que andava buscando! Pois é este seu amor-próprio, seu cafajeste, pois é este seu amor-próprio!... E tu mesmo, pois... onde foi que meteste a carta, hein, facínora? A quem foi que a entregaste?...

— Não entreguei nenhuma carta a ninguém; nem tinha nenhuma carta mesmo... assim, ó!

Desesperado, o senhor Goliádkin retorcia os braços.

— Escute, Piotr... escute, pois... veja se me escuta...

— Estou escutando...

— Aonde você foi? Responda...

— Aonde fui?... Fui ver uma gente boa ali! Para mim, tanto faz!

— Ah, Deus meu Senhor! Aonde foi no começo? Passou pelo departamento?... Escute aí, Piotr: talvez esteja bêbado, hein?

— Eu estou bêbado? Nem que não saia agora deste lugar... juro, abjuro, perjuro... assim, ó...

— Não: isso não faz mal, se você estiver bêbado, não... Perguntei apenas por perguntar; é bom que esteja bêbado; não faz mal, Petrucha, não digo nada... Talvez se tenha esquecido só um pouquinho disso, mas se lembre de tudo mesmo. Lembre, pois, se foi ver Vakhraméiev, aquele servidor: foi vê-lo ou não, hein?

— Não fui, e nem houve um servidor desses. Nem que não saia agora...

— Não, Piotr, não! Não digo nada, não, Petrucha. É que está vendo aí que não digo nada... Mas o que é isso, hein? É que faz frio lá fora, e o tempo está úmido; é que o homem bebeu um tiquinho, mas isso aí não faz mal... Não estou zangado. Eu mesmo bebi hoje, mano... Confesse, pois... lembre aí, mano: foi ver o servidor Vakhraméiev, não foi?

— Mas... se agora for desse jeitinho, então juro... que fui lá, sim... nem que não saia agora...

— Pois bem, Petrucha: é bom você ter ido lá. Bem vê que não estou zangado... Está bem, está bem... — continuava nosso protagonista, paparicando ainda mais esse seu empregado, dando tapinhas no ombro dele e sorrindo-lhe. — Bebericou um tiquinho, seu vagabundo... foi com aquela *grivna* que bebericou, certo? Mas que velhaco é você, hein? Não faz mal, pois... bem vê, pois, que não estou zangado... não estou zangado, maninho, não estou mesmo...

— Só que não sou um velhaco, queira o senhor ou não... Só dei uma volta para ver uma gente boa ali, mas não sou nenhum velhaco da vida, nem nunca fui um...

— Mas não, Petrucha, mas não! Escute aí, Piotr: não digo nada e, se o chamo de velhaco, não é para ofender você. Só digo isto para reconfortá-lo, só digo isto naquele sentido nobre. É que isto significa, Petrucha, lisonjear alguém por ali dizendo que é fogo, que é um rapaz esperto, que é um velhaco daqueles e não deixará ninguém passar a perna nele. Há quem goste disso... Pois bem, não é nada... Pois me diga agora, Petrucha, e sem se esquivar, tão sinceramente quanto diria a um amigo... se foi ver, pois, o servidor Vakhraméiev e se ele deu a você o tal endereço...

— Deu o endereço, sim, deu o endereço também. Um bom servidor! E seu patrãozinho, diz, é gente boa, muito boa, diz; pois diga a ele que o saúdo, diz, esse seu patrãozinho, diz, agradeça e diga a ele que eu, pois, gosto dele tanto assim, diz; tanto assim, pois, é que respeito esse seu patrãozinho, porque seu patrãozinho, diz, é gente boa, diz, e você também, Petrucha, é gente boa, Petrucha, diz... assim, ó...

— Ah, Deus meu Senhor! E o endereço, o endereço, hein, Judas maldito? — Foi quase cochichando que o senhor Goliádkin articulou essas últimas palavras.

— E o endereço... deu o endereço também.

— Deu mesmo? E onde é que ele mora, Goliádkin, o servidor Goliádkin, o servidor de nona classe?

— Pois vai encontrar Goliádkin, diz, na rua Chestilávotchnaia. Assim que chegar à Chestilávotchnaia, diz, é logo à direita, pela escada, no terceiro andar. É bem lá, diz, que vai encontrar Goliádkin...

— Mas que velhaco é você! — gritou, finalmente, nosso protagonista, que perdera a paciência. — Mas que celerado você é! Mas sou eu mesmo... mas é de mim que está falando. Só que há outro Goliádkin, e estou falando daquele outro, velhaco!

— Como o senhor quiser... Para mim, tanto faz! Como quiser mesmo... assim, ó...

— E a carta, a carta?...

— Que carta? Não houve carta nenhuma, nem vi nenhuma carta aí.

— Mas onde foi que a meteu, hein, seu safado?

— Entreguei, pois, entreguei a carta. Cumprimente, diz, e agradeça, que seu patrãozinho é gente boa, diz. Cumprimente, diz, esse seu patrãozinho...

— Mas quem foi que disse isso? Foi Goliádkin quem disse?

Petruchka fez uma breve pausa e sorriu com a boca toda, encarando seu patrãozinho frente a frente.

— Escuta aí, facínora que tu és! — começou o senhor Goliádkin, sufocando-se, perdendo-se de tanta raiva. — O que foi que fizeste comigo? Vê se me dizes o que fizeste comigo! Pois tu me degolaste, celerado! Tiraste a cabeça dos meus ombros, Judas maldito!

— Mas agora é como quiser mesmo! Para mim, tanto faz! — disse Petruchka, num tom resoluto, retirando-se para trás do tabique.

— Vem cá, vem aqui, celerado!...

— Agora não vou mesmo, não vou. Para mim, tanto faz! Vou atrás da gente boa... Pois a gente boa vive honestamente... a gente boa vive sem falsidade, e nunca há dois por aí...

As mãos e os pés do senhor Goliádkin ficaram gélidos, e sua respiração, presa.

— Pois sim — prosseguiu Petruchka —: nunca andam dois por aí nem magoam Deus e pessoas honestas...

— Está bêbado, vagabundo! Vá dormir agora, facínora! Amanhã é que vai apanhar... — disse o senhor Goliádkin, com uma voz quase inaudível. No que tange a Petruchka, murmurou mais alguma coisa, ouvindo-se a seguir como ele se deitou na cama, de modo que a cama toda ficou rangendo, deu um longo bocejo, espreguiçou-se e afinal se pôs a roncar, ferrando, como se diz, no sono da inocência. O senhor Goliádkin estava mais morto do que vivo. A conduta de Petruchka, suas alusões algo estranhas, embora remotas, com as quais não se devia consequentemente ficar zangado, ainda mais que fora um homem embriagado quem falara, e, finalmente, todo o rumo maligno que o assunto vinha tomando — tudo isso abalara Goliádkin até os alicerces. "Tinha, pois, que brigar com ele em plena noite", dizia nosso protagonista, tremendo-lhe o corpo todo com certa sensação mórbida. "Tinha, pois, que mexer com um bêbado! Que coisa útil é que se esperaria de um bêbado: diz uma palavra e já está mentindo. Mas a que foi mesmo que ele aludiu, aquele facínora? Deus meu Senhor! Por que foi que escrevi todas aquelas cartas, eu mesmo, carrasco, eu mesmo, um suicida daqueles? Não podia ficar calado! Tinha que dar com a língua nos dentes! É isso aí, pois! Está perecendo, virando um paninho, mas não, vem ainda com esse seu amor-próprio: minha honra, digamos, tem sofrido, preciso, digamos, salvar esta honra minha! Que suicida é que sou mesmo!"

Assim dizia o senhor Goliádkin, sentado em seu sofá e nem ousando mexer-se de tanto medo. De súbito, seus olhos se fixaram num objeto que lhe excitou, no mais alto grau, a atenção. Amedrontado (não seria uma ilusão de ótica ou de imaginação aquele objeto que o deixara alerta?), estendeu a mão em sua direção, com esperança e timidez, com uma curiosidade indescritível... Não era nenhuma ilusão, não! Era uma carta; uma carta, sim, com toda a certeza, e uma carta endereçada a ele... O senhor Goliádkin pegou a carta de cima da mesa. Seu coração batia terrivelmente. "Por certo, foi aquele velhaco quem a trouxe", pensou, "e colocou lá e depois se esqueceu dela: foi, por certo, assim que tudo aconteceu; por certo, foi assim mesmo que aconteceu tudo..." Era uma carta do servidor Vakhraméiev, um jovem colega e, antigamente, companheiro do senhor Goliádkin. "Aliás, já vinha pressentindo aquilo tudo de antemão", pensou nosso protagonista, "assim como tudo quanto houver agora nesta carta." A carta era a seguinte:

Prezado senhor Yákov Petróvitch!

Seu empregado está bêbado, e não adianta esperar dele qualquer coisa que preste; por essa razão, prefiro responder por escrito. Apresso-me a comunicar ao senhor que, quanto a essa incumbência que me confia, a qual consiste em repassar, por meu intermédio, uma carta àquela pessoa de seu conhecimento, consinto em cumpri-la com toda a precisão e toda a pontualidade possíveis. Quanto à referida pessoa, que lhe é bem familiar e que ora faz as vezes de meu amigo, cujo nome cá estou omitindo (porquanto não quero denegrir em vão a reputação de um homem absolutamente inocente), mora aqui conosco, no apartamento de Carolina Ivânovna, naquele mesmo quarto que antes, quando o senhor morava ainda conosco, ocupava um oficial de infantaria vindo de Tambov.[6] De resto, o senhor pode encontrar a referida pessoa em qualquer lugar, no meio das pessoas honestas e providas de coração puro, o que não se pode dizer de alguém por aí. Pretendo romper, a partir do dia de hoje, estas relações minhas com o senhor; não dá mais para continuarmos mantendo o tom amigável e a concórdia antiga de nossa camaradagem, portanto lhe peço, meu prezado senhor, que mande para mim, tão logo receber esta minha carta sincera, dois rublos que me está devendo pelas lâminas de barbear, aquelas de marca estrangeira que lhe vendi fiado, se acaso se digna a lembrar-se disso, há sete meses, ainda quando morávamos juntos na casa de Carolina Ivânovna, que tenho respeitado do fundo de minha alma. Se estou agindo desta maneira, é porque, segundo contam algumas pessoas inteligentes, o senhor perdeu

[6] Cidade localizada na parte europeia da Rússia, a sudeste de Moscou.

seu amor-próprio e sua reputação, e se tornou perigoso para a moral das pessoas inocentes e não contaminadas, pois há por aí quem não viva com probidade, além de suas palavras serem falsas e de sua aparência bem-intencionada ser suspeita. Quanto a defender Carolina Ivânovna da sua mágoa, já que ela sempre foi de boa conduta, além de ser, em segundo lugar, uma mulher honesta e, ainda por cima, uma moça solteira, embora não muito nova, mas, em compensação, de uma boa família estrangeira, as pessoas capazes disso podem ser achadas sempre e por toda parte, havendo por aí quem me peça que o mencione nesta minha carta de passagem e por falar em meu próprio nome. Seja como for, o senhor saberá de tudo na hora certa, se é que ainda não está sabendo ao infamar-se, segundo contam algumas pessoas inteligentes, nos quatro cantos da capital e, por conseguinte, podendo já ter recebido, em muitos lugares, as informações pertinentes sobre si mesmo, prezado senhor. Em conclusão desta carta minha, declaro-lhe, meu prezado senhor, que a tal pessoa de seu conhecimento, cujo nome não estou mencionando aqui por certos motivos nobres, é assaz respeitada por pessoas bem pensantes; além disso, tem uma índole alegre e agradável, é bem-sucedida tanto em seu serviço quanto no meio de todas as pessoas sensatas, honra sua palavra e suas amizades, e não magoa à revelia aqueles com quem mantém, a olhos vistos, relações amicais.

Em todo caso, continuo sendo
seu humilde criado
N. Vakhraméiev.

P. S.: Veja se bota esse seu empregado no olho da rua: é um beberrão e lhe causa, segundo toda probabilidade, muitos problemas. E veja se contrata Yevstáfi, que antes servia aqui conosco e agora se encontra desempregado. Quanto ao seu empregado atual, não é apenas um beberrão, mas, em acréscimo, um ladrão, já que vendeu, ainda na semana passada, uma libra de açúcar, em forma de torrões, a Carolina Ivânovna, por um preço reduzido, o que não pode, a meu ver, ter feito de outra maneira senão depois de furtá-la astuciosamente do senhor, pouco a pouco e em várias ocasiões. Escrevo-lhe tanto por desejar seu bem, muito embora haja por aí quem só saiba magoar e ludibriar todas as pessoas, principalmente aquelas que são honestas e possuem uma índole bondosa, além de injuriá-las à revelia e de apresentá-las de modo inverso, unicamente por inveja e por não poder, ele mesmo, ser tido como tal.

V.

Ao ler a carta de Vakhraméiev, nosso protagonista permaneceu ainda por muito tempo, imóvel como estava, em seu sofá. Era uma luz nova que se insinuava através de toda aquela neblina vaga e misteriosa a envolvê-lo havia dois dias. Nosso protagonista começava a compreender em parte... Tentou levantar-se do sofá e dar uma ou duas voltinhas pelo quarto a fim de se refrescar, de juntar, bem ou mal, suas ideias quebradas, de focá-las em determinado objeto e depois, recobrando-se um pouco, de ponderar a sua situação de maneira madura. Contudo, mal quis soerguer-se, tornou a cair, débil e impotente, no mesmo lugar. "É claro que vinha pressentindo aquilo tudo de antemão, porém como é que ele escreve e qual é o sentido direto dessas suas palavras? Quanto ao sentido, suponhamos que eu o conheça, mas aonde é que isso vai levar? Até que ele poderia dizer claramente: assim e assado, digamos, é exigido isto e aquilo, então eu cumpriria. Mas assim, a *tournure*, o rumo que o negócio vem tomando, está sendo tão desagradável! Ah, como é que a gente viveria logo até amanhã e procederia logo àquele negócio? Agora bem sei o que tenho a fazer. Direi que assim e assado, pois, aceito os argumentos, não venderei minha honra, mas aquilo ali... quem sabe; aliás, como foi que ela, a tal pessoa de meu conhecimento, a tal pessoa desfavorável, como e por que foi notadamente que ela se meteu no meio? Ah, se a gente vivesse logo até amanhã! Só que eles me difamarão até então: andam tramando intrigas, trabalham contra mim todos! O principal é não perder tempo, mas agora, por exemplo, escrever, pelo menos, uma carta e só aludir, digamos, que assim e assado, aceito eu isto e aquilo. E despachá-la amanhã de manhãzinha, e eu mesmo, o mais cedo que puder, aquilo ali... e, por outro lado, também tramar contra eles e antecipar-me a eles, meus queridinhos... Pois eles me difamarão, e ponto-final!"

O senhor Goliádkin puxou uma folha de papel, pegou a pena e escreveu, em resposta à carta do servidor de décima segunda classe Vakhraméiev, a mensagem seguinte:

Prezado senhor Nêstor Ignátievitch!

Foi com um pasmo a afligir-me o coração que li sua carta, achando-a ofensiva para mim ao enxergar claramente que, sob o nome de certas pessoas indecentes e outras pessoas falsamente bem-intencionadas, o senhor me subentende a mim. E percebo, com uma aflição genuína, quão rápida e bem-sucedida tem sido a calúnia em lançar suas raízes, tão extensas assim, para prejudicar meu bem-estar, minha honra e meu nome honrado. E tanto mais isso me é aflitivo e ultrajante que até mesmo as pessoas honestas, as quais raciocinam com verdadeira nobreza e, o principal, são agraciadas com uma índole aberta e franca, afastam-se dos interesses da gente nobre e ficam grudadas, com as melhores qualidades de seu coração, naquele pulgão maligno que infelizmente se multiplicou bastante e com extrema malevolência nestes nossos tempos difíceis e imorais. E lhe digo em conclusão, no tocante à minha dívida especificada pelo senhor, que considero meu dever sagrado devolver-lhe esses dois rublos de prata em toda a plenitude e integridade deles. E, no tocante às suas alusões, meu prezado senhor, a certa pessoa do sexo feminino, às intenções, aos cálculos e a diversos planos da tal pessoa, dir-lhe-ei, meu prezado senhor, que compreendi todas essas alusões de modo vago e impreciso. Permita-me então, meu prezado senhor, que preserve imaculados tanto o feitio nobre de meus pensamentos quanto meu nome honrado. Estou pronto, em todo caso, a condescender a uma explicação em particular, preferindo tal explicação sincera à que se faz por escrito, e, além disso, a concluir diversos acordos pacíficos e, bem entendido, recíprocos. Peço-lhe para tanto, meu prezado senhor, que transmita àquela pessoa minha prontidão para um acordo pessoal e, além disso, solicite que ela marque a hora e o lugar do encontro. Foi com amargura que li, meu prezado senhor, essas suas alusões a que o teria ofendido, traindo nossa amizade primeva, e que teria falado mal do senhor. Atribuo tudo isso a um mal-entendido, a uma calúnia asquerosa, à inveja e à hostilidade daqueles que posso denominar justamente "meus inimigos mais encarniçados". Todavia, eles não sabem provavelmente que a inocência já é forte por ser inocente, que o despudor, a desfaçatez e a familiaridade de certas pessoas, a qual chega a revoltar a alma da gente, merecerão, mais cedo ou mais tarde, o labéu do desprezo geral, e que tais pessoas não vão perecer de outra maneira senão devido à sua própria indecência e à corrupção de seu coração. Peço-lhe afinal, meu prezado senhor, que transmita àquelas pessoas ali que sua estranha pretensão e seu desejo fantástico e nada nobre, o de expulsar os outros dos limites que os outros em questão ocupam com sua existência neste mundo e de ocupar o lugar deles, merecem espanto, desprezo, lamento e, ainda por cima, um asilo de loucos, e que, ainda por cima, tais relações são rigorosamente proibidas pelas leis, sendo isto, a meu ver, perfeitamente justo, porquanto cada qual deve estar contente com seu lugar próprio. Tudo tem seus limites, e, se for uma brincadeira, é uma brincadeira indecente e, digo-lhe mais, totalmente imoral, porquanto ouso assegurar-lhe, meu prezado senhor, que minhas ideias acima divulgadas a respeito dos *lugares próprios* são puramente morais.

Em todo caso, tenho a honra de continuar sendo
seu humilde criado
Ya. Goliádkin.

CAPÍTULO X

Pode-se dizer, em termos gerais, que os acidentes do dia anterior tinham abalado o senhor Goliádkin até os alicerces. Nosso protagonista dormiu bastante mal, ou seja, não conseguiu de modo algum, nem por cinco minutos, adormecer por completo, como se algum diabrete lhe tivesse jogado cerdas picadas em cima da cama. De certa forma, passou a noite inteira meio adormecido, meio desperto, virando-se de um lado para o outro, deitando-se ora de um lado ora do outro, soltando ais e gemendo, pegando, por um minutinho, no sono e tornando a despertar um minutinho depois, e tudo isso vinha acompanhado por uma angústia insólita, por vagas recordações e visões horrorosas — numa palavra, por tudo quanto se pudesse imaginar de desagradável... Ora surgia em sua frente, numa penumbra estranha, misteriosa, a fisionomia de Andrei Filíppovitch, aquela fisionomia seca, zangada, com seu olhar seco e ríspido, com sua censura asperamente cortês... E, mal o senhor Goliádkin começava a aproximar-se de Andrei Filíppovitch para se justificar de algum jeito, deste ou daquele, aos seus olhos e para lhe provar que não era, em caso algum, tal como os inimigos o teriam pintado, que era, na verdade, tal e tal, que até mesmo possuía, além das suas qualidades normais, inatas, isto daqui e aquilo dali, aparecia logo aquela pessoa conhecida pela sua conduta indecorosa e, valendo-se de algum meio que mais revoltasse a alma, destruía, de uma vez só, todas as iniciativas do senhor Goliádkin, denegria de pronto, quase cara a cara com o senhor Goliádkin, a reputação dele em definitivo, arrastava o amor-próprio dele pela lama e depois, imediatamente, ocupava o lugar dele na repartição e na sociedade. Ora a cabeça do senhor Goliádkin estava coçando por causa de algum piparote recentemente levado e humildemente aturado, que recebera em seu convívio social ou então de outra maneira qualquer, por dever, e contra o qual lhe era difícil protestar... E, ao passo que o senhor Goliádkin se punha a quebrar a cabeça pensando naquele exato motivo pelo qual era difícil protestar, ao menos, contra um piparote desses, sua ideia do tal piparote vinha adquirindo discretamente, enquanto isso, uma forma distinta, a de certa vileza pequena ou assaz considerável, vista, ouvida ou praticada, havia pouco, por ele mesmo, não sendo, aliás, praticada amiúde por alguma razão vil, nem sequer por algum impulso vil, mas assim, por exemplo, se fosse o caso, por mera delicadeza, ou então, se o caso fosse, por ser ele próprio completamente indefeso, e, afinal de contas, porque... numa palavra, o senhor Goliádkin conhecia bem o *porquê*! Então o senhor Goliádkin enrubescia, dormindo como estava, e, reprimindo esse seu rubor, murmurava consigo mesmo que a gente poderia aí, por exemplo, mostrar, digamos, a firmeza de seu caráter, que a gente poderia, sim, mostrar, nesse caso, uma baita firmeza de seu caráter... e depois concluía: "De que adianta, digamos, a firmeza de meu caráter?... para que, digamos, mencioná-la agora?...". Contudo, o que mais irritava e enraivecia o senhor Goliádkin era que logo, sem falta nesse exato momento, quer se chamasse por ela, quer não se chamasse, aparecia aquela pessoa conhecida pela sua conduta escandalosa e difamatória, e que ela também, embora o assunto todo já aparentasse ser notório, também murmurava por sua vez, com um sorrisinho indecente: "De que adianta, digamos, a firmeza de nosso caráter?... mas que firmeza de caráter é que poderíamos ter, Yákov Petróvitch, hein?...". Ora o senhor Goliádkin sonhava que estava numa bela companhia, reputada por ser espirituosa e pelo tom nobre de todas as pessoas que a compunham, que o senhor Goliádkin se destacara, por sua parte, no sentido de ser amável e espirituoso, que todos gostavam dele, inclusive alguns dos seus inimigos que também estavam ali, o que agradava muito ao senhor Goliádkin, que todos lhe davam a primazia e que, finalmente, o próprio senhor Goliádkin se deliciara em ouvir por acaso, lá mesmo, o anfitrião levar um dos presentes à parte e elogiar o senhor Goliádkin... e de improviso, sem mais nem menos, aparecia de novo aquela pessoa conhecida por ser mal-intencionada e movida por impulsos animalescos, em forma do senhor Goliádkin Júnior, e eis que logo, de imediato, num só instante, apenas com sua aparição, esse Goliádkin Júnior destruía todo o triunfo e toda a glória do senhor Goliádkin Sênior, eclipsava o senhor Goliádkin Sênior consigo, arrastava o senhor Goliádkin Sênior pela lama e acabava provando cabalmente que o tal de Goliádkin Sênior e, ao mesmo tempo, o verdadeiro, não era verdadeiro coisa nenhuma e, sim, forjado, que ele próprio era o verdadeiro, e que, afinal, o tal de Goliádkin Sênior não era nada daquilo que aparentava ser e, sim, tal e tal, não devendo, portanto, nem tendo o direito de pertencer àquela sociedade formada por pessoas bem-intencionadas e de bom-tom. E tudo isso ocorreu tão depressa que o senhor Goliádkin Sênior nem teve tempo para abrir a boca, e todos já se entregavam, de corpo e alma, ao outro senhor Goliádkin, horroroso e falso, repelindo, com um desprezo profundíssimo, o verdadeiro e inocente senhor Goliádkin. Não sobrou ninguém cuja opinião não tivesse sido refeita, num só instante, pelo horroroso senhor Goliádkin à sua maneira. Não sobrou ninguém, mesmo que fosse o membro mais insignificante de toda a assembleia, que esse pífio e falso senhor Goliádkin não tivesse adulado à sua maneira, daquele modo dulcíssimo, que não tivesse obsequiado à sua maneira, em cuja frente não tivesse espalhado, conforme seu hábito, alguma fumaça doce e agradável, de sorte que a pessoa fumigada se limitasse a cheirá-la e a espirrar, até as lágrimas, em sinal de seu deleite supremo. E, o principal, tudo isso se fazia instantaneamente: a rapidez das manobras desse suspeito e pífio senhor Goliádkin era surpreendente! Mal termina, por exemplo, de lamber alguém e de merecer sua benevolência, passa, num piscar de olhos, a bajular alguém mais. Lambe-o, pois, lambe às escondidinhas, colhe um sorrisinho de simpatia, dá um coice com sua perninha curtinha e redondinha (meio desajeitadazinha, aliás), e eis que já aborda o terceiro e fica cortejando esse terceiro e também o lambe como um companheiro seu; mal daria para a gente abrir a boca, para ficar atônita, e ele já está ao lado do quarto, e nas mesmas condições com aquele quarto, e é um horror, uma bruxaria pura e rematada! E todos se alegram com sua presença, e todos gostam dele, e todos o exaltam, e todos proclamam em coro que a gentileza e a verve satírica de sua mente são incomparavelmente melhores do que a gentileza e a verve satírica do verdadeiro senhor Goliádkin, e assim deixam envergonhado o verdadeiro e inocente senhor Goliádkin, e rejeitam esse senhor Goliádkin, amante da verdade, e já enxotam aos empurrões o bem-intencionado senhor Goliádkin, e já enchem o verdadeiro senhor Goliádkin, conhecido pelo seu amor ao próximo, de piparotes!... Aflito, apavorado, enfurecido, correu esse sofredor do senhor Goliádkin até a rua e foi atrás de um carro de aluguel para ir direto, voando, tratar com Sua Excelência ou pelo menos, caso contrário, com Andrei Filíppovitch, mas — que horror! — os cocheiros não consentiam, de modo algum, em transportar o senhor Goliádkin: "Digamos, não dá, senhorzinho, para levar dois homens perfeitamente iguais; digamos assim, Excelência: a gente boa faz questão de viver honestamente e não de qualquer jeito, e nunca há dois por aí". Tomado de uma vergonha frenética, o senhor Goliádkin, plenamente honesto que era, olhava ao seu redor e se persuadia mesmo, de fato, com seus próprios olhos, de que os cocheiros e Petruchka, o qual se entendera com eles, estavam todos com seu direito, porquanto o corrompido senhor Goliádkin se mantinha realmente por perto, não estava a uma longa distância dele e, sim, ao seu lado, e, de acordo com os vis costumes de sua índole, aprontava-se também, nesse caso crítico, para fazer sem falta alguma coisa assaz indecente e nem um pouco reveladora daquela singular nobreza de caráter que se adquire de praxe com a educação, daquela nobreza da qual tanto se gabava, em cada ocasião oportuna, o asqueroso senhor Goliádkin Segundo. Fora de si, cheio de vergonha e desespero, o senhor Goliádkin, perdido como estava e plenamente justo que era, precipitou-se para onde seus olhos se voltassem, entregou-se ao alvitre do fado, aonde quer que este o levasse, porém, com cada passo seu, com cada batida de seu pé contra o granito da calçada, surgia, como se irrompesse do solo, mais um senhor Goliádkin, precisamente o mesmo, perfeitamente igual e abominável com aquele seu coração corrompido. E todos aqueles sósias perfeitos rompiam a correr, tão logo surgissem, um atrás do outro e se arrastavam, como uma longa corrente, e vinham claudicando, qual uma fila de gansos, no encalço do senhor Goliádkin Sênior, de sorte que não havia mais como escapar daqueles sósias perfeitos, de sorte que o senhor Goliádkin, digno de toda espécie de compaixão, ficava até mesmo sem fôlego de tanto pavor, de sorte que acabou nascendo um mundaréu terrível de sósias perfeitos, de sorte que a capital toda acabou sendo inundada de sósias perfeitos e que um funcionário policial, vendo tamanho atentado ao pudor, foi obrigado a pegar todos aqueles sósias perfeitos pela gola e a botá-los numa guarita que se encontrava, por mero acaso, ao seu lado... Entorpecendo e congelando de pavor, nosso protagonista acordava e, entorpecendo e congelando de pavor, sentia que, nem mesmo acordado, passaria seu tempo de modo mais divertido... Tinha uma sensação sufocante, penosa... E uma angústia tal se apoderava dele como se alguém estivesse comendo o coração em seu peito...

Afinal, o senhor Goliádkin não pôde suportar mais. "Nada disso!", bradou, soerguendo-se, resoluto, em sua cama, e foi logo após essa sua exclamação que acordou por completo.

O dia aparentava ter raiado havia muito tempo. O quarto estava claro de certa forma extraordinária; os raios de sol filtravam-se, espessos, através dos vidros geados devido ao frio que fazia e se espalhavam, copiosos, pelo quarto, o que deixou o senhor Goliádkin bastante pasmado, pois apenas ao meio-dia é que o sol se insinuava de praxe em seu quarto; quase não houvera antes, pelo menos o quanto o senhor Goliádkin em pessoa conseguisse lembrar, tais exceções no percurso de nosso astro diurno. Mal nosso protagonista teve tempo de se pasmar com aquilo, o relógio de parede ficou zumbindo detrás do tabique e, dessa maneira, preparou-se devidamente para tocar. "Ah, bem!", pensou o senhor Goliádkin, dispondo-se a escutar, expectante e angustiado... Mas, para total e definitivo assombro do senhor Goliádkin, seu relógio fez um esforço e deu uma badalada só. "Que história é essa, hein?", exclamou nosso protagonista, pulando logo da sua cama. Descrente dos seus ouvidos como estava, correu para trás do tabique. De fato, o relógio marcava uma hora. O senhor Goliádkin olhou para a cama de Petruchka, porém não restava, naquele quarto, nem cheiro de Petruchka, o qual deixara e arrumara sua cama, pelo visto, já havia bastante tempo; suas botas tampouco estavam por lá, em lugar algum: um indício indubitável de que realmente Petruchka não estava em casa. O senhor Goliádkin se arrojou rumo às portas: elas estavam trancadas. "Mas onde é que está Petruchka?", prosseguiu ele, cochichando, dominado por uma emoção formidável e sentindo um tremor assaz significativo em todos os seus membros... De súbito, uma ideia fulgurou em sua cabeça... O senhor Goliádkin correu até a mesa, examinou-a, revirou-a toda... era isso mesmo: sua carta da véspera, aquela endereçada a Vakhraméiev, não estava mais lá... Petruchka tampouco estava detrás do tabique; o relógio de parede marcava uma hora, e tinham sido revelados, na carta de Vakhraméiev datada da véspera, certos detalhes novos, de resto, uns detalhes bem vagos à primeira vista, mas agora inteiramente esclarecidos. O tal do Petruchka, enfim, aquele Petruchka obviamente subornado! Sim, sim, era isso mesmo!

"Pois era ali que o nó principal se atava!", exclamou o senhor Goliádkin, dando uma pancada em sua testa e arregalando cada vez mais os olhos. "Pois é no ninho daquela alemã sovina que se esconde agora toda a principal força maligna! Pois era apenas, por conseguinte, uma diversão estratégica que ela fazia quando me apontava a ponte Ismáilovski: desviava estes meus olhos e me confundia (maldita bruxa!) e me solapava daquela maneira!!! É isso mesmo, sim! Basta apenas ver a situação desse lado, e ficará tudo justamente assim! E o surgimento daquele canalha também se esclarece agora completamente, já que uma coisa vem puxando a outra. Já havia tempos que eles o tinham ali, preparavam-no e guardavam-no para meu dia negro. Pois é desse jeito que tudo se mostra agora, é desse jeitinho! Como se resolveu tudo, hein? Não faz mal, pois: o tempo não está perdido ainda!..." Então o senhor Goliádkin recordou, com pavor, que já ia para as duas horas da tarde. "E se eles conseguiram justo agora?..." — Um gemido jorrou do seu peito... — "Mas não: é mentira; não tiveram tempo... vamos ver..." Bem ou mal, ele se vestiu, pegou uma folha de papel, uma pena e rabiscou depressa a mensagem seguinte:

Meu prezado senhor Yákov Petróvitch!

Ou o senhor, ou eu mesmo, e juntos não podemos ficar! Declaro-lhe, portanto, que esse seu desejo estranho, ridículo e, ao mesmo tempo, impossível, o de parecer meu gêmeo e de se impor como tal, não servirá para outro propósito senão para desonrá-lo e derrotá-lo completamente. Peço-lhe, portanto, que se afaste, para sua própria vantagem, e abra caminho às pessoas verdadeiramente nobres e cujos intentos visem ao bem. Caso contrário, estou pronto a tomar até mesmo as medidas mais drásticas. Largo a pena e fico esperando... Aliás, permaneço às suas ordens, nem que se pegue nas pistolas.

Ya. Goliádkin.

Nosso protagonista esfregou energicamente as mãos quando finalizou esse bilhete. A seguir, envergando o capote e pondo o chapéu, destrancou o apartamento com outra chave, a de reserva, e foi ao departamento. Chegar lá chegou, porém não ousou entrar, e realmente já era tarde demais: o relógio do senhor Goliádkin marcava duas horas e meia. De chofre, uma circunstância que aparentava ter pouca importância veio solucionar algumas das suas dúvidas: um homenzinho ofegante e avermelhado surgiu repentinamente de trás da esquina do prédio departamental, esgueirando-se, com um andar de ratazana, até a entrada e, logo em seguida, para o vestíbulo. Era o escrivão Ostáfiev, um homem assaz familiar ao senhor Goliádkin, um sujeito de quem ele ia precisar em parte e que estaria disposto a fazer qualquer coisa por uma *grivna*. Conhecendo a corda sensível de Ostáfiev e intuindo que, ao ausentar-se devido à mais premente das suas necessidades, decerto ficara ainda mais sequioso de *grivnas*, nosso protagonista resolveu que não as pouparia e logo se esgueirou também até a entrada e depois, seguindo Ostáfiev, até o vestíbulo, chamou por ele e, com um ar misterioso, levou-o à parte, para um cantinho sossegado detrás de um imenso forno de ferro. Uma vez lá, nosso protagonista se pôs a interrogá-lo.

— Pois então, meu amigo, como é que está aquilo ali... será que me entende?...

— Escuto Vossa Excelência e desejo saúde a Vossa Excelência.

— Está bem, meu amigo, está bem: hei de lhe ficar grato, meu amigo querido. Está vendo, pois, meu amigo, não está?

— O que se digna a perguntar? — Então Ostáfiev segurou de leve, com a mão mesmo, sua boca que se abrira sem ele querer.

— Pois está vendo, meu amigo: eu... aquilo ali... só não fique pensando em alguma coisa... Pois bem... Andrei Filíppovitch está aí?...

— Está.

— E os servidores estão aí?

— E os servidores também, como se deve.

— E Sua Excelência também está?

— E Sua Excelência está, sim... — Então o escrivão tornou a segurar sua boca, que se abrira de novo, e mirou o senhor Goliádkin de certo modo curioso e esquisito. Foi, pelo menos, o que pareceu ao nosso protagonista.

— E não há nada de especial assim, meu amigo?

— Não, nada mesmo.

— E não há nada, meu querido, que me diga respeito a mim, nada daquilo ali, hein? Mas daquilo ali, pois, meu amigo: será que me entende?

— Não se ouve ainda falar de nada, não, por enquanto... — Dito isso, o escrivão segurou novamente a boca e tornou a encarar o senhor Goliádkin de certo modo esquisito. O importante é que nosso protagonista buscava agora perscrutar a fisionomia de Ostáfiev, ler algo nela para saber se não havia coisas por trás. E era, de fato, como se houvesse alguma coisa por trás, sim, já que Ostáfiev parecia, de certa forma, cada vez mais grosseiro e seco, e não se compenetrava agora dos interesses do senhor Goliádkin com a mesma simpatia que no começo daquela conversa. "Em parte, ele está com seu direito", pensou o senhor Goliádkin. "Quem sou para ele, hein? Já recebeu, quem sabe, da outra parte e se ausentou, portanto, devido à mais premente. Pois eu vou... aquilo ali..." O senhor Goliádkin compreendeu que a hora das *grivnas* tinha chegado.

— Aqui está, meu querido...

— Sensivelmente agradeço a Vossa Excelência.

— E lhe darei mais ainda.

— Escuto Vossa Excelência.

— Agora mesmo darei mais ainda, agora, e, quando o negócio tiver acabado, darei outros tantos. Está entendendo?

Calado, o escrivão se empertigava e fitava, imóvel, o senhor Goliádkin.

— Agora diga: não se ouve falar de mim por aí?...

— Parece que ainda... por enquanto... assim... não há nada, por enquanto... — Ostáfiev respondeu pausadamente, mantendo, igual ao senhor Goliádkin, um ar levemente misterioso, remexendo um pouco as sobrancelhas, olhando para o chão, tentando acertar o tom e, numa palavra, procurando com todas as forças merecer o prometido, porquanto já considerava o que lhe fora entregue uma propriedade sua, adquirida em definitivo.

— E não se sabe de nada?

— Ainda não, por enquanto.

— Escute, pois... aquilo ali... talvez venha a saber-se ainda?

— Mais tarde, bem entendido... talvez venha a saber-se.

"É ruim!", pensou nosso protagonista.

— Escute, meu querido: isto também é para você.

— Sensivelmente agradeço a Vossa Excelência.

— Vakhraméiev esteve ontem aí?...

— Esteve.

— E mais alguém não esteve, não?... Veja se você se lembra, maninho.

O escrivão vasculhou, por um minutinho, as suas recordações, mas não se lembrou de nada que viesse ao caso.

— Não houve mais ninguém, não.

— Hum! — Seguiu-se uma pausa.

— Escute, maninho: isto também é para você, mas veja se me diz tudo, a verdade toda.

— Escuto... — Agora Ostáfiev parecia todo sedoso, e era bem disso que precisava o senhor Goliádkin.

— Pois me explique, maninho, em que pé é que ele está agora.

— Está bem, pois — respondeu o escrivão, fitando o senhor Goliádkin com seus olhos esbugalhados.

— Como assim, "está bem"?

— Assim, pois... — Dito isso, Ostáfiev remexeu, de modo significativo, as sobrancelhas. De resto, estava decididamente chegando a um impasse e não sabia mais o que lhe cumpria dizer. "É ruim!", pensou o senhor Goliádkin.

— Será que eles não têm lá mais alguma coisa com Vakhraméiev, têm?

— Mas está tudo como estava.

— Pense um pouco, hein?

— Têm, sim, pelo que dizem.

— Pois bem... o que é?

Ostáfiev se quedou segurando a boca.

— Será que não há uma carta de lá para mim?

— É que o guarda Mikhéiev foi hoje até o apartamento de Vakhraméiev, lá na casa daquela alemã dele... Vou, pois, perguntar, se preciso.

— Faça o favor, maninho, pelo Criador!... Apenas estou assim... Não pense em nada aí, mano, que estou assim apenas. E veja se pergunta, maninho, e fica sabendo se não estão porventura tramando alguma coisa que me diga respeito. Como é que aquilo funciona? É disso que preciso, é disso que vai saber, meu querido, e depois lhe ficarei grato, meu querido...

— Às ordens de Vossa Excelência. E foi Ivan Semiônytch quem se sentou hoje em seu lugar.

— Ivan Semiônytch? Ah, sim! Será mesmo?

— Andrei Filíppovitch mandou que se sentasse...

— Será? Mas por quê? Pois veja, maninho, se esclarece aquilo também, pelo Criador, maninho, aquilo também; veja se fica sabendo daquilo tudo, e lhe ficarei grato, meu querido: é disso que estou precisando... E não pense em nada aí, maninho...

— Entendi, entendi: agora mesmo vou descer de volta. E Vossa Excelência, será que não vai entrar hoje?

— Não, meu amigo: apenas estou assim, estou assim apenas; só vim, meu querido, para dar uma olhada e depois lhe ficarei grato, meu querido.

— Às suas ordens... — Rápida e zelosamente, o escrivão subiu correndo a escada, e o senhor Goliádkin ficou sozinho.

"É ruim!", pensou. "Eh, mas como é ruim! Eh, mas este negocinho da gente... como anda ruinzinho agora! Mas o que é que significa aquilo tudo? O que significavam notadamente algumas alusões daquele beberrão, por exemplo, e de quem é essa obra toda? Ah, mas agora eu sei de quem é essa obra! É uma coisa assim: eles ficaram, por certo, sabendo e colocaram aquele ali... De resto, o que quer dizer 'colocaram'? Foi Andrei Filíppovitch quem o colocou, o tal de Ivan Semiônovitch. De resto, por que foi que o colocou e com que propósito o colocou exatamente, hein? Por certo, ficaram sabendo... É Vakhraméiev que está agindo; quer dizer, não é Vakhraméiev, que é bobo como um tronco daquele álamo tremedor, mui simplesmente, aquele Vakhraméiev, mas são eles lá que estão agindo todos por ele, e foram eles também que atiçaram, por isso mesmo, o tal velhaco ali, e foi a alemã, aquela zarolha, que ficou reclamando! Sempre suspeitei que toda aquela intriga não fosse à toa, e que houvesse sem falta algo em toda aquela lorota das *babas* velhas, e foi isso mesmo que disse a Krestian Ivânovitch: assim, pois, juraram que iam degolar o homem, falando-se no sentido moral, e agarraram a tal de Carolina Ivânovna. Não, mas é gente esperta que está agindo, pelo que vejo! É uma mão de mestre que está agindo por lá, meu senhor, não é nenhum Vakhraméiev da vida. Já está dito que Vakhraméiev é bobo, e aquilo... eu sei agora quem está agindo por eles todos ali: é o velhaco que está agindo, é o impostor que está agindo! É só com aquilo ali que se molda, o que comprova também, em parte, os sucessos dele na alta sociedade. E, realmente, seria desejável saber em que pé ele está agora... quem é lá, no meio deles. Mas por que foi apenas que arranjaram o tal de Ivan Semiônovitch? Por que diabos estavam precisando daquele Ivan Semiônovitch, como se não pudessem arranjar mais alguém por ali? De resto, quem quer que colocassem, daria na mesma, mas o que sei apenas é que ele, o tal de Ivan Semiônovitch, já me vinha gerando suspeitas havia tempos; havia tempos, pois, é que eu percebia ser um velhote abjeto assim, asqueroso assim, e dizem que empresta com juros e cobra juros judaicos. Mas quem anda urdindo aquilo tudo é o urso.

Foi o urso que se meteu em toda aquela circunstância. E começou tudo daquele jeitinho. Foi perto da ponte Ismáilovski que começou, foi assim que começou tudo...” Então o senhor Goliádkin se franziu, como se tivesse partido um limão com os dentes, ao recordar-se provavelmente de algo bem desagradável. “Não é nada, aliás!”, pensou. “Só que eu cá fico na minha. Por que é que Ostáfiev não vem? Por certo, ficou sentado ali ou então foi retido por alguém. E isso é bom, em parte, que esteja eu cá intrigando assim e minando pelo meu lado. Basta dar uma *grivna* a Ostáfiev, e ele já está... aquilo ali... do meu lado. Só que o negócio é assim: será mesmo que ele está do meu lado? Talvez eles o também, por sua vez... e, já de complô com ele, ficam urdindo, por sua vez, uma intriga própria? É que parece um ladrão, um patife, um ladrão rematado! E ainda se esconde, velhaco! ‘Está bem, pois, diz, e sensivelmente, diz, agradeço, diz, a Vossa Senhoria’. Eta, mas que ladrão você é!”

Ouviu-se um barulho... o senhor Goliádkin se encolheu e saltou para trás do forno. Alguém desceu a escada e saiu do prédio. “Quem será que se manda assim agora?”, pensou, no íntimo, nosso protagonista. Ouviram-se de novo, um minutinho depois, os passos de alguém... Então o senhor Goliádkin não aguentou e pôs a pontinha do nariz, só uma pontinha pequenininha, para fora da sua trincheira e, mal a pôs para fora, recuou num átimo, como se alguém lhe tivesse picado o nariz com um alfinete. Quem vinha passando nessa ocasião era bem conhecido, ou seja, era aquele velhaco, intrigante e devasso que passava, conforme seu hábito, com aqueles seus passinhos vilzinhos, amiudados, saltitando e atirando as perninhas como se estivesse para dar um coice. “Vilão!”, disse consigo nosso protagonista. Aliás, o senhor Goliádkin não poderia deixar de perceber que o vilão carregava, debaixo do braço, uma enorme pasta verde que pertencia a Sua Excelência. “Está de novo com uma incumbência especial”, pensou o senhor Goliádkin, enrubescendo e encolhendo-se mais ainda de tanto desgosto. Tão logo o senhor Goliádkin Júnior se esvaiu passando ao lado do senhor Goliádkin Sênior, sem ligar a mínima para ele, ouviram-se, pela terceira vez, os passos de alguém, e dessa vez o senhor Goliádkin adivinhou que eram os de um escrivão. E, realmente, um vultozinho de escrivão surgiu, todo empomadado, em seu cantinho detrás do forno: não era, aliás, o vultozinho de Ostáfiev e, sim, o de outro escrivão, chamado

Pissarenko.[1] Isso deixou o senhor Goliádkin perplexo. "Por que foi que envolveu os outros em seu segredo?", pensou nosso protagonista. "Mas que bárbaros eles são! Não têm nada sagrado mesmo!"

— Pois então, meu amigo? — inquiriu, dirigindo-se a Pissarenko. — Você, meu amigo, vem da parte de quem?...

— Venho, pois, pelo seu negocinho. Não há, por enquanto, nenhuma notícia de ninguém. E, se houver, vamos avisá-lo.

— E Ostáfiev?...

— Pois ele, Senhoria, não pode de jeito nenhum. Sua Excelência já passou duas vezes pela repartição, e eu mesmo, aliás, estou sem tempo agora.

— Obrigado, meu querido, obrigado a você... Só me diga se...

— Juro por Deus que estou sem tempo... Perguntam pela gente a cada minuto... E, caso o senhor se digne a ficar aí por um tempinho ainda e se houver algo relativo ao seu negocinho, então vamos avisá-lo...

— Não, meu amigo, veja se me diz...

— Com licença: estou sem tempo — dizia Pissarenko, arrancando sua aba que o senhor Goliádkin havia agadanhado —, juro que não posso. Digne-se, pois, a ficar aí por um tempinho ainda, então vamos avisá-lo.

— Já, já, meu amigo! Já, meu querido! Agora é o seguinte: aqui está uma carta, meu amigo, e depois lhe ficarei grato, meu querido.

— Entendi.

— Trate de entregá-la, meu querido, ao senhor Goliádkin.

— Goliádkin?

— Sim, meu amigo, ao senhor Goliádkin.

— Está bem: assim que me aprontar, vou levá-la. E o senhor fique aí por enquanto. Aí ninguém o verá...

— Não... eu, meu amigo... não pense aí... não fico aqui plantado para alguém não me ver. Pois eu, meu amigo, não estarei mais aqui por agora... estarei lá no becozinho. Há uma cafeteria por lá; pois vou aguardar ali, e você, aconteça o que acontecer, veja se me informa a respeito de tudo, entende?

— Está bem. Só me deixe ir: estou entendendo...

---

[1] O sobrenome é derivado da palavra russa "escrivão" (*nucapь*).

— E lhe ficarei grato, meu querido! — gritava o senhor Goliádkin, ao passo que Pissarenko, enfim livre, ia embora... "O velhaco ficou, pelo que parece, mais grosseiro depois", pensou nosso protagonista, saindo à sorrelfa de trás do forno. "Há mais um anzol por ali. Está claro... De início, era assim e assado... De resto, ele estava mesmo com pressa: quem sabe se não tem lá muita coisa a fazer. E Sua Excelência já passou duas vezes pela repartição... E por que foi, hein?... Uh, mas não é nada! Talvez não seja nada mesmo, aliás, e será isso que veremos agora..."

Então o senhor Goliádkin abriu a porta e já queria sair do prédio, mas de repente, naquele mesmo instante, o coche de Sua Excelência estrondeou à entrada. O senhor Goliádkin nem teve tempo para se recobrar, e eis que se abriram por dentro as portinholas do coche, e um senhor, que estava sentado nele, saltou para os degraus da entrada. E quem chegou não era outra pessoa senão o mesmo senhor Goliádkin Júnior que se ausentara havia uns dez minutos. O senhor Goliádkin Sênior recordou que o apartamento do diretor ficava a dois passos dali. "Uma incumbência especial, sim", pensou, no íntimo, nosso protagonista. Nesse ínterim, tirando do coche a volumosa pasta verde e mais alguns papéis, o senhor Goliádkin Júnior acabou dando alguma ordem ao cocheiro, abriu a porta, quase empurrando o senhor Goliádkin Sênior com ela, e, sem reparar nele de caso pensado e, consequentemente, agindo dessa maneira para contrariá-lo, foi subindo rapidinho, correndo pela escada departamental. "É ruim!", pensou o senhor Goliádkin. "Eh, mas como este negocinho da gente ficou ruim agora! Vejam só, Deus meu Senhor!" E nosso protagonista passou mais cerca de meio minutinho ali plantado, imóvel; por fim, tomou sua decisão. Sem refletir muito, sentindo, aliás, uma forte palpitação cardíaca e um tremor em todos os membros, correu no encalço de seu companheiro, subindo também a escada. "Ah, seja o que for! O que tenho a ver com aquilo? Estou de ladinho naquele negócio", pensava, tirando o chapéu, o capote e as galochas no vestíbulo.

Quando o senhor Goliádkin entrou em sua seção, já tinha escurecido completamente. Nem Andrei Filíppovitch nem Anton Antônovitch estavam na sala. Estavam ambos, com seus relatórios, no gabinete do diretor; quanto ao diretor como tal, apressava-se por sua vez, conforme se sabia pelos rumores, a ver Sua Excelência. Em consequência de tais circunstâncias e ainda porque o escurecer também se metera nisso ao fim do expediente, alguns dos servidores, principalmente os jovens, estavam no exato momento em que nosso protagonista entrou, de certa forma, ociosos, reunindo-se, conversando, discutindo, rindo, enquanto alguns dos servidores mais jovens, isto é, daqueles menos titulados, jogavam até mesmo cara ou coroa, às escondidinhas e sob um rumorejo geral, num canto próximo à janela. Ciente das conveniências e sentindo, no momento presente, certa necessidade particular de conseguir e de "achar", o senhor Goliádkin se acercou imediatamente de alguém por ali, com quem se dava melhor, para lhe desejar um bom dia, etc. Mas foi de certo modo estranho que os colegas responderam à saudação do senhor Goliádkin. Ele ficou desagradavelmente impressionado com certa frieza geral, com a sequidão e, até mesmo se poderia dizer, com a rispidez da recepção. Ninguém lhe estendeu a mão. Houve quem dissesse simplesmente "bom-dia" e se afastasse dele; houve quem inclinasse apenas a cabeça e quem lhe desse as costas para mostrar que não reparava em nada; houve afinal (e foram, o que mais pungiu o senhor Goliádkin, alguns daqueles jovens menos titulados, daqueles rapazes que só sabiam, segundo se expressara a respeito deles, com toda a justiça, o próprio senhor Goliádkin, jogar cara ou coroa, se fosse o caso, e bater pernas em algum lugar) quem acabasse, aos poucos, cercando o senhor Goliádkin, agrupando-se à sua volta e quase lhe barrando a saída. Miravam-no todos, estes últimos, com uma curiosidade ofensiva.

Era um mau sinal. O senhor Goliádkin sentia isso e se preparava sensatamente para não reparar em nada por sua vez. De súbito, uma circunstância absolutamente inesperada deu cabo, como se diz, do senhor Goliádkin e aniquilou-o em definitivo.

Naquele grupelho de seus jovens colegas que o rodeavam, apareceu de repente e como que de propósito, no momento mais aflitivo para o senhor Goliádkin, o senhor Goliádkin Júnior, alegre como de praxe, sorridente como de praxe, irrequieto também como de praxe — numa palavra, aquele brincalhão saltitante, adulante, gargalhante, tão leve da linguinha e da perninha como sempre, como antes, precisamente como no dia anterior, por exemplo, num momentinho assaz desagradável para o senhor Goliádkin Sênior. Requebrando-se, dando passinhos miúdos, sorrindo com aquele sorrisinho que parecia dar boas-noites a todos, insinuou-se no grupelho de servidores, apertou a mão deste, deu um tapinha no ombro daquele, abraçou de leve o terceiro, explicou ao quarto em que sentido, notadamente, fora usado por Sua Excelência, aonde tinha ido, o que tinha feito, o que trouxera consigo; quanto ao quinto e, provavelmente, o melhor amigo dele, beijocou-o bem na boquinha — numa palavra, ocorreu tudo exatamente como naquele sonho do senhor Goliádkin Sênior. Fartando-se de saltitar, dando conta de cada um à sua maneira, predispondo-os todos a seu favor, quer fosse necessário, quer não fosse, lambendo-os todos à lauta, o senhor Goliádkin Júnior estendeu, de repente, a mão (decerto por erro, ainda sem ter reparado até então nesse seu amigo mais velho) ao senhor Goliádkin Sênior por sua vez. E nosso protagonista, decerto por erro também, embora já tivesse reparado, aliás, perfeitamente no ignóbil senhor Goliádkin Júnior, logo agarrou, com sofreguidão, aquela mão que lhe fora estendida tão repentinamente assim e apertou-a com a força toda, da maneira mais amistosa possível, apertou-a com certo impulso interior, estranho e totalmente inopinado, com certa emoção lacrimejante. Fora nosso protagonista ludibriado com o primeiro gesto de seu inimigo indecente, estava apenas assim, meio desconcertado, ou havia sentido e abrangido, no fundo de sua alma, todo o grau de seu desamparo — é difícil dizê-lo. O fato é que o senhor Goliádkin Sênior, em seu estado de sanidade, por vontade própria e na presença das testemunhas, apertou solenemente a mão daquele que chamava de seu inimigo mortal. Mas quais foram o espanto, o frenesi e a raiva, quais foram o pavor e a vergonha do senhor Goliádkin Sênior, quando seu desafeto e inimigo mortal, aquele ignóbil senhor Goliádkin Júnior, apercebeu-se do erro cometido pelo homem inocente, perseguido e perfidamente enganado por ele, e, sem nenhum pudor nem sentimento algum, sem sombra de compaixão nem de consciência, arrancou de improviso, com insolência e grosseria insuportáveis, sua mão da do senhor Goliádkin Sênior e, como se não bastasse, agitou a mão como se a tivesse emporcalhado com algo muito e muito ruim, e, como se não bastasse ainda, cuspiu para o lado, acompanhando isso tudo com o gesto mais ofensivo possível, e, como se não bastasse afinal, tirou seu lenço e logo, da maneira mais despudorada possível, enxugou com ele todos os seus dedos que tinham passado um minutinho na mão do senhor Goliádkin Sênior. Agindo desse modo, conforme seu costume vilzinho, o senhor Goliádkin Júnior olhava propositalmente ao seu redor, fazia que todos vissem essa sua conduta, olhava bem nos olhos de todos e, obviamente, tratava de impor a todos o que houvesse de mais desfavorável no tocante ao senhor Goliádkin. O comportamento do asqueroso senhor Goliádkin Júnior parecia ter provocado uma indignação geral no meio dos servidores que estavam à sua volta; até mesmo aqueles jovens levianos se mostraram descontentes. Começou-se a rumorejar, a falar ao redor. Tal movimento geral não podia deixar de chegar aos ouvidos do senhor Goliádkin Sênior, porém foi uma brincadeirinha oportuna, amadurecida, enquanto isso, nos lábios do senhor Goliádkin Júnior, que acabou subitamente quebrando, aniquilando as últimas esperanças de nosso protagonista, tornando a inclinar a balança para o lado de seu inimigo, tão pífio quanto mortal.

— Esse é nosso Faublas[2] russo, cavalheiros: permitam que lhes apresente o jovem Faublas — ficou guinchando o senhor Goliádkin Júnior, dando passinhos amiudados e esgueirando-se, com a insolência que lhe era peculiar, por entre os servidores, apontando-lhes o verdadeiro senhor Goliádkin, petrificado e, ao mesmo tempo, frenético como estava. "Beijemo-nos, bonitinho!", continuou, com uma familiaridade insuportável, achegando-se ao homem que ofendera traiçoeiramente. Essa brincadeirinha do pífio senhor Goliádkin Júnior parecia ter ecoado onde lhe cabia ecoar, ainda mais que se encerrava nela uma pérfida alusão a certa circunstância que já era, pelo visto, do conhecimento público. E nosso protagonista sentiu a mão de seus inimigos pesar em seus ombros. De resto, já estava decidido. Todo pálido, com um olhar flamejante e um sorriso imóvel, livrou-se, de qualquer jeito, da multidão e tomou logo, a passos acelerados e claudicantes, o rumo do gabinete de Sua Excelência. Foi Andrei Filíppovitch quem se deparou com ele, acabando de sair do gabinete de Sua Excelência, na penúltima sala, e, posto que houvesse bastantes pessoas naquela sala, diversas e completamente alheias, em dado momento, ao senhor Goliádkin, nosso protagonista não quis nem prestar atenção em tal circunstância. Direta, resoluta e corajosamente, quase se espantando consigo mesmo e elogiando volta e meia, no íntimo, sua própria coragem, veio abordar, sem perder tempo, Andrei Filíppovitch, assaz estarrecido com uma investida tão inesperada assim.

---

[2] Protagonista do romance libertino *Os amores do cavalheiro Faublas*, de Jean-Baptiste Louvet de Couvray (1760-1797), extremamente popular em fins do século XVIII e ainda lido na época descrita.

— Hein?... O que há?... O que deseja? — perguntou o chefe do setor, sem escutar o senhor Goliádkin que gaguejava por alguma razão.

— Andrei Filíppovitch, eu... será que posso, Andrei Filíppovitch, ter agora, de imediato e a sós, uma conversa com Sua Excelência? — articulou enfim, eloquente e nitidamente, nosso protagonista, cravando o olhar mais resoluto possível em Andrei Filíppovitch.

— O quê? É claro que não... — Andrei Filíppovitch mediu o senhor Goliádkin, dos pés à cabeça, com seu olhar.

— Eu, Andrei Filíppovitch, digo tudo isso porque estou surpreso de ninguém por aqui desmascarar aquele impostor e vilão.

— O quê-ê-ê?

— Aquele vilão, Andrei Filíppovitch.

— Mas de quem é que se digna a falar desse modo?

— De certa pessoa ali, Andrei Filíppovitch. Eu, Andrei Filíppovitch, estou aludindo a certa pessoa ali; estou com meu direito... Creio, Andrei Filíppovitch, que a chefia deveria estimular semelhantes iniciativas — acrescentou o senhor Goliádkin, obviamente fora de si. — Andrei Filíppovitch... decerto o senhor mesmo está vendo, Andrei Filíppovitch, que esta minha nobre iniciativa traduz, inclusive, toda a minha propensão bem-intencionada, a de tomar o chefe pelo pai, Andrei Filíppovitch: estou tomando, digamos, minha chefia benfazeja pelo meu pai e lhe confio cegamente meu destino. Assim, pois, digamos... assim, pois... — Então a voz do senhor Goliádkin passou a tremer, seu rosto se ruborizou, e um par de lágrimas brotou-lhe em ambas as celhas.

Andrei Filíppovitch ficou tão assombrado ao escutar o senhor Goliádkin que acabou dando, de certo modo involuntário, uns dois passos para trás. Depois olhou, com inquietude, ao seu redor... É difícil dizer como aquilo acabaria... De súbito, a porta do gabinete de Sua Excelência abriu-se, e ele próprio saiu de lá, acompanhado por alguns servidores. Todos os que estavam na sala seguiram-no enfileirados. Sua Excelência chamou por Andrei Filíppovitch e foi caminhando ao seu lado, puxando conversa sobre alguns negócios. Quando todos se remexeram e foram saindo da sala, o senhor Goliádkin também se recompôs. E se abrigou, amansado, debaixo daquela asinha de Anton Antônovitch Sêtotchkin, o qual capengava, por sua vez, atrás de todos e tinha, segundo parecera ao senhor Goliádkin, o ar mais rígido e absorto possível. "Falei demais aqui também, aqui também me emporcalhei", pensou no íntimo. "Pois bem: não é nada."

— Espero que pelo menos o senhor, Anton Antônovitch, consinta em escutar-me e em inteirar-se das minhas circunstâncias — disse baixinho, com uma voz que ainda tremia um pouco de emoção. — Repelido por todos, dirijo-me ao senhor. Até agora estou perplexo, Anton Antônovitch, sem entender o que significavam as palavras de Andrei Filíppovitch. Veja o senhor se as explica para mim, se puder...

— Tudo será explicado na hora certa — respondeu, rígida e pausadamente, Anton Antônovitch cujo ar deixava bem claro, segundo parecera ao senhor Goliádkin, que Anton Antônovitch não tinha a mínima vontade de levar essa conversa adiante. — Saberá de tudo dentro em pouco. Hoje mesmo será oficialmente informado de tudo.

— O que quer dizer "oficialmente", Anton Antônovitch? Por que logo oficialmente? — perguntou nosso protagonista, com timidez.

— Não somos nós que vamos julgar, Yákov Petróvitch, de como nossa chefia vem despachando.

— Por que logo a chefia, Anton Antônovitch? — disse o senhor Goliádkin, ainda mais tímido. — Por que a chefia? Não vejo motivo pelo qual seria preciso importunar a chefia, Anton Antônovitch... Talvez o senhor queira dizer algo sobre aquilo de ontem, Anton Antônovitch?

— Não é aquilo de ontem, não: é outra coisa que lhe está mancando aí.

— O que está mancando, Anton Antônovitch? Pois me parece a mim, Anton Antônovitch, que nada está mancando aqui comigo.

— E com quem é que se dispunha a trapacear, hein? — Anton Antônovitch interrompeu bruscamente o senhor Goliádkin, já todo intimidado. O senhor Goliádkin estremeceu e ficou branco que nem um lenço.

— É claro, Anton Antônovitch — disse, com uma voz quase inaudível —: se ouvir a voz da calúnia e der ouvidos aos inimigos da gente, sem aceitar justificativas da outra parte, então, com certeza... fica claro, Anton Antônovitch, que se pode então sofrer mesmo, Anton Antônovitch, e sofrer por nada, sem culpa alguma.

— Pois é... E aquela sua ação indecente em prejuízo da reputação de uma moça nobre, proveniente daquela família virtuosa, respeitável e conhecida que favorecia o senhor?

— Mas qual é essa ação, Anton Antônovitch?

— Pois é... E quanto àquela outra moça, embora pobre, mas, em compensação, de honesta origem estrangeira, tampouco conhece uma ação sua, louvável que é?

— Espere, Anton Antônovitch... tenha a bondade de me escutar, Anton Antônovitch...

— E sua perfídia, e sua calúnia contra outra pessoa, que andou acusando daquela pecha que o senhor mesmo tinha cometido, hein? Isso se chama como?

— Eu, Anton Antônovitch, não o enxotei — disse nosso protagonista, tremelicando. — Tampouco ensinei tais coisas a Petruchka, quer dizer, a um criado meu... Ele comia meu pão, Anton Antônovitch, ele desfrutava da minha hospitalidade — adicionou expressivamente, com uma profunda emoção, nosso protagonista, de sorte que seu queixo ficou saltitando um pouco e as lágrimas já estavam prestes a brotar outra vez em seus olhos.

— Apenas está dizendo, Yákov Petróvitch, que ele comia seu pão — respondeu, com um sorrisinho, Anton Antônovitch, em cuja voz se ouvia uma malícia tal que algo pareceu arranhar o coração do senhor Goliádkin.

— Permita-me, pois, ainda lhe perguntar mui encarecidamente, Anton Antônovitch: será que Sua Excelência está a par de todo esse assunto?

— Como não? Aliás, deixe-me ir agora. Não tenho tempo a gastar com o senhor... Hoje mesmo ficará sabendo de tudo quanto lhe cumpra saber.

— Espere, pelo amor de Deus, mais um minutinho, Anton Antônovitch...

— Depois me contará...

— Não, Anton Antônovitch, eu... veja o senhor se me escuta apenas, Anton Antônovitch... Não sou nenhum livre-pensador, Anton Antônovitch: vivo fugindo do livre-pensamento; estou totalmente pronto, por minha parte, e até mesmo tenho admitido aquela ideia...

— Está bem, está bem. Já ouvi...

— Não, ainda não ouviu isto, Anton Antônovitch... É outra coisa, Anton Antônovitch; é bom, juro que é bom e agradável de ouvir... Tenho admitido, como acabei de explicar, aquela ideia, Anton Antônovitch, de que a providência divina teria criado dois sósias perfeitos, e que nossa chefia benfazeja acabou abrigando, à vista da providência divina, ambos os gêmeos. E isso é bom, Anton Antônovitch. O senhor está vendo que isso é muito bom, Anton Antônovitch, e que fico longe do livre-pensamento. Estou tomando nossa chefia benfazeja pelo meu pai. Assim e assado, pois, minha chefia benfazeja, os senhores... digamos, aquilo ali... o tal jovem precisa servir... Ampare-me, Anton Antônovitch, defenda-me, Anton Antônovitch... Eu cá, por mim... Anton Antônovitch, pelo amor de Deus, mais uma palavrinha... Anton Antônovitch...

Mas Anton Antônovitch já estava longe do senhor Goliádkin... Quanto ao nosso protagonista, não sabia mais onde estava, o que ouvia, o que fazia, o que lhe acontecera e o que ainda fariam com ele, tanto se quedara embaraçado e abalado com tudo o que ouvira e tudo o que lhe acontecera.

Procurava, com um olhar suplicante, por Anton Antônovitch na multidão de servidores para se justificar ainda mais aos seus olhos, para lhe dizer algo que fosse bem-intencionado em extremo, além de assaz nobre e agradável, a respeito de si mesmo... De resto, uma nova luz começava, aos poucos, a insinuar-se através daquele embaraço do senhor Goliádkin, uma tétrica luz nova que iluminou de chofre em sua frente, de uma vez só, toda uma perspectiva composta de circunstâncias até então absolutamente ignoradas e nem por sombras imaginadas... Nesse momento alguém deu um empurrão no flanco de nosso protagonista totalmente desconcertado. Ele se virou. Era Pissarenko que estava em sua frente.

— A carta, Senhoria.

— Hein?... Já foi lá, meu querido?

— Não: foi ainda pela manhã, às dez horas, que a trouxeram para cá. Foi Serguei Mikhéiev, o guarda, quem a trouxe, lá do apartamento do servidor de décima segunda classe Vakhraméiev.

— Está bem, meu amigo, está bem: hei de lhe ficar grato, meu querido.

Dito isso, o senhor Goliádkin guardou a carta no bolso lateral de seu uniforme e abotoou todos os botões deste; a seguir, olhou ao redor e, para sua surpresa, notou que já estava no vestíbulo departamental, no meio de um grupelho de servidores que se espremiam à saída, porquanto o expediente havia terminado. Não apenas o senhor Goliádkin despercebera até então essa última circunstância, mas nem sequer percebera nem lembrava mais de que maneira tinha ficado subitamente de capote e galochas, com seu chapéu nas mãos. Todos os servidores se mantinham imóveis, numa expectativa respeitosa. É que Sua Excelência se detivera ao pé da escada, à espera de sua carruagem que se atrasara por alguma razão, e estava levando uma conversa assaz interessante com dois conselheiros e Andrei Filíppovitch. A certa distância desses dois conselheiros e de Andrei Filíppovitch estavam Anton Antônovitch Sêtotchkin e mais alguns servidores, todos bastante risonhos ao verem que Sua Excelência se dignava a brincar e a rir. Os servidores reunidos no alto da escada também sorriam, esperando até que Sua Excelência voltasse a rir. Quem não sorria era apenas Fedosséitch, o porteiro barrigudo que permanecia junto da maçaneta das portas, empertigando-se todo e esperando impacientemente por aquela porção de seu prazer rotineiro, o qual consistia em escancarar de uma vez, com um só movimento do braço, um dos batentes e depois, curvando-se como um arco, deixar respeitosamente Sua Excelência passar ao seu lado. Todavia, quem aparentava estar mais feliz do que todos e mais se deliciava era o inimigo indigno e ignóbil do senhor Goliádkin. Naquele momento, até mesmo se esquecera de todos os servidores, até mesmo parara de se esgueirar e de trotar com seus passinhos miúdos, conforme seu costume vilzinho, por entre eles, até mesmo deixara de aproveitar a oportunidade para adular alguém naquele momento. Era todo ouvidos e olhos, encolhia-se de certo modo estranho, provavelmente a fim de ouvir melhor sem despregar os olhos de Sua Excelência; apenas seus braços, suas pernas e sua cabeça estremeciam, de vez em quando, movidos por certos espasmos quase imperceptíveis que revelavam todos os impulsos internos, secretos, de sua alma.

"Ih, como se desmancha!", pensou nosso protagonista. "Parece um favorito, patife! Gostaria eu de saber como exatamente ele se dá bem nessa sociedade de tom alto. Nem inteligência, nem caráter, nem instrução, nem sentimento: está com sorte, aquele velhaco! Deus meu Senhor, mas é só pensar em como se pode avançar rápido e "achar" no meio de quaisquer pessoas que sejam! E vai avançar mesmo, aquele ali, juro que irá muito longe, aquele velhaco, que vai conseguir, pois está com sorte! Gostaria também de saber o que exatamente cochicha a todos eles. Quais são os segredos que tem com todo aquele povo, e de que segredos eles estão falando? Deus meu Senhor! Como é que eu mesmo... aquilo ali... também um pouquinho com ele... digamos, assim e assado, pediria, quem sabe, a ele... assim e assado, digamos, e, quanto a mim, não me meto mais: a culpa é minha, digamos, e esse jovem,

Excelência, precisa servir nestes tempos nossos, e, quanto àquela minha circunstância obscura, não me embaraço nem um pouco com ela — é isso aí! —, tampouco vou protestar de qualquer maneira que seja, mas aturarei tudo com paciência e resignação: é isso aí! Será que vou agir assim mesmo?... Só que não dá, aliás, para atingi-lo, aquele velhaco, não há nenhuma palavra que o comova, nem se pode enfiar juízo naquela sua cabeça de vento... De resto, vamos tentar. Quem sabe se não chegarei numa hora boa; então é que vou tentar, sim..."

Inquieto como estava, angustiado e confuso, sentindo que não podia ficar de braços cruzados, que o momento decisivo estava chegando, que precisava mesmo explicar-se com alguém lá, nosso protagonista começou a avançar, pouco a pouco, rumo àquele lugar onde estava postado seu companheiro indigno e misterioso, porém, nesse exato momento, a carruagem de Sua Excelência, esperada havia bastante tempo, estrondeou à saída. Fedosséitch puxou a porta e, curvando-se como três arcos juntos, deixou Sua Excelência passar ao seu lado. Todos os que estavam esperando afluíram simultaneamente à saída e afastaram, por um instante, o senhor Goliádkin Sênior do senhor Goliádkin Júnior. "Não vai escapar!", dizia nosso protagonista, passando, aos empurrões, através da multidão, sem tirar os olhos daquele que tinha de seguir. Por fim, a multidão se fendeu. Então, sentindo-se em liberdade, nosso protagonista se arrojou no encalço de seu desafeto.

CAPÍTULO XI

A respiração se prendia no peito do senhor Goliádkin, voando ele, como se tivesse asas, no encalço de seu desafeto que se afastava depressa. Percebia a presença de uma energia formidável em seu âmago. De resto, não obstante a presença dessa energia formidável, o senhor Goliádkin se via capaz de acreditar que no momento presente até mesmo um simples mosquito, se apenas conseguisse sobreviver, numa época dessas, em Petersburgo, viria a arrebentá-lo mui facilmente com sua asinha. Percebia, outrossim, que tinha murchado e enfraquecido totalmente, que era levado por uma força singular, totalmente alheia, que não estava caminhando, mas, pelo contrário, sentia as pernas fraquejarem e não lhe servirem mais. Aliás, tudo isso podia ainda melhorar. "Que melhore, que não melhore", pensava o senhor Goliádkin, quase se sufocando por causa de sua corrida veloz, "mas não resta agora nem a mínima dúvida de a batalha ter sido perdida: é sabido, definido, decidido e assinado embaixo que estou perdido em definitivo." Apesar disso tudo, nosso protagonista aparentava ter ressuscitado dos mortos, como se tivesse suportado a tal batalha, como se tivesse arrebatado uma vitória, quando agadanhou o capote de seu desafeto, o qual já erguia o pé a fim de subir ao *drójki* de um *vanka* que acabara de aliciar. "Prezado senhor! Hein, prezado senhor!", gritou àquele pífio senhor Goliádkin Júnior que finalmente apanhara. "Espero, meu caro, que o senhor..."

— Não: faça o favor de não esperar por nada — respondeu, de modo evasivo, o desafeto insensível do senhor Goliádkin, fincando um pé no estribo do *drójki* e tentando, com todas as forças, levar o outro para dentro do carro, agitando-o debalde no ar, buscando manter o equilíbrio e, ao mesmo tempo, empenhando todos os esforços possíveis em arrancar seu capote ao senhor Goliádkin Sênior, o qual, por sua parte, lançava mão de todos os meios que a natureza lhe fornecera para se agarrar a ele.

— Apenas dez minutos, Yákov Petróvitch!...

— Desculpe, que estou sem tempo.

— Concorde o senhor mesmo, Yákov Petróvitch... por favor, Yákov Petróvitch... pelo amor de Deus, Yákov Petróvitch... assim e assado, pois... só para a gente se explicar com franqueza... Um segundinho, Yákov Petróvitch!...

— Sem tempo, meu queridinho — respondeu com uma familiaridade descortês, mas afetando uma bondade íntima, o desafeto falsamente nobre do senhor Goliádkin. — Em outro momento, acredite... com toda a alma e de coração puro... só que agora, veja se confia em mim, não posso.

"Crápula!", pensou nosso protagonista.

— Yákov Petróvitch! — vociferou, angustiado. — Nunca fui seu inimigo. Foram algumas pessoas maldosas que me descreveram daquele jeito injusto... Por minha parte, estou pronto... Se quiser, Yákov Petróvitch, vamos agora mesmo, Yákov Petróvitch, entrar lá, hein?... E uma vez lá, de coração puro, como o senhor acabou de dizer com justiça, e numa linguagem sincera e nobre... naquela cafeteria ali... então tudo se explicará por si só... assim, pois, Yákov Petróvitch! Então, sem falta, tudo se explicará por si só...

— Na cafeteria? Pois bem. Não tenho nada contra: vamos à cafeteria, mas com uma só condição, minha alegria, com uma condição única, a de tudo se explicar mesmo lá dentro. Assim, pois, e assado, meu bonitinho... — disse o senhor Goliádkin Júnior, descendo do *drójki* e dando um tapinha desavergonhado no ombro de nosso protagonista. — Eta, meu amigão: por você, Yákov Petróvitch, estou pronto a pegar um becozinho (como o senhor se dignou, em certa ocasião, a notar com justiça). Juro que esse safadinho faz da gente o que lhe apetecer! — prosseguiu o falso amigo do senhor Goliádkin, rodopiando e requebrando-se, com um leve sorrisinho, ao seu lado.

Distante das grandes ruas, a cafeteria em que entraram ambos os senhores Goliádkin estava, naquele momento, completamente vazia. Foi uma alemã assaz gorda que apareceu ao balcão, tão logo se ouviu o tilintar da campainha. O senhor Goliádkin e seu desafeto indecente passaram para o segundo cômodo, onde um garoto meio inchado, de cabelos rasos, mexia com um feixe de lascas junto ao forno, esforçando-se para reacender o fogo que se apagava. Serviram, a mando do senhor Goliádkin Júnior, chocolate quente.

— Que *babazinha* mais gostosa, hein? — disse o senhor Goliádkin Júnior, piscando, maroto, para o senhor Goliádkin Sênior.

Nosso protagonista enrubesceu e se manteve calado.

— Ah, sim, já me esqueci: desculpe. Conheço o gosto do senhor. A gente, meu senhorzinho, adora as alemãzinhas fininhas; digamos que a gente, Yákov Petróvitch, minha alma sincera, adora aquelas alemãzinhas fininhas, mas, de resto, não desprovidas ainda de toda suculência: alugamos os apartamentos delas, seduzimos a moral delas, dedicamos o coração a elas em troca de *Biersuppe*[1] e de *Milchsuppe*,[2] e lhes damos os mais diversos recibos. Eis o que fazemos, seu Faublas daqueles, seu traidor!

O senhor Goliádkin Júnior proferiu tudo isso fazendo, dessa forma, uma alusão totalmente inútil, mas, de resto, maldosamente astuciosa, a certa pessoa do sexo feminino, ao passo que se requebrava ao lado do senhor Goliádkin, afetava a gentileza ao sorrir-lhe e assim manifestava falsamente sua amabilidade para com ele e sua alegria por tê-lo encontrado. Contudo, ao perceber que o senhor Goliádkin Sênior não era, nem de longe, bronco e privado de instrução e de boas maneiras a ponto de logo acreditar nele, o homem pífio resolveu mudar de tática e abrir o jogo. Mal proferindo aquela coisa asquerosa, o falso senhor Goliádkin acabou dando, com desfaçatez e familiaridade de revoltarem a alma, um tapinha no ombro do imponente senhor Goliádkin e, sem se contentar com isso, passou a flertar com ele de um jeito que seria absolutamente indecente numa sociedade de bom-tom, propondo-se, em particular, a repetir aquela sua safadeza de antes, ou seja, a beliscar, quaisquer que fossem a resistência e os leves gritos do revoltado senhor Goliádkin Sênior, a bochecha dele. Nosso protagonista se enfureceu ante tamanha devassidão e... permaneceu calado, aliás, por enquanto.

— É o discurso de meus inimigos — respondeu afinal, contendo-se sensatamente, com uma voz trêmula. Ao mesmo tempo, olhou, inquieto, para a porta. É que o senhor Goliádkin Júnior estava, pelo visto, muito bem-humorado e disposto a tais brincadeiras intoleráveis num lugar público e, falando-se em geral, não admitidas pelas leis da sociedade, sobretudo daquela de bom-tom.

---

[1] Sopa à base de cerveja (em alemão).

[2] Sopa à base de leite (em alemão).

— Pois bem: se for assim, faça como quiser — argumentou seriamente, em resposta ao pensamento do senhor Goliádkin Sênior, o senhor Goliádkin Júnior, colocando sua xícara vazia, despejada com uma sofreguidão indecente, em cima da mesa. — Aliás, não tenho tanto tempo a perder com o senhor... Pois bem, Yákov Petróvitch: como é que está agora, hein?

— Só tenho uma coisa a dizer ao senhor, Yákov Petróvitch — respondeu, cheio de sangue-frio e de dignidade, nosso protagonista —: nunca fui seu inimigo.

— Hum... e Petruchka? Como se chama mesmo... é Petruchka, ao que parece... pois bem: como está ele? Está bem, como antes?

— Ele também está como antes, Yákov Petróvitch — respondeu o senhor Goliádkin Sênior, um tanto perplexo. — Não sei, Yákov Petróvitch... por minha parte... pela parte nobre e sincera, Yákov Petróvitch... concorde o senhor mesmo, Yákov Petróvitch...

— Sim. Mas o senhor mesmo sabe, Yákov Petróvitch — replicou, com uma voz baixa e expressiva, o senhor Goliádkin Júnior, fingindo-se, dessa forma, de um homem entristecido, contrito e digno de lástima —, o senhor mesmo sabe que nossos tempos são difíceis... Recorro, pois, ao senhor, Yákov Petróvitch, que é um homem inteligente e vai julgar com justiça — inseriu o senhor Goliádkin Júnior, adulando torpemente o senhor Goliádkin Sênior. — A vida não é um brinquedo: o senhor mesmo sabe disso, Yákov Petróvitch — concluiu, num tom significativo, o senhor Goliádkin Júnior, fingindo-se, dessa forma, de um homem sábio e instruído, capaz de raciocinar acerca das matérias sublimes.

— Por minha parte, Yákov Petróvitch — retorquiu nosso protagonista, inspirado —, por minha parte, desprezando os rodeios e falando corajosa e francamente, usando uma linguagem sincera e nobre, e pondo o assunto todo num campo honrado, direi ao senhor, poderei afirmar aberta e nobremente, Yákov Petróvitch, que sou plenamente inocente e que... o senhor mesmo sabe, Yákov Petróvitch, que há um equívoco mútuo, e que pode ser qualquer coisa: o julgamento da sociedade, a opinião da multidão servil... Digo sinceramente, Yákov Petróvitch, que pode ser qualquer coisa dessas. E também direi, Yákov Petróvitch, se julgarmos assim, se considerarmos esse assunto de um ponto de vista nobre e sublime, então lhe direi corajosamente, dir-lhe-ei sem falsa vergonha, Yákov Petróvitch, que até mesmo me será agradável reconhecer que estava equivocado, até mesmo me será agradável confessar tanto. O senhor mesmo sabe disso, que é um homem inteligente e, ainda por cima, nobre. Sem vergonha, sem aquela falsa vergonha é que estou pronto a confessá-lo... — arrematou, com dignidade e nobreza, nosso protagonista.

— Fatalidade, sina, Yákov Petróvitch!... Mas deixemos tudo isso para lá — disse, com um suspiro, o senhor Goliádkin Júnior. — É melhor empregarmos estes breves minutos de nosso encontro numa conversa mais útil e mais agradável, como deve ser a de dois colegas... Juro que não consegui, por alguma razão, nem trocar duas palavras com o senhor nesse tempo todo... E quem tem culpa disso não sou eu, Yákov Petróvitch...

— Nem eu — interrompeu, com ardor, nosso protagonista —, nem eu! Meu coração me diz, Yákov Petróvitch, que não sou eu quem tem culpa disso tudo. Vamos inculpar o destino disso tudo, Yákov Petróvitch — acrescentou o senhor Goliádkin Sênior, num tom absolutamente pacificador. Sua voz começava, aos poucos, a fraquejar e a tremer.

— Pois bem... E como está sua saúde em geral? — disse o pecador, com uma voz doce.

— Ando tossindo um pouco — respondeu nosso protagonista, cuja voz estava mais doce ainda.

— Cuide-se. Há tais pestilências agora que é fácil pegar uma pleurite, e eu lhe confesso que já me agasalho com flanela.

— De fato, Yákov Petróvitch: é fácil pegar uma pleurite... Yákov Petróvitch! — continuou nosso protagonista, após uma breve pausa. — Yákov Petróvitch! Percebo que estava errado... E me recordo enternecido daqueles minutos felizes que passamos juntos sob o meu teto, pobre como ele é, mas, ouso dizer, hospitaleiro...

— Não foi isso, aliás, que o senhor escreveu em sua carta — disse, com certo reproche, o senhor Goliádkin Júnior, plenamente justo (sendo justo, aliás, nesse único sentido).

— Estava errado, Yákov Petróvitch!... Agora percebo claramente que estava errado naquela minha carta desastrosa também. Fico envergonhado, Yákov Petróvitch, de olhar para o senhor; Yákov Petróvitch, o senhor nem vai acreditar em mim... Dê-me aquela carta para que eu a rasgue ante seus olhos, Yákov Petróvitch, ou então, se isso não for possível de modo algum, imploro que a leia ao contrário, precisamente ao contrário, quer dizer, com um propósito amigável, revestindo propositalmente todos os termos daquela carta minha de um sentido inverso. Estava equivocado, sim. Perdoe-me, Yákov Petróvitch, que estava redondamente... estava lamentavelmente equivocado, Yákov Petróvitch.

— O que diz aí? — perguntou, assaz distraído e indiferente, o pérfido amigo do senhor Goliádkin Sênior.

— Digo que estava redondamente equivocado, Yákov Petróvitch, e que, por minha parte, sem nenhuma falsa vergonha...

— Ah, sim, está bem! É muito bom que o senhor se tenha equivocado — respondeu brutalmente o senhor Goliádkin Júnior.

— Até mesmo tive, Yákov Petróvitch, uma ideia... — acrescentou nosso protagonista, nobremente sincero, nem por sombras vislumbrando a terrível perfídia de seu falso amigo — até mesmo tive a ideia de terem sido criados, digamos assim, dois sósias perfeitos...

— Ahn? É essa, pois, a sua ideia?...

Então o senhor Goliádkin Júnior, conhecido por ser imprestável, levantou-se e pegou seu chapéu. Ainda despercebendo a cilada, o senhor Goliádkin Sênior também se levantou, sorrindo, simplória e nobremente, ao seu falso camarada, buscando, com aquela inocência sua, afagá-lo, animá-lo e, desse modo, travar uma nova amizade com ele...

— Adeus a Vossa Excelência! — exclamou, de repente, o senhor Goliádkin Júnior. Nosso protagonista estremeceu, lobrigando, no semblante de seu inimigo, algo que chegava mesmo a ser báquico,[3] e, unicamente para se livrar dele, meteu dois dedos de sua mão na mão que o imoral lhe estendia, e foi então... foi então que o despudor do senhor Goliádkin Júnior passou de todos os limites. Segurando os dois dedos do senhor Goliádkin Sênior e começando por apertá-los, o indigno se atreveu logo em seguida, ante os olhos do senhor Goliádkin, a repetir aquele mesmo gracejo matinal. Assim, a medida da paciência humana ficou exaurida...

Já estava guardando o lenço, com o qual enxugara os dedos, no bolso, quando o senhor Goliádkin Sênior se recobrou e se arrojou, indo atrás dele, ao cômodo adjacente, aonde, segundo seu hábito ruim, logo se dirigira apressadamente o tal inimigo jurado. Estava postado lá, como se de nada se tratasse, rente ao balcão, comia pasteizinhos e

---

[3] Orgíaco, marcado por um êxtase incontido.

mui tranquilamente, qual um homem virtuoso, galanteava a confeiteira alemã. "Na frente das damas, não dá...", pensou nosso protagonista e também se achegou ao balcão, transtornado de tanta emoção.

— Mas, realmente, a *babazinha* não é nada má, hein? O que acha? — tornou a gracejar indecentemente o senhor Goliádkin Júnior, contando, pelo visto, com a paciência inesgotável do senhor Goliádkin. Quanto àquela alemã gorda, fitava, por sua parte, ambos os fregueses com olhos de estanho, inanimados, não entendendo, por certo, a língua russa e sorrindo afavelmente. Nosso protagonista se inflamou que nem o fogo com as palavras do senhor Goliádkin Júnior, o qual desconhecia o pudor, e, não conseguindo mais dominar-se, acabou por se atirar sobre ele, com a óbvia intenção de dilacerá-lo e de destruí-lo, dessa forma, em definitivo, porém o senhor Goliádkin Júnior, conforme seu vil costume, já estava longe de lá: escapulira e já estava à saída. Entenda-se bem que, após o primeiro torpor instantâneo que se apossara naturalmente do senhor Goliádkin Sênior, ele se recompôs e correu em disparada atrás do seu ofensor, o qual já subia ao carro de um *vanka* que estava à sua espera e decerto concordava com ele em tudo. Mas nesse exato momento, ao ver a fuga de ambos os fregueses, a alemã gorda soltou um guincho e puxou, com a força toda, a corda de sua campainha. Quase voando, nosso protagonista se virou para ela, jogou-lhe dinheiro, pagando por si mesmo e pelo homem despudorado que não pagara, sem pedir troco e, não obstante essa demora, conseguiu ainda assim, embora voando de novo, apanhar seu desafeto. Lançando mão de todos os meios que a natureza lhe fornecera a fim de se agarrar ao para-lama do *drójki*, nosso protagonista correu, por algum tempo, ao longo da rua, encarrapitando-se sobre o carro que o senhor Goliádkin Júnior defendia com todas as forças. Enquanto isso, o cocheiro instigava com o chicote, com a rédea, com o pé e com as palavras aquele seu rocim alquebrado que acabou, mui inesperadamente, galopando a toda brida e dando coices com as pernas traseiras, segundo seu hábito ruim, a cada três passos. Por fim, nosso protagonista conseguiu empoleirar-se no *drójki*, de frente para seu desafeto, apoiando o dorso no cocheiro, os joelhos, nos joelhos do despudorado, e segurando com a mão direita, de todas as maneiras possíveis, a gola do capote, feita de peles e bastante precária, desse seu desafeto devasso e o mais encarniçado de todos...

Voando assim, os inimigos se mantiveram, por algum tempo, calados. Nosso protagonista mal conseguia respirar; o caminho estava péssimo, de sorte que ele se sacudia a cada passo, correndo o perigo de quebrar o pescoço. Além do mais, seu desafeto encarniçado não consentia ainda em dar-se por vencido e se esforçava para fazer o adversário tombar na lama. Em acréscimo a todas essas contrariedades, o tempo estava horribilíssimo. A neve caía em grandes flocos e também se esforçava, por sua parte, para se meter, de qualquer maneira que fosse, embaixo do capote escancarado do verdadeiro senhor Goliádkin. Tudo estava turvo ao redor, não se via coisa nenhuma. Era difícil discernir em que direção e por quais ruas eles iam voando... O senhor Goliádkin achou que algo familiar lhe acontecesse na realidade. Por um instante, tentou recordar se não havia pressentido algo na véspera... por exemplo, sonhando... E eis que sua angústia acabou subindo ao último grau da agonia. Ao comprimir, com todo o seu peso, aquele adversário inexorável, ele se pôs a gritar, só que o grito entorpecia em seus lábios... Houve um momento em que o senhor Goliádkin se esqueceu de tudo e concluiu que não era nada mesmo, que aquilo tudo se fazia apenas assim, de qualquer jeito ali, de um jeito inexplicável, e que protestar por causa daquilo tudo seria algo supérfluo e absolutamente inútil... Mas de improviso, quase no mesmo instante em que nosso protagonista chegou à tal conclusão, um sacolejo inopinado mudou todo o sentido da situação. O senhor Goliádkin tombou do *drójki* como um saco de farinha e foi rolando a algum lugar, reconhecendo no momento de sua queda, de modo totalmente justo, que se exaltara mesmo e bem fora de propósito. Levantando-se enfim, viu que tinham chegado a algum lugar: o *drójki* estava parado no meio de um pátio, e nosso protagonista percebeu, desde a primeira olhada, que era o pátio daquele prédio em que morava Olsúfi Ivânovitch. No mesmo instante, percebeu que seu camarada já se achegava à entrada, indo, provavelmente, ao apartamento de Olsúfi Ivânovitch. Tomado de uma angústia indescritível, correu no encalço de seu desafeto, mas, por sorte, mudou, sensata e oportunamente, de ideia. Sem se esquecer de pagar ao cocheiro, o senhor Goliádkin se precipitou para a rua e correu, com todas as forças, para onde seus olhos se voltassem. A neve caía, como dantes, em grandes flocos; estava tudo, como dantes, turvo, molhado e escuro. Nosso protagonista não caminhava, mas voava mesmo, derrubando todos pelo caminho: os mujiques, as *babas* e as crianças, além de saltar, por sua vez, para longe desses mujiques, *babas* e crianças. Ouviam-se, ao seu redor e atrás dele, um burburinho medroso, guinchos e berros... Todavia, o senhor Goliádkin parecia inconsciente e não pretendia dar atenção a qualquer coisa que fosse... Aliás, recobrou-se apenas perto da ponte Semiônovski, e foi tão somente por ter colidido, de certa maneira desastrada, com duas *babas* que carregavam alguma mercadoria portátil, derrubando-as e caindo, ele próprio, ao mesmo tempo. "Não é nada", pensou o senhor Goliádkin: "tudo isso ainda pode muito bem melhorar" e logo enfiou a mão no bolso, desejando redimir-se, com um rublo de prata, daqueles pães de mel, maçãs, ervilhas e várias outras coisas que tinha deixado caírem. E, de repente, uma luz nova alumiou o senhor Goliádkin, apalpando ele a carta que lhe fora entregue, de manhã, pelo escrivão e ora estava em seu bolso. Ao lembrar, nesse meio-tempo, que conhecia uma taberna não muito longe de lá, entrou correndo naquela taberna, instalou-se, sem perder um só minuto, a uma mesinha iluminada por uma velinha de sebo e, sem atentar em nada nem escutar o criado de mesa que estava às suas ordens, rompeu o lacre e se pôs a ler o seguinte, que o abalou em definitivo:

Ó tu, homem nobre, que sofres por mim e és eternamente caro ao meu coração!

Estou sofrendo, estou perecendo: salva-me! Um homem conhecido pela sua índole reles, caluniador e intrigante, amarrou-me com suas redes, e estou perdida! Decaí! Mas tenho asco dele, e de ti... Separavam-nos, interceptavam as cartas que eu te escrevia, e quem fazia tudo isso era aquele homem imoral, aproveitando-se de sua única qualidade boa, da semelhança contigo. Em todo caso, pode-se ser feio por fora, mas cativar com sua inteligência, com seu sentimento forte e suas maneiras agradáveis... Estou perecendo! Casam-me à força, e quem mais intriga aqui é meu genitor e meu benfeitor, o servidor de quinta classe Olsúfi Ivânovitch, desejando, quem sabe, valer-se do meu lugar e das minhas relações na sociedade de alto nível... Mas já tomei minha decisão e lanço mão de todos os meios que a natureza me forneceu para protestar. Espera por mim, com tua carruagem, hoje, às nove horas em ponto, sob as janelas do apartamento de Olsúfi Ivânovitch. Temos de novo um baile; virá um tenente bonito. Vou sair, e voaremos embora. Existem, ademais, outros cargos públicos em que se pode ainda ser útil à pátria. Em todo caso, lembra-te, meu amigo, de que a inocência já é forte por ser inocente. Adeus. Espera, com tua carruagem, ao portão. E me atirarei em teus braços, para que me defendas, precisamente às duas horas da madrugada.

Tua até o túmulo,
Klara Olsúfievna.

Ao ler essa carta, nosso protagonista ficou, por alguns minutos, como que perturbado. Terrivelmente angustiado, terrivelmente emocionado, pálido qual um lenço, com a carta nas mãos, deu umas voltas pelo cômodo, despercebendo, para o cúmulo de sua situação calamitosa, que era, no momento presente, o objeto da atenção exclusiva de todos os que estavam ali. Decerto eram a desordem de seu traje, sua emoção incontida, seu caminhar ou, melhor dito, sua correria e a gesticulação de ambas as mãos, talvez algumas palavras misteriosas, jogadas, por mera distração, ao vento... era, sem dúvida, tudo isso que recomendava bastante mal o senhor Goliádkin à opinião de todos os fregueses, tanto assim que até mesmo o criado de mesa passou a mirá-lo, vez por outra, com certas suspeitas. Recompondo-se, nosso protagonista notou que estava postado no meio do cômodo e olhava de modo impolido, quase indecente, para um velhinho de aparência assaz respeitável, o qual, depois de almoçar e de rezar a Deus perante um ícone, voltara a sentar-se e não despregava mais, por sua vez, os olhos do senhor Goliádkin. Confuso como estava, nosso protagonista olhou ao seu redor e percebeu que todos, decididamente todos, encaravam-no com o ar mais sinistro e desconfiado possível. De súbito, um militar reformado, com a gola vermelha, exigiu em voz alta que lhe trouxessem *As notícias policiais.*[4] O senhor Goliádkin estremeceu e enrubesceu: abaixou, de certo modo involuntário, os olhos e viu que usava um traje tão indecente que não daria para usá-lo nem sequer em casa, muito menos num lugar público. As botas, a calça e todo o flanco esquerdo desse traje estavam cobertos de lama, a barra da calça se desprendera do lado direito; quanto à casaca, até mesmo se rasgara em vários lugares. Dominado pela sua angústia

[4] Jornal dos órgãos policiais de São Petersburgo, editado de 1839 a 1917, que continha a descrição dos crimes e acidentes ocorridos na capital russa.

inexaurível, nosso protagonista retornou à mesa, junto da qual ficara lendo, e viu que um funcionário da taberna vinha em sua direção e que o rosto dele tinha uma expressão algo estranha e ousadamente insistente. Perturbando-se e murchando de vez, passou a examinar a mesa junto da qual estava agora postado. Os pratos, que não tinham sido recolhidos após um almoço alheio, estavam em cima daquela mesa; um guardanapo emporcalhado, uma faca, um garfo e uma colher, que acabavam de ser usados, também estavam largados ali. "Quem foi, pois, que almoçou, hein?", pensou nosso protagonista. "Por acaso fui eu? Tudo é possível mesmo! Almocei e nem reparei nisso... O que tenho, pois, a fazer?" Reerguendo os olhos, o senhor Goliádkin viu novamente o criado de mesa que estava ao seu lado e se dispunha a dizer-lhe alguma coisa.

— Quanto lhe devo, maninho? — perguntou nosso protagonista, com uma voz trêmula.

Um riso sonoro explodiu em volta do senhor Goliádkin; até mesmo o criado de mesa sorriu. O senhor Goliádkin compreendeu que errara naquilo também e acabara fazendo uma tolice das grandes. Ao compreender tudo, ficou tão confuso que teve de enfiar a mão no bolso para tirar seu lenço, decerto com o propósito de fazer qualquer coisa e de não ficar ali plantado à toa, porém, para sua surpresa indescritível e a de todos os que o rodeavam, tirou, em vez do lenço, o frasco daquele medicamento que lhe fora prescrito, havia uns quatro dias, por Krestian Ivânovitch. "Os medicamentos são da mesma botica": foi o que surgiu de relance na mente do senhor Goliádkin... De chofre, ele estremeceu e por pouco não gritou de pavor. Era uma luz nova que vinha alumiando... Um líquido escuro, avermelhado, repugnante brilhou, com um reflexo sinistro, ante os olhos do senhor Goliádkin... Caindo das suas mãos, o frasco se quebrou logo. Nosso protagonista deu um grito e saltou para trás, ficando a uns dois passos daquele líquido derramado... Tremiam-lhe todos os membros, e o suor lhe brotava nas têmporas e na testa: "É que uma vida está em perigo!". Enquanto isso, houve uma movimentação, uma agitação no cômodo: todos cercavam o senhor Goliádkin, todos falavam com o senhor Goliádkin, alguns chegavam mesmo a segurar o senhor Goliádkin. No entanto, nosso protagonista permanecia mudo, imóvel, sem ver nem ouvir nem sentir nada... Por fim, como que arrancado do seu lugar, saiu correndo da taberna, afastando, aos empurrões, todos os que buscavam retê-lo e cada um deles, caiu, quase exânime, dentro do primeiro *drójki* de aluguel que encontrou e foi voando para casa.

Deparou-se, no *sêni* de seu apartamento, com Mikhéiev, o guarda departamental, com um envelope timbrado nas mãos. "Sei, meu amigo, sei de tudo", respondeu, com uma voz fraca e angustiada, nosso protagonista exausto. "É oficial..." E, realmente, estava naquele envelope uma ordem endereçada ao senhor Goliádkin e assinada por Andrei Filíppovitch, a de repassar as tarefas de que vinha cuidando a Ivan Semiônovitch. Pegando o envelope e dando uma *grivna* ao guarda, o senhor Goliádkin entrou em seu apartamento e viu que Petruchka estava preparando e juntando, numa pilha só, todos os seus cacarecos e tralhas, todos os seus pertences, com a evidente intenção de abandonar o senhor Goliádkin e de se mudar para o apartamento de Carolina Ivânovna, a qual o teria aliciado, para substituir lá o tal de Yevstáfi.

CAPÍTULO XII

Petruchka entrou aos meneios, portando-se de certo modo estranhamente negligente, com uma expressão servil e, ao mesmo tempo, solene na cara. Dava para perceber que tramara alguma coisa, sentindo que estava plenamente com seu direito e aparentando ser alguém totalmente alheio, ou seja, alguém que não servisse mais, coisa nenhuma, ao senhor Goliádkin e, sim, a qualquer outra pessoa ali.

— Pois bem: está vendo, meu caro... — começou nosso protagonista, arfante. — Que horas são, meu querido?

Calado, Petruchka foi para trás do tabique, depois retornou e declarou, num tom assaz independente, que seriam logo sete horas e meia.

— Está bem, meu caro, está bem. É que, meu caro... permita que lhe diga, meu querido, que agora está tudo acabado, pelo que parece, entre nós.

Petruchka se mantinha calado.

— Pois bem: agora que está tudo acabado entre nós, diga-me agora sinceramente, como se eu fosse um amigo seu, onde você estava, maninho.

— Onde estava? Em meio à gente boa.

— Sei, meu amigo, sei. Sempre estive contente com você, meu caro, e lhe darei minhas referências... Pois então anda agora com eles lá?

— Como não, já que o senhor mesmo se digna a saber disso? Pois é claro: uma boa pessoa não ensina coisas ruins.

— Sei, meu caro, sei. As pessoas boas são raras hoje em dia, meu amigo: veja se as preza, amigo meu. Pois bem... mas como estão eles lá?

— Sabemos como estão... Só que não posso mais servir ao senhor agora, e o senhor mesmo se digna a saber disso.

— Sei, meu querido, sei; conheço sua dedicação e seu zelo; vi tudo isso, amigo meu, e reparei nisso. Eu, meu amigo, respeito você. Respeito qualquer homem bom e honesto, mesmo que seja um lacaio.

— Pois bem, sabemos! É que nossa laia fica, por certo, onde for melhor, e o senhor mesmo se digna a saber disso. É isso aí, pois. Por mim... É claro, meu senhor, que não dá para viver sem gente boa.

— Está bem, maninho, está bem: eu sinto isso... Aqui está seu dinheiro, pois, e aqui estão suas referências. Beijemo-nos agora, maninho, e despeçamo-nos... Pois bem, meu querido: agora lhe pedirei mais um serviço, o último — disse o senhor Goliádkin, num tom solene. — Está vendo, meu querido: tudo pode acontecer. A desgraça se esconde até mesmo nos palácios dourados, amigo meu, e não há como escaparmos dela. Sabe, meu amigo... parece que sempre o tratei com carinho...

Petruchka se mantinha calado.

— Parece que sempre o tratei com carinho, meu querido... Pois bem: quantas roupas é que temos agora aí, meu querido?

— Pois estão todas aqui. Seis camisas de lona; três pares de *karpetkas*;[1] quatro peitilhos; uma malha de flanela; duas peças de roupa de baixo. Está tudo aqui, e o senhor mesmo sabe disso. Eu, meu senhor... nada que seja seu... Eu, meu senhor, guardo os bens senhoris. Pois eu, meu senhor... aquilo ali... sabemos... mas, quanto a pecar de algum jeito ali... nunca, meu senhor, e disso o senhor mesmo sabe...

— Acredito, amigo meu, acredito. Só que não falo disso, meu amigo, não falo. Está vendo, meu amigo, é o seguinte...

— É claro, meu senhor, é disso que sabemos mesmo. Ainda quando servia ao general Stolbniakov, pois, ele me deixava sair e ia, ele mesmo, a Sarátov...[2] que tem uma fazenda por lá...

— Não, meu amigo, não é isso; está tudo bem... não pense aí, meu querido amigo, em coisa alguma...

— Sabemos. Pois o senhor mesmo se digna a saber que não se demora muito a denegrir esta nossa laia. Só que ficaram contentes comigo em todo lugar. Já foram ministros, generais, senadores e condes. Já estive na casa de todos: na do príncipe Svintchiátkin, na do coronel Perebórkin, na do general Nedobárov... e eles também nos visitavam e vinham à fazenda em que servíamos. Sabemos, pois...

— Sim, meu amigo, sim; está bem, meu amigo, está bem. Pois eu também, meu amigo, agora vou embora... Cada qual tem seu caminho próprio, meu querido, e não se sabe que caminho cada qual pode tomar. Pois bem, meu amigo: traga agora minhas roupas, pois... ah, sim, veja se põe meu uniforme também... outra calça, lençóis, cobertas, travesseiros...

---

[1] Meias (corruptela da palavra polonesa *skarpetka*).
[2] Grande cidade localizada às margens do rio Volga.

— Manda fazer uma trouxa disso tudo?

— Sim, meu amigo, sim; faça mesmo, talvez, uma trouxa... Quem sabe o que pode acontecer à gente. Pois bem, e agora, meu querido, você vai lá e procura uma carruagem...

— Uma carruagem?...

— Sim, meu amigo, uma carruagem, bastante espaçosa e por um bocado de tempo. Mas você, meu amigo, não pense em nada aí...

— Será que deseja ir para longe?

— Não sei, meu amigo, disso tampouco sei. O edredom também, creio eu... será preciso que o coloque lá. E o que você mesmo acha, amigo meu? Estou contando com você, meu caro...

— Pois é agora mesmo que se digna a partir?

— Sim, meu amigo, sim! Houve uma circunstância daquelas... pois é isso aí, meu querido, é isso aí, pois...

— É claro, meu senhor: em nosso regimento também houve a mesma coisa, com um tenente... lá, de um fazendeiro... raptou, pois...

— Raptou?... Como assim? Mas você, meu querido...

— Raptou, sim, e se casaram num sítio por lá. Estava tudo pronto de antemão. Até houve uma perseguição, só que o finado príncipe... defendeu e... pois bem: o problema ficou resolvido.

— Casaram-se, pois... Mas você mesmo, meu caro... de que maneira, meu querido, é que você sabe disso?

— Sabemos, pois, e acabou-se! O rumor, meu senhor, enche a terra.[3] Sabemos de tudo, meu senhor... por certo, quem é que já não pecou? Só que lhe direi agora, meu senhor... permita que lhe diga simplesmente, meu senhor, como um servo que sou: se for desse jeito agora, então lhe direi, meu senhor, que tem um inimigo aí, tem um rival, meu senhor, um rival forte, assim...

— Sei, meu amigo, sei, e você mesmo, meu querido, sabe... Pois então estou contando com você. O que teríamos a fazer agora, meu amigo? O que você me aconselharia?

— Pois então, meu senhor, se for agora, digamos assim, proceder desse jeito aí, meu senhor, terá de comprar umas coisas, digamos, lençóis, travesseiros, um edredom diferente, o de casal, e uma coberta das boas... É que na casa de nossa vizinha, aqui embaixo (é uma burguesa,

[3] Ditado russo.

meu senhor), há um bom *salope*[4] de raposa, e a gente pode vê-lo, pois, e comprá-lo... até que se pode ir agora mesmo e vê-lo. É que precisa agora dele, meu senhor: um *salope* muito bom, forrado de cetim, daquela pele de raposa, sabe?

— Está bem, meu amigo, está bem: concordo, meu amigo, e estou contando com você, contando plenamente, nem que seja aquele *salope* mesmo, meu querido... Mas rápido, rápido! Pelo amor de Deus, vá depressa! Comprarei o *salope* também, mas, por favor, vá depressa! Já são quase oito horas... rápido, meu amigo, pelo amor de Deus! Rápido, meu amigo, depressa!...

Petruchka largou a trouxa inacabada de roupas de baixo, travesseiros, cobertas, lençóis e semelhantes badulaques, que começara a juntar e a amarrar todos juntos, e saiu, correndo em disparada, do quarto. Enquanto isso, o senhor Goliádkin se agarrou mais uma vez àquela carta, porém não conseguiu lê-la. Segurando sua pobre cabeça com ambas as mãos, encostou-se, atordoado, numa parede. Não conseguia pensar em nada, tampouco fazer qualquer coisa que fosse, nem sabia direito, ele mesmo, o que se dava com ele. Por fim, vendo que o tempo ia passando, mas nem Petruchka nem o tal *salope* tinham ainda aparecido, o senhor Goliádkin resolveu ir lá pessoalmente. Abrindo a porta do *sêni*, ouviu, lá embaixo, barulho e burburinho, discussão e altercação... Várias vizinhas estavam tagarelando, gritando, julgando, deliberando a respeito de algo, e o senhor Goliádkin sabia, desde já, a respeito de quê. Ouvia-se a voz de Petruchka, depois ressoaram os passos de alguém. "Deus meu Senhor! Eles vão chamar o mundo inteiro para cá!", gemeu o senhor Goliádkin, torcendo os braços por desespero e precipitando-se de volta ao seu quarto. Uma vez lá, desabou, quase inconsciente, sobre o sofá e meteu o rosto no travesseiro. Ao ficar, por um minutinho, deitado dessa maneira, levantou-se num pulo e, sem mais esperar por Petruchka, pôs suas galochas, seu chapéu, seu capote, pegou sua carteira e correu em disparada escada abaixo. "Não preciso de nada, de nada, meu querido! Farei tudo eu mesmo, tudo! Não preciso, por ora, de você; enquanto isso, quem sabe se tudo não melhorará mesmo", murmurou o senhor Goliádkin, dirigindo-se a Petruchka que encontrara na escada; depois saiu correndo do prédio e do seu pátio: seu coração parava de bater,

[4] Espécie de largo manto feminino (corruptela do arcaico termo francês).

ele não ousava ainda... Como devia agir, o que tinha a fazer, como lhe cumpria proceder nesse caso presente e crítico?...

— É isso aí: como proceder, Deus meu Senhor? Mas tinha de acontecer tudo isso! — exclamou finalmente, desesperado, ao passo que claudicava a esmo, indo para onde seus olhos se voltassem, pela rua. — Tinha de acontecer tudo isso, hein? É que, se não houvesse nada disso, justamente disso aí, tudo se arranjaria: de uma vez por todas, com um só golpe, com um golpe destro, enérgico e firme é que se arranjaria. Nem que me cortem um dedo, juro que se arranjaria, sim! E até mesmo sei de que maneira, notadamente, é que se arranjaria. Tudo isso se faria desta maneira: eu cá, digamos, assim e assado, e para mim, prezado senhor, se é que me permite dizer, nem isto nem aquilo; os negócios, digamos, não são feitos daquele jeitinho; digamos, prezado senhor, meu prezado senhor, os negócios não são feitos mesmo daquele jeitinho, e não adianta usar de imposturas; o impostor, meu prezado senhor, é um homem assim, imprestável, que não tem serventia para a pátria. Será que entende isso? Será que entende isso, digamos, meu prezado senhor? Assim, pois, é que seria aquilo ali... Aliás, não, por quê... não é aquilo ali, coisa nenhuma, nem de longe... Por que estou papeando, besta quadrada que sou? Eu cá, um suicida daqueles! Pois aquilo ali, digamos, seu suicida daqueles, não é nem de longe... No entanto, seu homem devasso, é assim que agora se faz aquilo ali!... Pois bem: onde é que me meterei agora? O que é que vou, por exemplo, fazer agora comigo mesmo? Para que é que sirvo agora? Mas para que é que tu serves agora, digamos assim, um Goliádkin daqueles que és, um indigno daqueles? Pois bem, e agora? Preciso alugar uma carruagem: pega, digamos, uma carruagem e traz para ela; vamos, digamos assim, molhar os pezinhos, se não houver uma carruagem... Pois então: quem poderia pensar naquilo? Ai, que donzela, ai, minha senhorita, ai, mocinha de boa conduta, ai, essa nossa louvada! Destacou-se, hein, minha senhorita, destacou-se e nada mais a dizer!... Pois aquilo tudo ocorre por causa da imoralidade de nossa educação, e eu cá, agora que examinei e adivinhei tudo aquilo, estou percebendo que não ocorre por nenhum outro motivo senão por imoralidade. Bem que deviam tê-la... desde cedo, aquilo ali... com a vara, às vezes, mas eles a empanturram de bombons e de outros doces ali, e o próprio velhote anda choramingando sobre ela: digamos, minha assim, minha assada, minha boazinha, e vou, digamos, casá-la com um conde!... E foi aquilo ali que ela se tornou, lá com eles, e nos mostrou agorinha as suas cartas: nosso jogo, digamos, é esse mesmo! Em vez de tê-la deixado, desde cedo, em casa, mandaram-na para uma pensão, para uma *Madame* francesa qualquer, para a tal emigrante Falbala, e eis que aprende umas coisinhas boas com a tal emigrante Falbala, e eis que se faz tudo daquele jeitinho ali. Venham, digamos, e alegrem-se! Digamos, fique na carruagem, a tal e tal hora, sob as janelas e cante uma romança sensível em espanhol; espero pelo senhor e sei que me ama, e vamos fugir juntos e moraremos numa cabana. Mas, afinal, não se pode: não é possível, minha senhorita, se é que se trata mesmo daquilo ali, mas é proibido por leis, inclusive, levar uma moça honesta e inocente embora da casa dos pais, sem que eles anuam a tanto! Mas, afinal, por que mesmo, com que intuito, e qual seria a necessidade? Casar-se-ia, afinal, com quem de direito, com quem fosse designado pelo destino, e ponto-final. E eu cá sou um servidor público, e eu cá posso perder meu emprego por causa daquilo, e eu cá, minha senhorita, posso ser julgado por causa daquilo... pois é isso aí, se você não sabia ainda! É aquela alemã quem está trabalhando. É por causa dela, daquela bruxa, que tudo acontece, e a confusão toda se apronta por obra dela. É que caluniaram o homem, é que inventaram aquela lorota das *babas* acerca dele, aquela história mirabolante, a conselho de Andrei Filíppovitch: é por isso que acontece. Senão, por que é que Petruchka teria de se intrometer? O que tem a ver com aquilo? Que necessidade é que teria aquele velhaco? Não posso, não, minha senhorita; não posso de jeito nenhum nem por nada no mundo... E veja a senhorita se me desculpa, de algum modo aí, dessa vez. É por causa da senhorita que tudo acontece; não é por causa da alemã que tudo acontece, não é por causa da bruxa, coisa nenhuma, mas puramente por sua causa, pois a tal bruxa é uma mulher bondosa, pois a tal bruxa não tem culpa de nada, mas quem tem culpa, sim, é a senhorita: pois é isso aí! É a senhorita quem me expõe às calúnias, é a senhorita, sim... Um homem está perecendo aqui, um homem está sumindo por si só e não consegue deter a si mesmo, então que casamento é que poderia haver? E como é que tudo isso vai acabar, e como é que se arranjará? Eu pagaria caro para saber disso tudo!...

Assim raciocinava, naquele seu desespero, nosso protagonista. Recobrando-se de supetão, percebeu que estava postado algures na rua Litéinaia. O tempo estava horrível: havia um degelo, nevava, chovia...

precisamente como naquele momento inesquecível em que tinham começado, àquela tétrica meia-noite, todos os infortúnios do senhor Goliádkin. "Mas que viagem é que poderia haver?", pensava o senhor Goliádkin, observando esse tempo. "Mas é uma morte geral... Deus meu Senhor, mas onde é que eu acharia, por exemplo, uma carruagem aqui? Parece que algo está negrejando lá, na esquina. Vamos ver, vamos perscrutar... Deus meu Senhor!", continuava nosso protagonista, dirigindo seus passos débeis e trôpegos para aquele lado em que vira algo semelhante a uma carruagem. "Não, vou fazer o seguinte: irei lá, ficarei prosternado aos pés e rogarei, se puder, com humilhação. Digamos, assim e assado: coloco este destino meu nas mãos de Vossa Excelência, nas de minha chefia; proteja, digamos, e favoreça este homem aqui; assim e assado, pois, coisa tal e tal coisa, um ato contrário às leis; não me destrua, que o tomo pelo meu pai, não me abandone... salve meu amor-próprio, minha honra, meu nome e meu sobrenome... salve-me daquele facínora, daquele homem corrompido... É outro homem, Excelência, e eu também sou um outro; ele está à parte, e eu também vivo por mim mesmo; juro a Vossa Excelência que vivo por mim mesmo, juro que sim... digamos, é isso aí, pois. Não posso ser parecido com ele, digamos; então mude, tenha a bondade de mudar, ordene que mudem, que aniquilem aquele ludíbrio ímpio e arbitrário... para os outros não o fazerem, Excelência. Tomo-o pelo meu pai; é claro que nossa chefia, nossa chefia benfazeja e desvelada, deve incentivar tais gestos... Há mesmo algo cavalheiresco nisso. Tomo-o, digamos, meu chefe benfazejo, pelo meu pai e lhe confio este meu destino, e não vou contradizê-lo: assim me fio ao senhor e me afasto, eu mesmo, das minhas funções... é isso aí, digamos!"

— É cocheiro, meu caro, não é?

— Sou...

— Seu carro, mano, por uma noite...

— Será que se digna a ir longe?

— Por uma noite, por uma noite; aonde quer que eu tenha de ir, meu querido, aonde quer que eu tenha de ir.

— Será que se digna a ir para fora da cidade?

— Sim, meu amigo, talvez para fora da cidade também. Nem eu mesmo sei ainda ao certo, meu amigo, nem posso dizer a você, meu querido, com toda a certeza. É que está vendo, meu querido: talvez ainda melhore tudo. Sabemos, meu amigo...

— É claro que sabemos, meu senhor, é claro; queira Deus que qualquer um saiba...

— Sim, meu amigo, sim; agradeço-lhe, meu querido... Pois bem: quanto é que vai cobrar, meu querido?...

— O senhor se digna a ir agora?

— Sim, agora, quer dizer, não: esperará por mim em algum lugar... assim, um pouquinho, por pouco tempo é que esperará, meu querido...

— Mas, caso o senhor alugue pela noite toda e com esse tempo que faz, então não dá para cobrar menos de seis rublos...

— Está bem, meu amigo, está bem, pois... e lhe ficarei grato, meu querido. E você me levará agora, pois, meu querido.

— Suba então; permita que eu arrume um pouco aqui; digne-se a subir agora. Aonde manda que eu vá?

— À ponte Ismáilovski, meu amigo.

O cocheiro daquele carro de aluguel empoleirou-se na boleia e fez uma parelha de rocins descarnados, que penou bastante em arrancar da sua cuba de aveia, rumar para a ponte Ismáilovski. De súbito, o senhor Goliádkin puxou a cordinha, parou o carro e pediu, com uma voz suplicante, que o cocheiro voltasse sem ter ido até a ponte Ismáilovski e virasse para outra rua. O cocheiro virou para a tal rua, e, dez minutos depois, a carruagem recém-adquirida do senhor Goliádkin parou diante do prédio em que morava Sua Excelência. O senhor Goliádkin desceu do carro, pediu, mui encarecidamente, que o cocheiro esperasse por ele e subiu correndo, de coração desfalecente, ao primeiro andar. Puxou a corda da campainha, a porta se abriu, e nosso protagonista entrou na antessala de Sua Excelência.

— Sua Excelência se digna a estar em casa? — perguntou o senhor Goliádkin, dirigindo-se, desse modo, ao lacaio que lhe abrira a porta.

— O que deseja? — inquiriu o lacaio, examinando o senhor Goliádkin dos pés à cabeça.

— É que, meu amigo, eu... aquilo ali... O funcionário Goliádkin, o servidor de nona classe Goliádkin. Digamos, assim e assado, para nos explicarmos...

— Espere: o senhor não pode...

— Amigo meu, não posso esperar: meu assunto é importante... é um assunto inadiável...

— Mas quem o mandou? Está com papéis?...

— Não, meu amigo: vim por mim mesmo... Anuncie, meu amigo: digamos, assim e assado, para nos explicarmos. E lhe ficarei grato, meu querido...

— Não pode. Mandou não receber ninguém, que tem convidados hoje. Venha amanhã de manhã, às dez horas...

— Anuncie, pois, meu querido, que não posso esperar... não é possível que fique esperando... Pois você, meu querido, será responsabilizado por isso...

— Vai anunciar, ora... Será que faz pena gastares as botas? — disse outro lacaio, que se refestelava num *zalávok*[5] e não articulara, até então, uma só palavra.

— Gastares as botas! Mandou não receber ninguém, sabes? A vez deles é pela manhã.

— Anuncia, pois... Será que tua língua vai cair?

— Vou anunciar, sim, e minha língua não vai cair. Só que mandou não receber, está dito. Entre no quarto, venha.

O senhor Goliádkin entrou no primeiro cômodo; havia um relógio em cima da mesa. Consultou-o: eram oito horas e meia. Seu coração passou a doer surdamente. Já queria voltar, mas, nesse exato momento, um lacaio esgrouviado, que se postara no limiar do próximo cômodo, anunciou, alto e bom som, o sobrenome do senhor Goliádkin. "Eta, que goela!", pensou, numa angústia indescritível, nosso protagonista. "Bem que poderia dizer: aquilo ali... digamos, assim e assado, já que ele veio, dócil e humildemente, para se explicar, então... aquilo ali... queira o senhor recebê-lo... E agora o negócio todo está estragado: eis que todo o negócio meu foi pelos ares... De resto... pois bem: não é nada..." Não tinha, aliás, em que refletir. O lacaio retornou, disse "por favor" e introduziu o senhor Goliádkin no gabinete.

Quando nosso protagonista entrou, sentiu-se como que cego, porquanto não viu decididamente nada. Foram, aliás, dois ou três vultos que surgiram de relance aos seus olhos. "Ah, sim, os convidados", foi o que passou pela cabeça do senhor Goliádkin. E eis que nosso protagonista discerniu claramente uma estrela sobre a casaca preta de Sua Excelência, depois, mantendo a gradualidade, enxergou toda aquela casaca preta e, afinal, obteve a capacidade de contemplação plena...

---

[5] Caixa comprida e provida de tampa, usada como banco ou cama (arcaísmo russo).

— O quê? — disse, acima do senhor Goliádkin, uma voz conhecida.

— O servidor de nona classe Goliádkin, Excelência.

— Pois então?

— Vim para me explicar...

— Como?... O quê?...

— É o seguinte. Digamos, assim e assado, vim para me explicar, Excelência...

— Mas o senhor... mas quem é o senhor?...

— O se-se-senhor Goliádkin, Excelência, servidor de nona classe.

— E de que é que está precisando?

— Digamos, assim e assado, tomo o senhor pelo meu pai e me afasto, eu mesmo, das minhas funções, mas... proteja-me do meu inimigo... é isso aí!

— O que é?...

— Sabemos...

— Sabemos de quê?

O senhor Goliádkin se calou; seu queixo começava, aos poucos, a tremelicar...

— Pois então?

— Eu achava que fosse algo cavalheiresco, Excelência... que houvesse algo cavalheiresco aí, digamos, e tomava meu chefe pelo meu pai... digamos, assim e assado, proteja... pe... peço-lhe com lá... com lágrimas, e deve-ve... deveria in-in-incentivar tais ge-gestos...

Sua Excelência virou-lhe as costas. Por alguns instantes, nosso protagonista não pôde enxergar nada com seus olhos. Premia-lhe o peito. Sua respiração se interrompia. Ele não sabia mais nem sequer onde estava... Sentia-se, de certa forma, envergonhado e entristecido. Só Deus sabe o que sobreveio depois...

Ao recompor-se, nosso protagonista percebeu que Sua Excelência estava falando com seus convidados e como que discutindo, enérgica e rispidamente, algum assunto com eles. O senhor Goliádkin reconheceu logo um desses convidados: era Andrei Filíppovitch. Quanto ao outro, não o reconheceu, porém seu semblante lhe pareceu também algo familiar: era um homem alto, robusto, já entrado em anos, agraciado com sobrancelhas e costeletas assaz espessas, e um olhar expressivo e penetrante. Esse desconhecido portava uma ordem no pescoço e tinha um charutinho na boca. Estava fumando e, sem tirar o charuto da boca, abanava, de modo significativo, a cabeça e, vez por outra, olhava de relance para o senhor Goliádkin. E o senhor Goliádkin se sentiu, de certa forma, embaraçado: desviou, pois, os olhos e logo avistou mais um convidado bastante estranho. Às portas que nosso protagonista tomava, até então, por um espelho, como já lhe acontecera, certa vez, antes, apareceu *ele*... sabemos quem foi: aquele conhecido íntimo e amigo do senhor Goliádkin. De fato, o senhor Goliádkin Júnior estivera, até então, num outro comodozinho, apressando-se a escrever algo, mas, agora que se precisava, pelo visto, dele, apareceu com alguns papéis debaixo do braço, aproximou-se de Sua Excelência e conseguiu mui habilmente, na expectativa de uma atenção exclusiva à sua pessoa, intrometer-se na conversa e na discussão, tomando seu lugar um tanto atrás de Andrei Filíppovitch e escudando-se em parte com o desconhecido a fumar o charutinho. O senhor Goliádkin Júnior aparentava interessar-se sobremaneira por aquela conversa que ora escutava à sorrelfa, do modo mais nobre possível, balançando a cabeça, saltitando em suas perninhas, sorrindo, olhando, a cada minuto, para Sua Excelência, como se lhe implorasse, com o olhar, que lhe permitisse também inserir sua meia palavra. "Vilão!", pensou o senhor Goliádkin e deu, sem querer, um passo para a frente. Nesse meio-tempo, o general se virou e se achegou, também assaz indeciso, ao senhor Goliádkin.

— Está bem, pois, está bem: vá com Deus. Hei de examinar seu assunto e mandarei que o acompanhem... — Então o general olhou para o desconhecido das costeletas espessas. Ele inclinou a cabeça em sinal de anuência.

O senhor Goliádkin sentia e compreendia claramente que o tomavam por algo diferente em vez de tratá-lo como se deveria. "De um jeito ou de outro, mas é preciso que nos expliquemos", pensou. "Digamos, assim e assado, Excelência." Então, perplexo como estava, abaixou os olhos e, para sua extrema surpresa, viu uma mancha branca, de tamanho considerável, sobre as botas de Sua Excelência. "Será que estouraram?", pensou o senhor Goliádkin. Logo, porém, descobriu que as botas de Sua Excelência não tinham estourado de modo algum, mas apenas reverberavam demais, fenômeno inteiramente explicado pelo fato de essas botas serem envernizadas e brilharem muito. "Isso se chama *reflexo*", pensou nosso protagonista, "e esse termo se conserva especialmente nos estúdios dos pintores, enquanto noutros lugares o tal reflexo se chama *aresta clara*." Então o senhor Goliádkin reergueu os olhos e viu que estava na hora de falar, porque o negócio todo podia muito bem acabar piorando... Nosso protagonista deu um passo para a frente.

— Digamos, assim e assado, Excelência — disse —, mas não adianta usar, neste século nosso, de imposturas.

O general não respondeu nada, mas puxou, com força, a corda da campainha. Nosso protagonista deu mais um passo para a frente.

— É um homem vil e corrompido, Excelência — disse, sem se lembrar mais de si próprio, entorpecendo de medo, mas, ainda assim, apontando, corajosa e resolutamente, para seu gêmeo indigno, o qual saltitava, naquele momento, ao lado de Sua Excelência. — Digamos, assim e assado, mas estou aludindo a certa pessoa conhecida.

Uma movimentação geral se seguiu às palavras do senhor Goliádkin. Andrei Filíppovitch e o figurão desconhecido passaram a abanar as cabeças, enquanto Sua Excelência puxava com a força toda, impaciente como ficara, a corda da campainha, chamando pela criadagem. Então o senhor Goliádkin Júnior deu, por sua vez, um passo para a frente.

— Peço com humilhação — disse — que Vossa Excelência me permita falar. — Havia, naquela voz do senhor Goliádkin Júnior, algo extremamente resoluto; aliás, tudo nele indicava que se sentia plenamente com seu direito.

— Permita que eu lhe pergunte... — recomeçou, antecipando, com esse seu zelo, a resposta de Sua Excelência e dirigindo-se, dessa vez, ao senhor Goliádkin. — Permita que lhe pergunte: na presença de quem o senhor se explica dessa maneira aí? Na frente de quem está o senhor, no gabinete de quem é que está?... — O senhor Goliádkin Júnior estava tomado de uma emoção extraordinária, todo vermelho e ardente de indignação e de ira; até mesmo as lágrimas tinham brotado em seus olhos.

— Senhores Bassavriukov! — esgoelou-se o lacaio, aparecendo às portas do gabinete. "Uma boa família fidalga, originária da Rússia Pequena",[6] pensou o senhor Goliádkin e logo sentiu alguém lhe apertar o dorso, de forma assaz amigável, com uma mão; a seguir, outra mão também lhe pousou sobre o dorso; o pífio gêmeo do senhor Goliádkin requebrava-se pela frente, mostrando o caminho, e eis que nosso protagonista se viu, com clareza, dirigido, aparentemente, rumo àquelas

[6] Ucrânia, que fazia parte do Império Russo.

grandes portas do gabinete. "Exatamente como na casa de Olsúfi Ivânovitch", pensou, vendo-se já na antessala. Ao olhar à sua volta, avistou por perto dois lacaios de Sua Excelência e um gêmeo seu.

— Capote, capote, capote, o capote desse amigo meu! O capote do meu melhor amigo! — pôs-se a gorjear o homem depravado, arrancando o capote das mãos de um dos lacaios e jogando-o, por mera galhofa vil e desfavorável, sobre a cabeça do senhor Goliádkin. Livrando-se do seu capote, o senhor Goliádkin Sênior ouviu claramente o riso dos dois lacaios. Contudo, sem escutar coisa alguma nem atentar em nada que lhe fosse alheio, já estava saindo da antessala e acabou por se ver na escadaria iluminada. O senhor Goliádkin Júnior vinha atrás dele.

— Adeus a Vossa Excelência! — gritou, atrás do senhor Goliádkin Sênior.

— Vilão! — disse nosso protagonista, fora de si.

— Por que logo vilão?...

— Homem devasso!

— Por que logo devasso?... — foi assim que respondeu ao digno senhor Goliádkin seu desafeto indigno e, com a vileza que lhe era peculiar, quedou-se olhando do topo da escadaria, direto e sem pestanejar, bem nos olhos do senhor Goliádkin, como se pedisse que ele continuasse a falar. Nosso protagonista cuspiu de tanta indignação e saiu correndo do prédio; estava tão aniquilado que nem por sombra lembrou quem e como o colocara na carruagem. Ao recobrar-se, viu que o conduziam ao longo do Fontanka. "Vamos, pois, à ponte Ismáilovski?", pensou o senhor Goliádkin... Então quis pensar em mais alguma coisa, porém não pôde, mas era algo tão pavoroso que não daria sequer para explicá-lo... "Pois bem: não é nada!", concluiu nosso protagonista e foi rumando para a ponte Ismáilovski.

CAPÍTULO XIII

... Parecia que o tempo tendia a mudar para melhor. E, de fato, aquela neve molhada que caía, até então, em avalanches inteiras vinha ficando, pouco a pouco, cada vez mais rarefeita e acabou quase cessando de cair. Já se podia enxergar o céu sobre o qual, aqui e acolá, cintilavam as estrelinhas. Apenas estava tudo molhado e lamacento, úmido e sufocante, sobretudo para o senhor Goliádkin que, mesmo sem aquilo tudo, já mal respirava. O capote transmitia, ensopado e mais pesado como ficara, uma espécie de umidade desagradavelmente tépida a todos os membros dele e fazia, com esse seu peso, que lhe fraquejassem as pernas já meio enfraquecidas. Um tremor febril percorria-lhe, com arrepios agudos e ácidos, o corpo todo; a fadiga lhe extraía um suor frio, mórbido, de sorte que o senhor Goliádkin já se esquecera de repetir nesse caso oportuno, com a firmeza e a resolução que lhe eram inerentes, a sua frase predileta de que tudo isso, quem sabe, de algum jeito, sem dúvida ou, talvez, sem falta, acabaria por se arranjar para melhor. "Tudo isso, de resto, não é nada ainda", acrescentou nosso protagonista forte e nunca desalentado, enxugando aquelas gotas de água gelada que lhe escorriam, em todas as direções, pelo rosto, pingando das abas de seu chapéu redondo, tão encharcado que a água não se detinha mais nele. Adicionando, pois, que tudo isso não era nada ainda, nosso protagonista tentou sentar-se num cepo bastante grosso que estava largado perto de uma pilha de lenha, lá no pátio de Olsúfi Ivânovitch. Não dava, por certo, nem para pensar nas serenatas espanholas ou nas escadas de seda, porém se devia pensar mesmo, sim, num cantinho discreto, talvez não muito quente, mas, em compensação, aconchegante e recôndito. Seduzia-o muito, diga-se de passagem, aquele cantinho no *sêni* do apartamento de Olsúfi Ivânovitch em que antes ainda, quase no começo desta história verídica, nosso protagonista passara suas duas horas, plantado entre um armário e uns velhos biombos, em meio a diversos badulaques caseiros, trastes e cacarecos inúteis. É que agora também o senhor Goliádkin estava plantado, já havia duas horas inteiras, e esperava no pátio de Olsúfi Ivânovitch. Entretanto, com relação àquele cantinho de antes, aconchegante e recôndito, existiam agora uns empecilhos antes inexistentes. O primeiro empecilho era que já se apercebera provavelmente, após o incidente ocorrido no último baile de Olsúfi Ivânovitch, daquele lugar, tomando-se certas medidas preventivas a respeito dele; o segundo era que lhe cumpria esperar pelo sinal convencional de Klara Olsúfievna, porquanto havia de existir mesmo, com toda a certeza, algum desses sinais convencionais. Assim se fazia desde sempre, de sorte que, "digamos, não foi a gente que começou nem será a gente que terminará". O senhor Goliádkin se recordou logo nessa ocasião, assim de passagem, de um romance qualquer, lido havia tempos, cuja protagonista avisara Alfred, numa situação bem semelhante, com um sinal convencional, amarrando uma fitinha rosa à sua janela. No entanto, agora, em plena noite e com esse clima de São Petersburgo, conhecido por ser úmido e instável, uma fitinha rosa não poderia ser usada e, numa palavra, seria absolutamente impossível. "Não se trata aqui das escadas de seda, não", pensou nosso protagonista, "mas é melhor que eu fique assim, escondido e caladinho... é melhor que fique, por exemplo, neste lugar" e escolheu um lugarzinho no pátio, bem defronte àquelas janelas, perto de uma pilha de lenha armazenada. É claro que muitas pessoas estranhas, boleeiros, cocheiros e afins, estavam andando pelo pátio; além do mais, as rodas estrondeavam, os cavalos bufavam, *et cætera*, mas, ainda assim, o lugarzinho não deixava de ser cômodo: quer se reparasse nele, quer não se reparasse, mas agora a vantagem era, pelo menos, que o negócio todo se desenrolasse, de certa forma, à sombra, sem ninguém ver o senhor Goliádkin enquanto ele mesmo pudesse ver decididamente tudo. As janelas estavam bem iluminadas: havia uma reunião solene na casa de Olsúfi Ivânovitch. Aliás, a música não se ouvia ainda tocar. "Por conseguinte, não é um baile, mas assim... reuniram-se por outra ocasião qualquer", pensava nosso protagonista, parcialmente entorpecido. "Seria hoje mesmo, aliás?": passou-lhe, num átimo, pela cabeça. "Não errei porventura a data? Pode ser, tudo pode ser... É desse jeitinho que tudo isso pode acontecer... Até pode ser que uma carta tenha sido escrita ontem ainda, só que não chegou até minha casa, e não chegou porque foi Petruchka, aquele velhaco, quem se meteu no meio! Ou escrita amanhã, quer dizer, não é isso... que se deveria fazer tudo amanhã, quer dizer, esperar com a carruagem..." Então nosso protagonista gelou em definitivo e enfiou a mão no bolso para consultar a tal carta. Mas, para sua surpresa, a carta não estava no bolso. "Como assim?", sussurrou o senhor Goliádkin, semimorto. "Onde foi, pois, que a deixei? Quer dizer que a perdi? Só essa é que me faltava!", acabou gemendo em conclusão. "E se for parar agora nas mãos hostis? (E quem sabe se já não foi parar mesmo!) O que é que resultará disso, meu Deus? O resultado será tal que... Ah, este meu destino odioso!" Então o senhor Goliádkin tremeu, como uma folha ao vento, com a suposição de que talvez seu gêmeo indecente tivesse jogado o capote em sua cabeça com o objetivo concreto de surrupiar a carta, da qual ficara sabendo, de algum jeitinho escuso, por intermédio dos inimigos do senhor Goliádkin. "Além disso, ele anda interceptando", pensou nosso protagonista, "e a prova é que... mas que prova!..." E eis que o sangue, após esse primeiro acesso de torpor e pavor, subiu à cabeça do senhor Goliádkin. Gemendo e rangendo os dentes, ele agarrou sua cabeça ardente, deixou-se cair em cima daquele seu cepo e se pôs a pensar em algo... Só que os pensamentos não se conectavam, de certa forma, em sua mente. Surgiam alguns rostos, rememoravam-se, ora imprecisa, ora nitidamente, alguns incidentes esquecidos havia tempos, insinuavam-se em sua cabeça as melodias de umas canções estúpidas... E a angústia, essa angústia sua, era antinatural! "Meu Deus! Meu Deus!", pensou, ao recobrar-se um pouco, nosso protagonista, contendo um surdo soluço no peito. "Concedei-me a firmeza de espírito na profundeza imensurável das minhas calamidades! Já não há mais nem sombra de dúvida de que estou perdido, completamente sumido, e tudo isso faz parte da própria ordem das coisas, pois nem sequer poderia ser de nenhuma outra maneira. Em primeiro lugar, perdi meu emprego, perdi com certeza e não poderia deixar de perdê-lo... Pois bem: suponhamos que tudo se arranje ainda de algum jeito. Suponhamos que meu dinheirinho venha a ser suficiente nessa primeira ocasião, já que vou precisar de um apartamentinho qualquer, de uns moveizinhos ali... Mas, em primeiro lugar, Petruchka não estará mais comigo. Até que posso dispensar o velhaco... e alugar um cantinho dos moradores... está bem, pois! A gente entra e sai quando quiser, e Petruchka não vai resmungar porque venho tarde: é isso aí, é por isso que é bom alugar dos moradores... Pois bem: suponhamos que tudo isso venha a ser bom, mas como eu cá só estou falando de outras coisas, o tempo todo, e não daquelas ali?" Então a ideia de sua situação atual tornou a alumiar a memória do senhor Goliádkin. Olhou ao seu redor. "Ah, Deus meu Senhor! Deus meu Senhor, mas de que é que estou falando agora, hein?", pensou ao agarrar, totalmente perdido, a sua cabeça ardente...

— Será que se digna a ir logo, meu senhor? — disse uma voz, acima do senhor Goliádkin. O senhor Goliádkin estremeceu, porém era o cocheiro que estava em sua frente, também todo encharcado e tomado de frio, o qual, por impaciência e por não ter nada mais a fazer, tivera a veneta de visitar o senhor Goliádkin ali, detrás da lenha empilhada.

— Eu, meu amigo... está tudo bem... Eu, meu amigo, vou logo, logo mesmo: espere por mim apenas...

O cocheiro se retirou, resmungando com seus botões. "Por que é que está resmungando lá?", pensava o senhor Goliádkin, prestes a chorar. "É que o contratei pela noite toda, é que eu... aquilo ali... estou agora com meu direito... É isso aí, pois: contratei pela noite toda, e ponto-final! Nem que fique ali parado, não faz diferença. Depende tudo da minha vontade. Vou, se tiver vontade, e, se não tiver, não vou mesmo. E nem que eu demore cá, atrás desta lenha, isso não é nadica de nada... e não se atreva aí a dizer coisa nenhuma, já que o senhorzinho quer, digamos, ficar atrás desta lenha e fica, pois, atrás dela... e não macula a honra de ninguém: é isso aí! Pois é isso aí, sim, minha senhorita, se é que lhe apetece saber disso. E numa cabana, minha senhorita, digamos, assim e assado, ninguém mora mais neste século nosso. Pois é isso mesmo! E quem não for de boa conduta, minha senhorita, não vinga neste nosso século industrial, e você mesma é um exemplo pernicioso disso... É preciso, digamos, que sejas escriba e mores numa cabana à beira-mar. Pois, primeiro, não há escribas à beira-mar, minha senhorita, e, segundo, nem sequer poderíamos, nós dois, consegui-lo, um escriba desses. Suponhamos assim, por exemplo, que se leve um pedido e se compareça dizendo: assim e assado, digamos, quero ser um escriba e aquilo ali, digamos... e proteja-me do meu inimigo... só que lhe dirão, minha senhorita, aquilo ali, digamos... há muitos escribas aí, e não está aqui com a tal emigrante Falbala, com quem aprendeu essa sua boa conduta, da qual você mesma é um exemplo pernicioso. Quanto à boa conduta, minha senhorita, ela consiste em ficar em casa, respeitar seu pai e não pensar em noivinhos antes do prazo. Quanto aos noivinhos, minha senhorita, há de encontrá-los na hora certa: é isso aí, pois! É claro que se precisa saber usar, indubitavelmente, diversos talentos, quais sejam: tocar, vez por outra, forte-piano, falar francês, entender de história, de geografia, da lei divina e de aritmética — é isso aí, pois! — e mais nada. A cozinha também, além disso: é preciso que toda moça de boa conduta tenha a cozinha em seu campo de conhecimento! Senão, o que é? Em primeiro lugar, minha beldade, minha senhorita prezada, é que não a deixarão ir embora, mas irão correndo em seu encalço, e depois lhe farão um *surcoupe* daqueles, vão mandá-la para um convento. Pois então, minha senhorita: o que mandará que eu mesmo faça então? Mandará, minha senhorita, ir até a colina mais próxima, de acordo com certos romances tolos, e me desfazer em prantos, olhando para os gélidos muros de sua prisão e morrer, afinal, conforme os hábitos de certos ruins poetas e romancistas alemães,[1] não é mesmo, minha senhorita? Mas, primeiro, permita-me que lhe diga amigavelmente que os negócios não são feitos desse jeitinho e, segundo, que açoitaria você direitinho, e seus pais, de resto, também, por terem-na deixado ler aqueles livrinhos franceses, porquanto os livrinhos franceses não ensinam lá coisas boas. Há um veneno neles... um veneno putrefaciente, minha senhorita! Ou está porventura achando, permita que eu lhe pergunte, ou está achando que vamos assim e assado, digamos, fugir impunes e depois, aquilo ali... digamos, uma cabanazinha à beira-mar para a senhorita, e nos poremos a arrulhar, a discutir um bocado de sentimentos, e assim passaremos a vida toda, contentes e felizes, e depois teremos um filhote, e nós dois... aquilo ali... digamos, assim e assado, nosso genitor e servidor de quinta classe Olsúfi Ivânovitch... assim, pois, tivemos um filhote, e portanto, nessa ocasião favorável, veja o senhor se retira a sua maldição e abençoa o casal? Não, minha senhorita, de novo: os negócios não são feitos desse jeitinho, e não haverá, em primeiro lugar, arrulho nenhum: nem se digne a esperar por ele. O marido é, hoje em dia, um senhor, minha senhorita, e uma mulher boa e bem-educada deve agradá-lo em tudo. Quanto aos afagos, minha senhorita, não se gosta deles agora, neste nosso século industrial; passaram, digamos, os tempos de Jean-Jacques Rousseau. O marido volta, por exemplo, faminto da sua repartição, hoje em dia:

---

[1] Alusão a Friedrich Schiller (1759-1805) e outros românticos alemães que se valiam dessas imagens em suas obras.

será que não temos aí, digamos, minha querida, algo para beliscar, uma vodcazinha para beber, um arenquezinho[2] para comer? Assim e assado, pois, minha senhorita: deve ter, desde logo, tanto vodcazinha quanto arenquezinho de prontidão. O marido vai beliscar com apetite e nem sequer olhará para você, mas dirá: vá, digamos assim, à cozinha, minha gatinha, e fique de olho no almoço, e, se acaso a beijar, vai beijá-la uma vezinha por semana, quando muito e com indiferença... Pois é desse jeitinho, minha senhorita, que se faz aqui conosco, e, digamos assim, com indiferença!... Pois é desse jeitinho que vai ser, se raciocinarmos assim, se acaso começarmos mesmo a examinar o assunto sob esse ângulo... E eu cá, o que tenho a ver com isso, hein? Por que foi, pois, minha senhorita, que me envolveu nesses seus caprichos? Digamos, 'homem benfazejo que sofre por mim e é caro, de todo jeito, ao meu coração, e assim por diante'. Mas, primeiro, eu cá, minha senhorita, eu cá não sirvo para você, e você mesma sabe disso: não sou versado em cumprimentos, não gosto de dizer aquelas bagatelas perfumadinhas das damas, não aprecio os tais Céladons[3] nem me destaco, teria de confessá-lo, pela minha figura. Não vai encontrar, aqui conosco, nem fanfarrice nem falsa vergonha, e lhe confessamos tanto agora com toda a sinceridade. É isso aí, digamos: só possuímos este caráter franco e aberto, além do juízo sadio, e não mexemos ali com intrigas. Não sou intrigante, digamos, e me orgulho disso: é isso aí, pois!... Ando sem máscara em meio à gente boa e, para lhe dizer tudo mesmo..."

De súbito, o senhor Goliádkin estremeceu. A barba de seu cocheiro, ruiva e encharcada em definitivo, surgiu outra vez detrás da pilha de lenha...

— Já vou, meu amigo; eu, meu amigo, vou logo, sabe? Eu, meu amigo, vou logo... — respondeu o senhor Goliádkin, com uma voz trêmula e angustiada.

O cocheiro coçou a nuca, depois alisou a barba, depois deu um passo para a frente... parou e olhou para o senhor Goliádkin com desconfiança.

---

[2] Peixe muito apreciado por seu sabor, proveniente do mar Báltico e de outros mares setentrionais.

[3] Trata-se do protagonista galante do romance *L'Astrée*, do escritor francês Honoré d'Urfé (1567-1625), composto de 5 tomos com 12 partes cada, 40 episódios e 5399 páginas, que teve notável sucesso nos séculos XVII e XVIII, sendo ainda lembrado, embora de forma irônica, na época de Dostoiévski.

— Já vou, meu amigo; está vendo, eu... meu amigo... eu, um pouquinho... está vendo, meu amigo: eu... apenas um segundinho aqui... está vendo, meu amigo...

— Será que não vai mesmo, não? — disse, afinal, o cocheiro, achegando-se ao senhor Goliádkin com uma firmeza definitiva.

— Sim, meu amigo, já vou mesmo. Está vendo, meu amigo: espero aqui...

— Certo...

— Está vendo, meu amigo... de que aldeia você é, meu querido?

— Somos servos...

— E seus senhores são bons?...

— São...

— Sim, meu amigo: espere aí, meu amigo. Está vendo, meu amigo: faz muito tempo que mora em Petersburgo?

— Faz um ano que estou rodando...

— E está bem, meu amigo?

— Estou...

— Sim, meu amigo, sim. Agradeça à Providência, meu amigo. Veja você, meu amigo, se procura por uma pessoa boa. Hoje em dia, meu querido, as boas pessoas têm ficado raras... pois ela o lava e lhe dá de comer, de beber, meu querido... aquela pessoa boa. E você chega a perceber, às vezes, que as lágrimas correm também por cima do ouro, meu amigo... está vendo um exemplo de lamentar... é isso aí, meu querido...

O cocheiro aparentava ter pena do senhor Goliádkin.

— Então fique à vontade, que vou esperar. Será que vai demorar muito aí?

— Não, meu amigo, não; é que eu, sabe... aquilo ali... não vou mais esperar, meu querido. O que está achando, amigo meu? Confio em você. Não vou mais esperar aqui...

— Será que não precisa mais ir?

— Não, meu amigo, não, mas lhe ficarei grato, meu querido... é isso aí. Quanto é que lhe devo, meu querido?

— Mas o que foi combinado, meu senhor, digne-se a pagar aquilo. Eu esperei, meu senhor, por muito tempo; veja então se não maltrata o homem, meu senhor.

— Pois aqui está, meu querido: é para você... — Então o senhor Goliádkin entregou ao cocheiro todos os seis rublos de prata e, resolvendo seriamente não perder mais tempo, ou seja, retirar-se enquanto inteiro, ainda mais que a decisão tomada era definitiva, e o cocheiro tinha sido dispensado, e não havia, por conseguinte, mais nada a esperar, saiu do pátio, passou pelo portão, dobrou à esquerda e, sem olhar para trás, sufocando-se e rejubilando-se, partiu correndo. "Pode ser mesmo que tudo se arranje para melhor", estava pensando, "e eu cá evitei assim, desse jeito, uma desgraça." E, de fato, surgiu repentinamente, por alguma razão, uma leveza extraordinária na alma do senhor Goliádkin. "Ah, mas se tudo se arranjasse mesmo para melhor!", pensou nosso protagonista, dando, aliás, pouco crédito a essa ideia sua. "Eis-me aquilo ali...", continuou pensando. "Não, é melhor deste modo e do outro lado... Ou seria melhor que fizesse daquele modo?..." E foi assim, duvidando e procurando a chave e a solução das suas dúvidas, que nosso protagonista correu até a ponte Semiônovski e, tão logo acorreu à ponte Semiônovski, resolveu, de forma sensata e definitiva, voltar para trás. "É melhor assim", pensou. "É melhor que eu chegue do outro lado, quer dizer, assim mesmo. Ficarei lá assim, como um observador desinteressado, e ponto-final: sou um observador, digamos, uma pessoa estranha e nada mais, e depois, aconteça o que acontecer, a culpa não será minha. É isso aí, pois! É desse modo que vai ser agora."

Resolvendo voltar, nosso protagonista voltou de fato, ainda mais que agora, de acordo com sua ideia feliz, considerava-se uma pessoa absolutamente estranha. "É melhor assim, pois: a gente não se responsabiliza por nada e vê, ao mesmo tempo, o que deve ser visto... é isso aí!" Em suma, seu cálculo era certíssimo, e ponto-final. Uma vez mais calmo, acomodou-se de novo à sombra plácida de sua pilha de lenha protetora e tranquilizadora, e passou a olhar, com atenção, para as janelas. Não precisou, dessa vez, nem olhar nem esperar longamente. De supetão, em todas as janelas ao mesmo tempo, revelou-se uma agitação esquisita: surgiram diversos vultos, abriram-se as cortinas, grupos inteiros de pessoas espremeram-se às janelas de Olsúfi Ivânovitch, sendo que todos procuravam e examinavam algo que estaria no pátio. Resguardado pela sua pilha de lenha, nosso protagonista também, por sua vez, passou a observar, curioso, aquela movimentação geral, esticando com interesse, ora à direita, ora à esquerda, o pescoço, pelo menos, o quanto lhe permitisse a sombra curta da pilha de lenha que o abrigava. De chofre, ficou assustado, estremeceu e quase se agachou, lá onde estava, de tanto pavor.

Pareceu-lhe (numa palavra, tinha adivinhado plenamente) que não se procurava por nada nem por ninguém, mas simplesmente por ele, pelo senhor Goliádkin. Todos olhavam para seu lado, todos apontavam para seu lado. E não daria para fugir, que o veriam... Intimidado, o senhor Goliádkin se apertou, o quanto pôde, àquela lenha e só então percebeu que a pérfida sombra o traía, que não o cobria por inteiro. Seria com o maior dos prazeres que nosso protagonista consentiria agora em meter-se numa frestinha de rato qualquer, entre aquelas rachas de lenha, e em ficar lá, quietinho, se tanto fosse apenas possível. Só que não era possível de modo algum. Angustiado como estava, ele acabou fitando, aberta e resolutamente, todas as janelas de uma vez, ainda mais que seria melhor assim... E, de repente, carbonizou-se de tanta vergonha em definitivo. Repararam nele decididamente, todos repararam nele e começaram a acenar-lhe com as mãos, a abanar as cabeças em sua direção, a chamar por ele; eis que estalaram e se abriram vários postigos; eis que várias vozes se puseram a gritar-lhe algo em coro... "Fico pasmado de aquelas mocinhas ali não serem açoitadas ainda desde a infância", murmurava nosso protagonista consigo, totalmente perdido. E foi *ele* (sabemos quem foi) que desceu correndo, de súbito, a escadinha de entrada, só de uniforme e sem chapéu, ofegante, requebrando-se, trotando e saltitando, manifestando perfidamente uma tremenda alegria por ter visto enfim o senhor Goliádkin.

— Yákov Petróvitch — rompeu a gorjear aquele homem conhecido por ser imprestável —, Yákov Petróvitch, o senhor está aí? Vai ficar resfriado. Faz frio aí, Yákov Petróvitch. Digne-se a entrar.

— Yákov Petróvitch! Não, estou bem, Yákov Petróvitch — murmurou, com uma voz submissa, nosso protagonista.

— Não pode, não, Yákov Petróvitch: pedem-lhe, pedem-lhe encarecidamente e esperam por nós. "Traga, digamos, Yákov Petróvitch para cá e faça a gente feliz." É isso aí.

— Não, Yákov Petróvitch: está vendo... eu faria melhor se... Faria melhor se fosse para casa, Yákov Petróvitch... — dizia nosso protagonista, ardendo a fogo lento e congelando de pudor e pavor, tudo ao mesmo tempo.

— Nem, nem, nem, nem! — gorjeou o homem abominável. — Nem, nem, nem, por nada no mundo! Vamos lá! — disse, resoluto, e arrastou o senhor Goliádkin Sênior rumo à entrada. O senhor Goliádkin Sênior já queria não ir lá, de modo algum, mas, como todos olhavam para ele e seria tolo opor-se e resistir, acabou indo. Aliás, não se pode dizer que nosso protagonista tivesse ido, porquanto ignorava decididamente o que se dava com ele. Foi assim, de quebra, pois não era nada mesmo!

Antes que nosso protagonista conseguisse recobrar-se e recompor-se de alguma maneira, ficou numa sala. Estava pálido, desgrenhado, esfarrapado; correu os olhos turvos pela multidão toda: que horror! A sala e todos os cômodos, estava tudo cheio de rachar, tudinho. Havia uma legião de pessoas, uma estufa inteira de damas, e tudo aquilo se espremia ao redor do senhor Goliádkin, tudo aquilo se voltava para o senhor Goliádkin, tudo aquilo levava o senhor Goliádkin embora em seus ombros, tendo ele já percebido assaz claramente que era levado para algum lugar. "Não às portas": foi o que surgiu, de relance, na cabeça do senhor Goliádkin. De fato, não o levavam rumo às portas e, sim, diretamente às poltronas aconchegantes de Olsúfi Ivânovitch. De um lado daquelas poltronas estava Klara Olsúfievna, pálida, lânguida, triste, mas usando, de resto, um traje opulento. O que especialmente saltou aos olhos do senhor Goliádkin foram umas florezinhas branquinhas nos cabelos negros dela, o que resultava num efeito magnífico. Vladímir Semiônovitch, de casaca negra e com sua nova ordem na lapela, mantinha-se do outro lado daquelas poltronas. O senhor Goliádkin era conduzido pelos braços e, como havíamos dito acima, bem em direção a Olsúfi Ivânovitch: o senhor Goliádkin Júnior, que assumira um ar sobremodo decente e bem-intencionado (algo que deixava nosso protagonista extremamente entusiasmado), conduzia-o de um lado, e Andrei Filíppovitch, também com a expressão mais solene possível na cara, do outro lado. "O que seria?", pensou o senhor Goliádkin. Mas, quando viu que estava sendo conduzido rumo a Olsúfi Ivânovitch, foi como se um relâmpago o tivesse alumiado de supetão. Pensou de relance na carta interceptada. Em sua angústia inexaurível, postou-se nosso protagonista diante das poltronas de Olsúfi Ivânovitch. "O que faço agora?", pensou, com seus botões. "Que seja tudo com ousadia, bem entendido, quer dizer, com uma sinceridade não desprovida de cautela: digamos, assim e assado, e por aí vai." Contudo, o que temia, pelo visto, nosso protagonista deixou de acontecer. Olsúfi Ivânovitch recebeu o senhor Goliádkin muito bem, pelo que pareceu, e, conquanto não lhe estendesse a mão, mas apenas o encarasse, balançou essa sua cabeça de cabelos brancos a impor todo o respeito possível, e balançou-a com um ar, de certa forma, solenemente tristonho, mas, ao mesmo tempo, benevolente. Foi, pelo menos, o que pareceu ao senhor Goliádkin. Até mesmo lhe pareceu que uma lágrima fulgurara naqueles olhares embaciados de Olsúfi Ivânovitch; ergueu os olhos e viu que nos cílios de Klara Olsúfievna, a qual estava ali perto, também fulgurara como que uma lagrimazinha, que nos olhos de Vladímir Semiônovitch também havia como que algo semelhante, que, afinal de contas, a dignidade imperturbavelmente tranquila de Andrei Filíppovitch também lhe custava a participação daquele lacrimejar geral, que, finalmente, um moço assaz parecido outrora com um conselheiro importante já estava, por sua vez, soluçando amargamente a aproveitar o momento presente... Ou talvez isso tudo tivesse parecido, quando muito, ao senhor Goliádkin, porquanto ele próprio também derramara um bocado de lágrimas e sentira nitidamente essas lágrimas quentes escorrerem pelas suas faces frias... Com uma voz cheia de prantos, ora reconciliado com as pessoas e com o destino, amando sobremaneira, no momento presente, não apenas Olsúfi Ivânovitch, não apenas todos os convidados juntos, mas até mesmo seu gêmeo maligno, o qual agora não era mais, pelo visto, tão maligno assim nem sequer gêmeo do senhor Goliádkin, mas um homem completamente alheio e extremamente amável por si só, nosso protagonista se dirigiu a Olsúfi Ivânovitch com uma expansão enternecedora de sua alma, porém, devido à plenitude de tudo quanto se acumulara em seu âmago, não conseguiu explicar absolutamente nada e se limitou a apontar calado, com um gesto bastante expressivo, para seu coração... Por fim, desejando provavelmente poupar a sensibilidade daquele ancião de cabelos brancos, Andrei Filíppovitch levou o senhor Goliádkin um tanto à parte e deixou-o, aliás, pelo visto, numa posição totalmente independente. Sorrindo e murmurando algo consigo mesmo, um pouco perplexo, mas, em todo caso, quase plenamente reconciliado com as pessoas e com o destino, nosso protagonista foi rumando para algum lugar, atravessando uma massa densa de pessoas. Todos lhe abriam passagem, todos o miravam com certa curiosidade estranha e certa compaixão inexplicável e misteriosa. Nosso protagonista entrou no cômodo vizinho: a mesma atenção o acompanhava por toda parte; percebeu vagamente que a multidão toda se espremia em seu encalço, atentando em cada passo dado por ele, que todos conversavam baixinho entre si a respeito de algo bem interessante, abanando as cabeças, falando, julgando, deliberando e cochichando. Apeteceria muito ao senhor Goliádkin saber a respeito de que eles todos julgavam, deliberavam e cochichavam tanto assim. Olhando à sua volta, nosso protagonista notou que o senhor Goliádkin Júnior estava ao seu lado. Sentindo necessidade de lhe segurar a mão e de levá-lo à parte, o senhor Goliádkin pediu mui encarecidamente que o outro Yákov Petróvitch contribuísse para todas as suas iniciativas vindouras e não o abandonasse num caso crítico. O senhor Goliádkin Júnior inclinou imponentemente a cabeça e apertou com força a mão do senhor Goliádkin Sênior. O coração vibrou, por excesso de emoções, no peito de nosso protagonista. De resto, ele se sufocava, sentia um aperto tal, mas tal mesmo, e percebia que todos aqueles olhos cravados nele oprimiam-no e até mesmo o comprimiam de certa forma... O senhor Goliádkin viu de relance aquele conselheiro que usava uma peruca. O conselheiro fixava nele um olhar rigoroso, perscrutador, nem um pouco suavizado pela compaixão geral... Nosso protagonista decidiu abordá-lo diretamente para lhe sorrir e explicar-se com ele de imediato, mas essa decisão, por algum motivo, não se realizou. Por um instante, o senhor Goliádkin se quedou quase inconsciente, perdeu tanto a memória quanto os sentidos... Ao recobrar-se, percebeu que estava rodopiando num largo círculo dos convidados que o rodeavam. De súbito, chamaram, no outro cômodo, pelo senhor Goliádkin, percorrendo o grito a multidão toda de uma vez. Tudo se agitou, tudo rumorejou, tudo se arrojou em direção às portas da primeira sala; nosso protagonista por pouco não foi carregado nos braços da multidão, sendo que o conselheiro do coração duro, o que usava uma peruca, ficou lado a lado com o senhor Goliádkin. Acabou por lhe segurar a mão e fez que se sentasse ao seu lado, defronte ao assento de Olsúfi Ivânovitch, mas, de resto, a uma distância bastante considerável dele. Todos os que estavam naqueles cômodos, todos se sentaram formando várias fileiras ao redor do senhor Goliádkin e de Olsúfi Ivânovitch. Tudo ficou quieto e silencioso; estavam todos solenemente calados, olhando, de vez em quando, para Olsúfi Ivânovitch e esperando, aparentemente, por algo não muito comum. O senhor Goliádkin notou que o outro senhor Goliádkin se instalara, em companhia de Andrei Filíppovitch, perto das poltronas de Olsúfi Ivânovitch e também defronte ao conselheiro. O silêncio perdurava, esperando-se realmente por alguma coisa. "Exatamente como numa família qualquer, quando alguém está partindo para bem longe: agora é só ficarem em pé e rezarem", pensou nosso protagonista. Houve, de chofre, uma movimentação extraordinária, interrompendo outra vez as meditações do senhor Goliádkin. Aconteceu algo esperado havia muito tempo. "Está chegando, chegando!", espalhou-se pela multidão. "Quem é que está chegando?", passou rapidamente pela cabeça do senhor Goliádkin, e ele estremeceu com uma sensação esquisita. "É hora!", disse o conselheiro, olhando, com atenção, para Andrei Filíppovitch. Andrei Filíppovitch, por sua parte, olhou para Olsúfi Ivânovitch. Olsúfi Ivânovitch inclinou a cabeça de modo imponente e solene. "Fiquemos em pé", disse o conselheiro, fazendo que o senhor Goliádkin se levantasse. Ficaram todos em pé. Então o conselheiro segurou a mão do senhor Goliádkin Sênior, e Andrei Filíppovitch, a do senhor Goliádkin Júnior, e ambos levaram solenemente os dois sósias perfeitos um ao encontro do outro, no meio da multidão que os rodeava, tensa, na expectativa de algo. Nosso protagonista olhou, perplexo, ao seu redor, porém o fizeram logo parar e lhe apontaram o senhor Goliádkin Júnior que lhe estendia a mão. "Querem, pois, que façamos as pazes", pensou nosso protagonista e estendeu, enternecido, a mão ao senhor Goliádkin Júnior, estendendo também, logo em seguida, a cabeça em sua direção. O outro senhor Goliádkin fez o mesmo... Então pareceu ao senhor Goliádkin Sênior que seu pérfido amigo estava sorrindo, que lançara uma piscadela rápida e astuciosa a toda a multidão que os rodeava, que havia algo sinistro naquele semblante do indecente senhor Goliádkin Júnior, que ele fizera mesmo alguma careta no momento do seu beijo de Judas... Houve um ruído na cabeça do senhor Goliádkin, e seus olhos se turvaram, e pareceu-lhe que uma profusão, toda uma fileira de Goliádkins perfeitamente iguais irrompia, barulhenta, em todas as portas da sala, mas era tarde demais... Estalou o tal beijo sonoro e traiçoeiro, e...

E sobreveio uma circunstância totalmente inesperada... As portas da sala abriram-se com estrondo, e apareceu em seu limiar um homem cuja aparência bastou para deixar o senhor Goliádkin gelado. Seus pés se pregaram ao chão. O grito entorpeceu em seu peito apertado. Aliás, o senhor Goliádkin sabia de tudo antecipadamente e pressentia, já havia bastante tempo, algo similar. Imponente e solene, o desconhecido se aproximava do senhor Goliádkin... O senhor Goliádkin conhecia muito bem esse vulto. Já o vira, vira-o amiúde, vira-o ainda no mesmo dia... Esse desconhecido era um homem alto, robusto, agraciado com um par de costeletas espessas e assaz negras, usava uma casaca negra e tinha uma cruz significativa no pescoço, faltando-lhe apenas um charutinho na boca para completar a semelhança... Por outro lado, o olhar desse desconhecido, como já fora dito, deixou o senhor Goliádkin gelado de tanto pavor. Com uma fisionomia imponente e solene, aproximou-se o homem terrível do protagonista deplorável de nossa narração... Nosso protagonista lhe estendeu a mão; o desconhecido segurou a mão dele e arrastou-o atrás de si... E foi com um semblante desconcertado e descomposto que nosso protagonista olhou ao redor...

— É... é Krestian Ivânovitch Rhuttenspitz, doutor em medicina e cirurgia, seu conhecido de longa data, Yákov Petróvitch! — gorjeou uma voz asquerosa, bem ao ouvido do senhor Goliádkin. Ele se virou: era o gêmeo do senhor Goliádkin, execrável com aquelas vis qualidades de sua alma. Uma alegria indecorosa, sinistra, reverberava em sua cara; ele esfregava, arroubado, as mãos, girava, extático, a cabeça, trotava, enlevado, em volta de todos e de cada um; parecia que estava prestes a dançar, de tanto entusiasmo, lá mesmo; acabou saltando para a frente, arrancando uma velinha das mãos de um dos criados e avançando a iluminar o caminho do senhor Goliádkin e de Krestian Ivânovitch. O senhor Goliádkin ouvia claramente como tudo quanto houvesse na sala arrojara-se no encalço deles, como todos se espremiam e se apertavam uns aos outros e se punham a repetir juntos, em voz alta, com ele mesmo que "não é nada, que não precisa temer, Yákov Petróvitch, que é seu amigo e conhecido de longa data Krestian Ivânovitch Rhuttenspitz...". Chegaram, afinal, à escadaria principal, bem iluminada, havendo toda uma multidão na escadaria também; abriram-se, com estrondo, as portas do prédio, e o senhor Goliádkin se viu, junto com Krestian Ivânovitch, na escadinha de entrada. Havia uma carruagem ao portão, puxada por quatro cavalos que bufavam de impaciência. O malévolo senhor Goliádkin Júnior desceu, em três pulos, a escadinha e abriu, ele mesmo, a portinhola da carruagem. Krestian Ivânovitch pediu, com um gesto exortativo, que o senhor Goliádkin subisse. De resto, seu gesto exortativo não era nem sequer necessário: havia bastante gente para fazê-lo subir... Entorpecendo de pavor, o senhor Goliádkin olhou para trás: toda a escadaria bem iluminada estava repleta de gente;

os olhos curiosos fitavam-no de todos os lados; Olsúfi Ivânovitch em pessoa tronava em suas poltronas aconchegantes, no patamar mais alto da escadaria, e observava, atento e muito compadecido, tudo o que vinha ocorrendo. Todos esperavam. E foi um burburinho impaciente que percorreu a multidão quando o senhor Goliádkin olhou para trás.

— Espero que não haja nisso nada... nada que seja condenável... ou possa provocar o rigor... e atrair a atenção de todos às minhas relações oficiais... — disse nosso protagonista, perdido como estava. Houve mais burburinho e mais barulho à sua volta; todos se puseram a abanar negativamente as cabeças. E as lágrimas jorraram dos olhos do senhor Goliádkin.

— Nesse caso, estou pronto... e me fio plenamente... e entrego meu destino a Krestian Ivânovitch...

Mal o senhor Goliádkin disse que entregava plenamente seu destino a Krestian Ivânovitch, um brado terrificante, ensurdecedor, jubiloso, escapou a todos os que o rodeavam e repercutiu, da maneira mais sinistra possível, em toda a multidão que esperava. Então seguraram o senhor Goliádkin pelos braços, Krestian Ivânovitch de um lado e Andrei Filíppovitch do outro, e foram colocá-lo dentro da carruagem; quanto ao sósia, empurrava-o, conforme seu costume vilzinho, por trás. O desgraçado senhor Goliádkin Sênior lançou seu derradeiro olhar para todos e tudo, depois, tremendo como um gatinho sobre o qual teriam entornado um balde d'água fria (sendo-nos permitida uma comparação dessas), subiu à carruagem; Krestian Ivânovitch subiu logo atrás dele. A portinhola se fechou ruidosamente; ouviu-se uma chicotada, os cavalos arrancaram a carruagem do seu lugar... correu tudo atrás do senhor Goliádkin. Estridentes, infrenes, rolaram os gritos de todos os seus inimigos, à guisa de votos de despedida, no encalço dele. Alguns rostos surgiam ainda, por um tempo, ao redor da carruagem que levava o senhor Goliádkin embora, mas, pouco a pouco, foram ficando para trás e, finalmente, sumiram todos. Quem mais demorou a sumir foi o gêmeo indecente do senhor Goliádkin. Metendo as mãos nos bolsos laterais da calça verde de seu uniforme, corria, com um ar contente, e saltitava ora de um lado da carruagem, ora do outro; por vezes, agarrando-se ao caixilho da janela e pendurando-se nele, enfiava a cabeça janela adentro e mandava ao senhor Goliádkin, à guisa de saudações finais, uns beijinhos. Contudo, ele também se cansou aos poucos, surgindo cada vez menos, e acabou por desaparecer totalmente. O coração passava a doer surdamente no peito do senhor Goliádkin; o sangue lhe subia, em jatos quentes, ao crânio; ele se sufocava, queria desabotoar as roupas, desnudar o peito, polvilhá-lo de neve e molhá-lo com água gelada. Quedou-se, por fim, semiconsciente... Quando acordou, viu que os cavalos o levavam por uma estrada desconhecida. As florestas negrejavam do lado direito e do lado esquerdo; era tudo ermo, abandonado. De súbito, ele ficou entorpecido: dois olhos flamejantes o miravam na escuridão, e era uma alegria sinistra, infernal, que brilhava nesses dois olhos. Não era Krestian Ivânovitch! Quem seria? Seria ele mesmo? Ele! Era Krestian Ivânovitch, sim, mas não aquele Krestian Ivânovitch de antes e, sim, um outro Krestian Ivânovitch! Era um Krestian Ivânovitch tétrico!...

— Krestian Ivânovitch, eu... eu, pelo que parece, estou bem. Krestian Ivânovitch! — começou a falar, tímido e trêmulo, nosso protagonista, desejando abrandar, pelo menos um pouco, aquele tétrico Krestian Ivânovitch com suas submissão e docilidade.

— O senhor terá um aposento por conta pública, com lenha, *Licht*[4] e criadagem, o que não merece, aliás... — A resposta de Krestian Ivânovitch soou como uma sentença, severa e tetricamente.

Nosso protagonista deu um grito e agarrou a sua cabeça. Ai dele: já fazia bastante tempo que pressentia aquilo!

[4] Luz (em alemão).

SOBRE O TRADUTOR

Nascido na Bielorrússia em 1971 e radicado no Brasil desde 2005, Oleg Almeida é poeta, ensaísta e tradutor, sócio da União Brasileira de Escritores (UBE/São Paulo). Autor dos livros de poesia *Memórias dum hiperbóreo* (2008, Prêmio Internacional Il Convivio, Itália/2013), *Quarta-feira de Cinzas e outros poemas* (2011, Prêmio Literário Bunkyo, Brasil/2012), *Antologia cosmopolita* (2013) e *Desenhos a lápis* (2018), além de diversas traduções de clássicos das literaturas russa e francesa. Para a Editora Martin Claret traduziu *Diário do subsolo, O jogador, Crime e castigo, Memórias da Casa dos mortos, Humilhados e ofendidos, Noites brancas, O eterno marido e Os demônios*, de Dostoiévski, *Pequenas tragédias*, de Púchkin, *A morte de Ivan Ilitch e outras histórias* e *Anna Karênina*, de Tolstói, e *O esplim de Paris: pequenos poemas em prosa*, de Baudelaire, bem como duas extensas coletâneas de contos russos.

Título original em russo: Двойник.

Direção
MARTIN CLARET

Produção editorial
CAROLINA MARANI LIMA / MAYARA ZUCHELI

Diagramação
GIOVANA QUADROTTI

Capa e projeto gráfico
JULIO CESAR CARVALHO

Tradução e notas
OLEG ALMEIDA

Revisão
ALEXANDER BARUTTI SIQUEIRA

Impressão e acabamento
GEOGRÁFICA EDITORA

A ORTOGRAFIA DESTE LIVRO SEGUE O NOVO ACORDO ORTOGRÁFICO DA LÍNGUA PORTUGUESA.

Dados Internacionais de Catalogação na Publicação (CIP)
(Câmara Brasileira do Livro, SP, Brasil)

Dostoiévski, Fiódor, 1821-1881.
O sósia; poema petersburguense / Fiódor Dostoiévski; tradução do russo e notas por Oleg Almeida. – São Paulo: Martin Claret, 2022.

Título original: Двойник.
ISBN 978-65-5910-167-2

1. Romance russo I. Almeida, Oleg. II. Título.

22-104459 CDD-891.73

Índices para catálogo sistemático:

1. Romances: Literatura russa 891.73
Cibele Maria Dias – Bibliotecária – CRB-8/9427

EDITORA MARTIN CLARET LTDA.
Rua Alegrete, 62 — Bairro Sumaré — CEP: 01254-010 — São Paulo — SP
Tel.: (11) 3672-8144
www.martinclaret.com.br
Impresso – 2022